講談社文庫

# ホテルモーリスの危険なおもてなし

森 晶麿



講談社

Contents

人生は素晴らしいが、危険でもある。

映画『グランド・ホテル』より

HOTEL MAURICE

# ホテルモーリスの危険なおもてなし

# プロローグ

四月最後の月曜日の空はどこまでも青く、海はその青を映してさらに青く輝いている。走行中のタクシーの中でなければ、写真の一枚でも撮りたいところだ。

タクシーは海岸沿いの国道をひた走り、県境にある乳房《ちぶさ》のような半島の先端にあるホテルを目指していた。前を走っていた車はみな直前にあった〈きらめきビーチ〉との分岐点で国道を降りて行った。

「観光客はこの先へは行かないの？」

俺は運転手にそう尋ねた。大ぶりのサングラスをした三十代半ばの男だ。

「たしかに、半島の先端は見渡す限りオーシャンビューです」と運転手は言った。

「しかし、ホテルの前に猫の額ほどの砂浜が守られているほかは泥浜で、サーフィンにも海水浴にも向きません。真夏だってめったに観光客は来ませんね。みんな手前の〈きらめきビーチ〉で満足しているんです」

「ふうん。〈ホテルモーリス〉は？　高級リゾートホテルなんでしょ？」

「少し前までは、立地が悪いぶん観光客がいなくて閑静でいいなんて言って、時間とお金にゆとりのある資産家や有名人が行っていたようですが、ちょっと事件があって以降は……」

俺はそれ以上尋ねるのをやめた。ホテルについての情報は事前に仕入れていた。情報と現実にズレがないならばそれでいい。

「お客様、ほら、見えてきましたよ。あれが〈ホテルモーリス〉です」

運転席と助手席の間から顔を出して、運転手の指さすほうを見た。

グレープフルーツ、レモン、椰子《やし》といった避暑地を演出する木々に囲まれたコロニアル建築風の切妻屋根の白い建物が見える。叔父の話によれば、地下駐車場を含む全九階建てだという話だ。

「あれはホテルの背中です。今は椰子の樹に隠れて見えにくいですが、手前の中庭には屋外プールがあるって噂です。まあ、この季節には誰も入らないでしょうが、正面に臨む海が泳ぎに適さないぶん、夏には重宝されているようですね。私なんかにはとても行けませんが」

パームコートを囲むようにしてその背後に鎮座するコの字型の建物は、一階から二階までが白い円柱に支えられており、シンガポールあたりのオリエンタルな風情のホテルを思わせる。

「とにかく、最近このホテルまで乗せたのは、お客様くらいのものですよ」

「そりゃあ、すごい確率だね」

「まったくです。お客様は、何の御用で〈ホテルモーリス〉へ？」

運転手はバックミラー越しに俺の風体を確認しながら尋ねた。

いくら身ぎれいにしてはいても、金持ちに見えない自信ならある。運転手もきっと、こんな若造がかつての高級リゾートホテルに何の用だろうと訝《いぶか》っているのに違いない。

「ちょっとしたお使いを頼まれてね」

俺はそれ以上の問いを避けるように、再び〈ホテルモーリス〉に目を向けた。

これから果たさなければならないミッションのことを思うと、こんな青空にも灰色の雲が忍び込んでくるような気がした。

ゴールデンウィークの初日まで、俺はこのホテルで支配人として過ごさなければならない。関東一帯でにわかに勢力を拡大しつつある新興系ギャング〈鳥獣会《ちょうじゅうかい》〉の宴が無事に終わるまで。

まあいいや、と俺は思った。たった六日間じゃないか。鼻をつまんでじっとしていれば、時間は過ぎる。

タクシーは、〈HOTEL MAURICE〉と青のゴシック体で記されたゲートを潜《くぐ》り、ホテルの正面へと回り込んで車寄せにぴたりと止まった。

勘定を済ませて降りると、椰子の香りが早朝の冷たい潮風に混じって鼻腔《びこう》をくすぐった。

真っ青な海のとなりに佇《たたず》む高級リゾート〈ホテルモーリス〉。

俺は深い溜息をつきながら、かつてセレブたちにも愛されたその殿堂へ、足を踏み入れた。

# 第一話　グリーン・ビートルをつかまえろ

## 1

三層吹きぬけのアーチ型天井から吊り下げられたシャンデリアの輝きに、立ちくらみそうになる。

俺はパソコンの画面から目を離し、天井を仰いだ。

「マ、マ、マジで毎日来てるの？　今度の宴会だけじゃなくて？」

「マジよ。〈鳥獣会〉は常連さん。来なくなったら、即刻潰れるわね」

となりにいる那海《なみ》という女は、ハンドミラーで化粧の具合を確かめながらそう答えた。

ここは〈ホテルモーリス〉の一階ホール。真っ白な大理石フロアが広がる空間には、ヨーロッパやインド、東南アジア地方の調度品が、互いに主張し合いながらも見事なハーモニーを奏でている。微《かす》かに香が薫り、聴こえるか聴こえないかという絶妙なボリュームで流れる《弦楽四重奏曲》第一楽章と相俟《あいま》って、神秘的な雰囲気を醸《かも》し出している。

ラヴェルの旋律は単に優雅なばかりでなく、その旋律のなかに抜き差しならぬ生命の緊張感めいたものが凝縮されている。ふつう、こういったホテルのロビーで流れているのはもっと明るいクラシックかイージーリスニングの類《たぐい》だから、その荘厳な音色は妙に際立って耳に入ってくる。客の心にどういった作用をもたらすのかはわからなかったが、並み一通りではないホテルにいると感じさせる点で、悪くない体験ではあった。

ただの休暇で来ていたのなら、俺はこの音楽に心を委《ゆだ》ね、ホテルを満喫したことだろう。しかし、コンシェルジュ・デスクのパソコンで宿泊客管理画面を見たとたん、香りや音楽を愉しむ余裕は見事に消し飛んだ。備考欄に「鳥獣会会員様」と記されたゲストの利用が極端に多いのだ。

「毎晩誰かしら会員さんが利用されてるわね。あと、たまに昼間の休憩にも」

「昼間の休憩……？　何それ。ここ、ラブホテルじゃないよね？　高級ホテルでしょ？」

「そうも気取っていられないのよ、このご時世じゃね」

那海はハンドミラーをポケットにしまった。彼女は初めから一貫してタメ口だ。短大卒で入社一ヵ月の新人。年齢は俺よりも三つ若い。

躍動的な厚ぼったい唇とキャバ嬢かと見まがうほどの厚化粧は、明らかにコンシェルジュ向きではない。唯一職業と彼女を結びつけているのは、コンシェルジュ専用の黒いスーツだった。

「でも、まさか新しい支配人がこーんなに若いとはね。びっくりしちゃった」

そう言って那海は俺の顔を覗《のぞ》き込んだ。

「生まれた時からこんなに若かったわけじゃないんだけどね」

俺は全面ミラー張りの壁に目をやった。そこに、大げさな金バッジを襟《えり》につけた黒い三つボタンスーツ姿の青二才が映っている。これが俺だ。〈ホテルモーリス〉のエンブレムを象った金バッジは、ほかのスタッフバッジの二倍のサイズで重たい。

一企業の平社員から突然高級リゾートホテルの支配人へ。

一週間前、芹川《せりかわ》コンサルティングの社長である叔父の鷹次《ようじ》が、俺を社長室へ呼びつけた。叔父が俺を内心で警戒しているのは知っている。前社長の妾《めかけ》の子。自分に謀反を起こす可能性のある人物として、つねに監視しておきたいはずだ。俺としては、ただ就職活動をする気力がないから親父の会社に入っただけなのだが。

――准《じゅん》、どうだ、仕事の調子は？

――相変わらずだよ。問題を指摘されても意識改善しないスポーツ用品会社、うちのおかげで成果が上がってるのに金を出し渋る酒造メーカー、それから……。

叔父は笑いながら俺を手で制した。

——入社してこの一年、お前がよくやってくれているのは部長から聞いてる。ただ、少々マジメで働きすぎる、とも。

——泳ぎ続けるシャケよりはずっと不真面目なはずだけどね。俺はつねに周囲と足並みをそろえるように気をつけている。しくじったとすれば、少しばかり効率よく動きすぎたことだろう。

——お前にうってつけの仕事がある。

——うってつけの仕事？

——鷹一《よういち》兄は生前に、とあるホテルに独断で出資をしていたようだ。ホテルの開業から十年。今も我が社が筆頭株主だが、ここが——どうやら焦げついている。

——小火《ぼや》？

——いや、そうとは言えない。

——原因は？

——元はスタッフ二百名あまりを抱える高級リゾートホテルとして急成長を遂げた。これだって高級ホテルとしては少数精鋭と言えるだろう。ところが、昨年八月に添村《そえむら》という副支配人が大手〈ライオネルホテル〉の大改造計画のためにヘッドハンティングされ、スタッフの三分の二を連れて辞めたのさ。

——ずいぶん恩知らずな真似をしたね。

——開業当初から副支配人は階級も給料もステイ。他にも不満はあったんだろう。だが、オーナー兼支配人にとってスタッフの集団退職は相当なショックだったらしく、翌月、ホテルの支配人室で首を括《くく》って死んだ。これでさらに人が辞めた。トップの自殺からくる経営の傾きは珍しいことではない。

——すると、いま経営は誰がやってるの？

——彼の夫人がオーナーをやってる。経営の経験はゼロ。支配人をはじめ、スタッフを募集してはいるが、ホテル業界の噂は早い。オーナーの自殺で評判に傷のついたホテルで働きたがるホテルマンはいないよ。数字は、悪化の一途。すぐそこに地獄は見えている。

——つまりテコ入れってこと？

——それも急務には違いないが、そのホテルは別の厄介な問題を抱えている。

そこで叔父はもったいぶって黙り、俺の顔色を眺めた。こういう時の叔父は美食家が高級ワインを前にしたときのような訳知り顔になるので、とりわけ不快なのだ。

長めの沈黙を挟んでから、叔父は尋ねた。

——〈鳥獣会〉を知っているか。

——知ってるよ。ギャングでしょ？

〈鳥獣会〉といえば、傍若無人な表向きと最先端の知識を踏まえた巧妙な手口を使い分け、この十年ほどで急成長した新興系ギャングだ。西のギャングの代表株が〈ウサギファミリア〉だとしたら、東のギャングは〈鳥獣会〉だと誰もが答えるはずだ。〈公正な取引に基づいて殺人、脅迫、恐喝を請け負う企業向け団体〉という立場を貫き、過去の遂行率をデータ化して取引相手に公表するなど、これまでのギャング常識からは考えられないメソッドによって「ギャング維新」を実現したと囁《ささや》かれる組織だ。

そのトップに君臨する鷲尾《わしお》は、若くして下剋上を果たした男らしい。個人を攻撃せず企業から報酬を搾取するシステムを確立し、裏の稼業を隠していたために一時期はベンチャー企業家としてテレビや雑誌を賑わせたほどだった。

また、〈鳥獣会〉は同業者に対しては冷酷なことでも知られ、時にはきっかけも動機も必要とせずに大きな組織を理不尽に一日で壊滅させてしまうこともあった。

――奴らが、ゴールデンウィーク初日にそのホテルで宴会を開くらしい。

――それはまた……。

――突然一市民に危害を加える連中ではないが、何か問題を起こされたら、今度こそホテルは息の根を止められることになるだろう。

――俺にどうしろっていうの？

――支配人をやれ。

――未経験だよ。

――構わん。大事なのは奴らを満足させ、何事もなくホテルを立ち去らせること。

――わかんないな。なんで俺なの？

――これはお前の親父のツケでもある。会社の金で道楽的な出資をしたんだからな。

負の遺産は妾の子に。叔父の経営哲学に感激して拍手しそうになるのをすんでのところで抑えた。死んだ母が、揉め事を避けるDNAを俺の体内に組み込んだせいだ。

叔父はそれから、とってつけたようにこう言った。

――お前も休暇をとってもいい頃だろう。ちょっとしたバカンスだと思えばいい。とりあえず〈鳥獣会〉の宴会を無事に乗り切る方法を考えつつ、ホテルの問題点を精査し、分析しておけ。経営回復が無理と判断するならそれで結構。こっちはゴールデンウィークが終わり次第、ホテルの取り潰しにかかるだけ。プレッシャーもなかろう？

――まったく。

あなたのお気遣いに涙が出てくるよ、と俺は内心で言った。

――ちょっと羽を伸ばして来い。悪い話じゃないだろう？　夜にはライトアップされた海辺を眺めながら、支配人室のサーバーで浴びるようにビールが飲めるぞ。

説得材料は抜かりなく、というわけだ。

——わかった。俺でいいなら、行かせてもらうよ。

お膳立てに乗らなければ、相手の動きを見極めることもできない。

——それで、そのホテルの名前を教えてもらえる?

叔父はもったいぶってその名を告げた。それを聞いた瞬間、心の奥底に眠っていた記憶がよみがえった。

2

〈ホテルモーリス〉。その言葉は、まるで呪文のように俺の心を過去へ引き戻す。

人呼んで「小さなグランド」。母が死んだ十七の夏、俺が親父と二人で泊まった、ただ一度の「父子旅行」の舞台だ。

部屋数は百八。煩悩《ぼんのう》の数。これは前オーナー星野《ほしの》ボレロの洒落《しゃれ》だ。

ボレロというのは、星野のホテル業界での通り名で、誰も彼の本名を知らない。彼は十年前、身寄りのない老富豪が自分の会社の研修用施設として建てたホテルを安手で買い取り、十九歳にしてホテル・オーナー兼支配人となった。そして国内外を問わず多くのホテルを訪ねて回った。

星野ボレロは、ふつうの少年が鉄道や恐竜、昆虫といったものに夢中になるように、ホテル・マニアだった。彼は呼吸をするかのごとく情報を収集しては評判のホテルへ赴いた。その嗅覚はかなりのもので、有名なホテル・ジャーナリストが自分こそ最初に目をつけたと思ったホテルの大半に星野ボレロの滞在記録が残っていてうんざりしたという逸話があるほどだ。

そうして、彼は各ホテルの長所を集約して、〈最高のホテル〉を実現した。

俺はそういった星野ボレロのドラマチックな成功談を親父から聞いた。

そして、あの日——初めて〈ホテルモーリス〉の玄関ホールに足を踏み入れた俺は、そのまばゆい光の渦に圧倒され、動けなくなった。母の死と、その先の不透明な未来から遠くかけ離れた世界。

——お帰りなさいませ。

先言後礼で出迎えた若い女性の笑顔。いま思えば、彼女は当時二十歳そこそこだったのではないだろうか。ほっそりとした身体《からだ》はアイロンをかけたてのワイシャツのようにピンと背筋が伸び、動きには無駄がなかった。

彼女は朗らかな笑みをたたえて、俺の目の前に花束を差し出した。

——ささやかですが、私どもからのプレゼントです。

トケイソウだった。母が愛した花。決してメジャーではないその花を、母の死を一週間前に体験した俺のために用意したのは、偶然ではなかっただろう。

それから俺は気がついた。ホテル内にうっすらと香るラベンダーの香り、それからラヴェルの《水の戯《たわむ》れ》……それらがすべて母の好きなものばかりだということに。ホテル内に満ちている不思議なやさしさが、初めて肉親の死を体験した十代の青年の感傷を包み込んだ。

若い女性は、トケイソウの一輪を俺の胸ポケットに差して言った。

——お客様、人の命には限りがありますが、志《こころざし》は無限なのです。

俺は、生まれて初めて人前で泣いた。その短い言葉は、世界が崩壊したような悲しみの底から俺を救い出し、まだ世界が続いていることを教えてくれた。


その地上の楽園に五年ぶりにやってきたはずなのだが——。

入口でドアマンが出迎えないところからいやな予感はあった。そして、ソファで寝そべっているボーイや、けばけばしいメイクのコンシェルジュを見るにつけ、予感は確信に変わった。

事前に俺が手にした資料によれば、最近は客足がすっかり遠のいており、コストの関係で土日祝日以外はスタッフを五十人あまりに抑えているという。厨房、食堂、客室リネンに四十名を確保し、フロントが手薄になっているのだが、一日に一組、二組程度しか来ない現状では、それで問題ないらしい。人材、客足ともに充実していた最盛期の状態がむしろ夢物語にすら思える。

　玄関からカフェのある広大なホールへと続く迎賓の趣向は相変わらずだが、一部シャンデリアのライトが切れていたり、大理石の床の光沢が擦り傷で霞《かす》んでいたりと、手入れの行き届いていない部分が気になる。事前調査内容以上に悲惨なようだ。

　オーナーの死だけで、クオリティはここまで下がってしまうものなのだろうか？

　そして極めつけがこれ――〈鳥獣会〉だ。

　ゴールデンウィークの宴会については聞いていたが、常連客だとは聞いていなかった。

「准くんって言ったっけ？　あんた、顔青いわよ？」

　顔が青いのは俺のなかの危険信号が点滅しているからだ。すぐにここから出るべきだ。タクシーを拾って会社へ向かえ。〈ホテルモーリス〉には、宿泊料金を見直したり顧客層を把握したりする以前の絶対的な障壁がある。ギャングの宴会をひとつ無事にこなしたからどうなるという話でもなかったのだ。この事実をもって鷹次叔父に早期取り潰しを提言し、関わるのはよそう。

　俺は回れ右をした。厄介ごとは御免だ。

「へー、逃げるんだ？」

「悪いね。いつもポケットいっぱいに用事を抱えてるんだよ」

「何カッコつけてんの、嘘つき」

大いに結構。真実は中傷に当たらない。俺は振り返らずに那海に手だけ振り、回転扉を潜り抜けた。ふわりと心地よい潮風が顔を撫でる。心の中で、海辺のラグジュアリーなひとときにさよならを唱える。

だが——そこまで来て、何かが引っかかった。

叔父が〈鳥獣会〉の常宿をリサーチしていなかったなんてことがあるだろうか？　あの男ならこんな大きなリスクはあらかじめ把握しているはずだ。

だとしたら、俺が逃げ帰るのは叔父の思う壺《つぼ》。彼は〈鳥獣会〉の宴会の件だけを口にして、常宿の件はわざと隠して俺を派遣したのに違いない。

目的は何だ？

すぐに考えつくのは、これがコンサルティング業界にありがちな〈ジョブ〉と呼ばれる仮想試験だという見方だ。リスクの高い状況に置かれた企業を救い出すことができるかどうか。俺が使えない人間だとわかれば、叔父には俺を会社から追い出すいい口実ができる。

馬鹿げているが、親父の負の遺産である点を除けば、まだ入社一年、業界では入門クラスである俺に一企業を任せる理由はそれくらいしかない。

判断に躊躇《ちゅうちょ》して俺は立ち止まった。

　車寄せを越えた先にホテルを一周できる石畳の小道がある。椰子の木が等間隔で配置されたその小道の終わりにある階段を下りた先には、砂浜が広がっている。変わらない。ほとんど口を利いたことのない父親に連れられて、このホテルを訪れた五年前と、何ひとつ。

　だが、階段を下りるべく砂浜から視線を足元に移した瞬間、俺はハッとした。階段に腰を下ろした一人の女性がいたのだ。

　白いワンピースを着たその女性は、黒髪をふわりと風になびかせ、膝を抱えて三角座りをし、海のほうを向いていた。あまりの雰囲気の違いに、五年前に包み込むような笑顔で俺を出迎えたあの女性だということが初めはわからなかった。それでも五年の歳月は、憂いという化粧を彼女に施し、ますます美しくさせたようだった。

　彼女は立ち上がった。ほっそりとした腰まわり、陽光をはね返すほど白い肌、すらりとした長身。砂を払い、彼女はゆっくりと振り返って俺を発見した。

「もしかして」

　彼女の口が開いた。俺を覚えていたのか、と一瞬思ったが、その望みはすぐに消えた。

「今日お越しになる予定の……」

「オホン……ええ、はい。支配人として参りました、美木《みき》准です」

　五年前の客を覚えているはずがない。

「芹川コンサルティングの方ですね？」

彼女は俺の前までやってくると、深く頭を下げた。

「私、〈ホテルモーリス〉のオーナー、星野るり子です」

俺が頭を下げかけたときには、彼女は俺を素通りしてホテルに向かって歩き出していた。

「もうお帰りになられるんですよね？」

「え？」

「意味がありませんでしたね。出て行かれる方に自己紹介なんて」

彼女はホテルの回転扉を通って中へと消えた。

迷うことなく俺は再び回れ右をし、彼女のあとを追った。

3

「ねえ、なんで戻ってきたの？」

「用事が済んだからさ」

こういう時、紳士たる者、黙れ小娘なんて言わないものだ。

「嘘よ絶対」

「し、知らないのかな？　用事が済むと、人は帰るべき場所に帰るものなんだよ」

「准くん、目がめっちゃ泳いでるよ」

「はは……まさか」

　俺は自分の目の位置を手で確かめた。目は海へ逃げたりはしていなかった。

「とにかく、何事も前向きに考えてみなくてはね」俺は自分に言い聞かせる。

　叔父の思惑はともかく、毎日訪れるギャングをおもてなしで満足されればいいだけの話ではないか。ギャングだって一介のホテルマンをとって食いはしないはずだ。

「おい、そこの兄ちゃん」

　ドスの利いた声がホールに響いた。

　声の反響具合から、その声が俺に向かっているのは明らかだった。早くも〈鳥獣会〉のお出ましか。俺は振り返って存在を確かめた。

　白いスーツに花柄のシャツを着たスキンヘッドの男がこちらへやってくる。サングラスで目は隠されており、ニッと笑うと、その代わりのチップのように奥の金歯がきらりときらめく。

　予想外に早い洗礼だったが、どうせなら早いほうがいい。

「おっ……帰りなさいませ、お客様」

　微かに上ずった俺の声に、男はふっと鼻で笑った。

「今日からここで働かせてもらう日野《ひの》ってモンだが、支配人に会わせてくれねえか？」

想定外の回答。俺は認識の誤りをすぐに修正できず、無言で男を凝視した。フリーズしている俺の背後から那海が顔を出して言った。

「このかわいい顔してる頼りない感じの方がお探しの支配人よ」

やめろ。ぐいと前に押すのもやめろ、と思うが、あいにく言葉にはならなかった。

「……支配人の美木、です」

俺が手を差し出すと、男は丸太のような腕を突き出して力強く俺の手を握り、腕の感覚がなくなるほど激しく振った。

「よろしくな、チーフ・コンシェルジュの日野だ。自分で言うのもなんだが、おもてなしのメカニズムは細部まで把握してるつもりだから、何でも聞いてくれ。お互い、最高のおもてなしのために協力し合おうじゃねえか」

「ちょっと待ってよ。俺、あんたのことを何も聞かされてないんだけど」

日野は、ああ、そうだった、と言ってポケットから手紙を取り出した。そこには星野ボレロが書いたらしい几帳面な文字でこう書かれていた。

俺もう無理だ、あと頼んだ。

星野ボレロ

日付は昨年の九月。自殺した月に書かれたものだ。

「どうして今になって来たの？」

「ちょいと野暮用で海外に行ってたんだ。今朝方帰国してすぐに郵便物を確認して、ホテルに電話を入れたら、前支配人は去年死んだって言うからびっくりして家を飛び出して来たってわけさ」

奇遇にも、それが俺の出勤初日と重なったわけか。俺たちは運命の赤い糸で結ばれているのかもしれない。

日野は、感慨深げにホールを眺めた。

「いろいろあったみてえだな、ここも」

そのとき、俺の目は捉えた。日野の首にかけられた太い金鎖の下に、とても小さなタトゥーが見え隠れするのを。

それは、テントウムシの刺青《いれずみ》だった。

日野は一度更衣室に入り、支度を済ませて再びフロントに現れた。もちろん、サングラスは外されている。日野の鋭い目に俺は曖昧な笑みを返しながら、頭の中では別のことを考えていた。

小学校の頃、〈レディ・バードごっこ〉が流行《はや》った。実在するとまことしやかに囁かれていた、凄腕の殺し屋。鎖骨の辺りに彫られたテントウムシのタトゥーがその由来らしい。

いま目の前にいる日野は、黒スーツに蝶ネクタイ姿で鎖骨は隠れている。が、一度目にしたタトゥーの記憶は消せるものではない。

伝説の殺し屋がコンシェルジュに？

「おい、どうした支配人。顔が青いぜ？」

「生まれつきみたいよ」と那海。

俺は二人を無視して歩き出した。まずは腰を落ち着けよう。厄介な事案への戦略には時間をかけたほうがいい。北側のコーナーを曲がった最奥にある支配人室へと向かいかけた。

ところが、災いは往々にして時を選ばない。回転扉がくるくると回って潮風を誘うと同時に、甲高い女性の笑い声が聞こえてきた。日本語の訛《なま》りから察するに、この国の生まれではない。

「お帰りなさいませ、お客様」

超絶バリトンがホールの空気をびりびりと震わせた。

日野の声だった。きりっとした表情で姿勢を正した彼は、スキンヘッドである点を除けば、どこから見てもただの有能なコンシェルジュにしか見えなかった。

入ってきた客は、派手なストライプのスーツを纏《まと》った、額の後退著しい金髪の中年男性と、超ミニのサテンのワンピースを着た東南アジア系の美人。ただし歳はややいっている。

Sとイニシャルらしきものが側面に刻まれた男の鞄は、本革製の見るからに高そうな代物だった。この男がその世界でそれなりの金と権力を握っていることが窺い知れる。

「おめーじゃダメだよ、責任者呼べ」

俺はロビーを見回した。「責任者」に相当するのは俺一人。早速の窮地到来だ。

しかし、重たすぎる足を一歩前に踏み出そうとした時、エレベータが開いて、黒いスーツに長い髪をくるりとまとめたるり子さんが現れた。彼女は、チンピラ男と日野のやりとりを邪魔しないように静かに迂回《うかい》しながら俺のところまでやってきた。

「どうかしましたか？」

「責任者を出せ、と」

彼女は、客の姿を見つけると、一瞬表情を強張《こわば》らせたが、すぐにおもてなし専用の笑みを作って俺に尋ねた。

「それで、支配人はここで何をされているのですか？」

見ているのですよ、とは言えない。彼女は暗に俺を非難しているのだ。だが、俺が彼女の質問に答えるより先に日野が客のほうに進み出て口を開いた。

「まずは私にご用件を伺わせていただけませんか？　もちろん、そのうえで責任者が必要なようでしたら、お呼び致します」

ジェントルな判断だ。俺は内心で拍手した。

「なんだと？　てめー俺が誰だか分かってんのか？」

チンピラは日野の言葉に圧《お》されてカッとなった。日野が一瞬ちらっとるり子さんに視線を走らせる。同時に、るり子さんの口が僅《わず》かに動いた。日野はすぐ視線を男に戻して言った。

「鈴木《すずき》様でいらっしゃいますね？」

「……わかってんじゃねーか」

読唇術か。日野とるり子さんの連携プレー。

「当ホテルのコンシェルジュ、日野と申します。ご要望は何なりと」

「ほう。そんなもの雇う金がこのホテルにあったとはな。なら話ははえーよな？　ロイヤルスイートに案内しろ」

「ロイヤルスイートルームでございますか……」

ロイヤルスイート。このホテルの最上級クラスの部屋へ案内せよというわけだ。しかも、恐らくお値段据え置きで。通常なら十万円以上は確実なはず。そのために〈責任者〉を呼びつけたに違いない。

俺は、支配人として男に何か言うべきかと考えたが、結局黙って日野の動向を見守ることにした。もうしばらく様子を見てもいい。

「鈴木様、ロイヤルスイートはスタンダードルームの約三倍の料金が発生いたします。ご了承いただけますでしょうか？」

日野はにこやかに笑いかけた。金歯がきらりと光る。そのきらめきに悩殺されたのか、隣に立つ那海は場違いにも頬を染めている。

「オイ、常連様にそんな金を払わせるなんて、あんたギャングだぜ」

鈴木は自分のジョークにウケて笑ったが、日野は反応せず、説明を続けた。

「当ホテルはホスピタリティを信条としております。もしも、このホテルがサービスを信条としているなら、利潤の出る範囲で、どこまでもお客様の願いを聞き入れることでしょう。しかし、ホスピタリティの中心にあるのは心です。ですから、鈴木様という素晴らしいお客様には、心ないサービスをしたくはないのです。

お見受けしましたところ、こちらのスーツはアルマーニでございますね。そして、お鞄はカルティエのお品かと。このような装いをされた一流の紳士であるお客様にロイヤルスイートの規定料金でご案内しないのはかえって失礼と、私どもは考えるのです」

うまい手だ。金持ちなくせに金を値切る気かと言われれば、誰だって値切りにくくなる。

「ちっ。べつに豪遊かましにきたわけじゃねえんだ。今日はスタンダードでいい」

鈴木は取り繕うように言った。

「ありがとうございます。最高のおもてなしをさせていただきます。当ホテルのスタンダードは、『普通クラス』という意味合いではございません。あくまで紳士淑女であるお客様をもてなす快適性がスタンダードに達しているという意味なのです。最適を追求したベッドルームでお休みいただけるのはもちろん、ゆったりとしたバスルームをご堪能いただけます」

日野はとうとうと説明する。どうやら、彼の頭にはすでにこの〈ホテルモーリス〉についての知識が隈なく詰め込まれているらしい。鈴木の機嫌が少しずつ戻り始めている。

「それでは、ボーイがお荷物をお運びいたします」

日野はそう言うと、ソファで眠るボーイ、桑野《くわの》のほうをちらっと見た。

直後に「ぐげ！」と悲鳴を上げて、桑野が跳ね起き、頭を押さえている。床に何かが転がっていた。パチンコ玉？　なぜそんなものが？

俺はふと日野の手元を見た。日野の手は何事もなかったように左手に右手を重ねて体の前で組まれている。彼の位置からソファまでは約三メートル。そんな場所からパチンコ玉をはじいて頭に命中させた？

日野は桑野が体をもぞもぞと起こして伸びをしている間に、鈴木に署名をさせた。

「お客様をお部屋にご案内してください」

桑野という若者は、そもそも誰だテメエはという目で日野を見たが、動物的本能で歯向かうべきではないと察知したらしく、「こちらです」と言って先頭に立った。

その後ろを鈴木が、女の腕を引いて半ば引きずるようについていく。女は嬉しくもなさそうに従っている。

それを見ながら、日野が呟いた。

「さて、ゲームスタート、と」

4

「オーナー」

日野は、遠ざかる鈴木の背中に目を向けたまま、るり子さんに話しかけた。

「何ですか？　日野」

呼び捨て。さっきの連携プレーといい、日野は以前にもここで働いていたのだろうか。星野ボレロの手紙にも「あと頼んだ」とあった。

「あの男、しょっちゅう来てるんですか？」

「鈴木様ですか？　ええ、このところ週に一度は必ず。あのお客様が帰ったあとは、室内がいつも異様に荒れています」

「そうですか」

「それと——震えて口も利けない傷だらけの女性が残されます」

るり子さんは自分が傷つけられでもしたかのように痛ましげな表情を浮かべた。

つまり——あの東南アジア系の女が今回の被害者だということか。

「警察に連絡しましょう」と俺は提案した。事態が大事になる前に手を打たねば。

しかし、るり子さんは落ち着き払った調子でかぶりを振った。

「鈴木様は、〈鳥獣会〉の中堅組員ですから、警官は見て見ぬふりをするのがオチでしょう」

日野が横からるり子さんの弁を補足した。

「ここから追い出しても、奴は別の場所で同じことをやるさ。鈴木のSはサディストのSってな」

「なら、べつの場所でやってもらおうよ。何もここじゃなくても……」

俺は日野に追い払ってくれという期待を込めて言い募ったが、日野はまあまあと俺の頭をはたいた。

「様子を見ようや、支配人」

それから、首を右に捻《ひね》ってゴキゴキッと鳴らし、左に捻ってグキグキッと鳴らした。その様子を見て、るり子さんが一言釘を刺した。

「日野、お客様に手荒な真似はしないでくださいね」

「もちろんですよ」

手荒な真似？　どういう意味だろう？

「どんなお客様であれ、いらっしゃったときより素敵な状態にして差し上げないと」

日野は不敵な笑みを浮かべる。言っている内容自体は、今後一週間の俺の標語にしてもいいくらいに真髄を突いていた。ギャングだろうと悪魔だろうと、ゲストはゲスト。満足してお帰りいただかなければ優れたホテルとは言えない。また、それがホテルを危険から守るもっとも良い方法でもあるはずだ。

ただし、今の俺には、それを実現できる自信はなかった。

想像しているうちは拳銃もただの金属だが、実際に触れてみればそうではないことはわかる。俺はギャングをもてなす、ということを少しばかり安易に捉えていたのだ。実際に彼らを前にしてみると、まずは己の身体を自由に動かす方法から学ばなくてはならないことがはっきりした。

しかし——居心地がよくなりすぎてリピーターになられたら、それはそれでまずいのではないだろうか？　ふと、そんな疑問が脳裏をよぎった。

コンシェルジュ・デスクへ戻っていった日野を、那海が追いかけてついてゆく。彼女は完全に日野に熱を上げているようだ。たった数分の間に、このホテルは思わぬ方向に舵を切り始めた。すべては、チーフ・コンシェルジュ、日野の登場によって。

「オーナーは、日野さんを以前から？」

「彼はこのホテルを始めたときの、最初のチーフ・コンシェルジュでした。そして、タケシさ……前オーナーとは、それよりもっと古くからの付き合いだった人です」

「タケシ」というのが星野ボレロの名前なのだろうか。その名を口にする瞬間は、表情が柔らかくなった気がした。が、彼女はすぐに顔を引き締めた。

「逃げなかったこと、後悔してらっしゃるんじゃないですか？」

「こう見えて、一度手をつけた料理は残さず食べる主義なんですよ」

るり子さんは俺の言葉を吟味するように黙り、それから穏やかで冷静な目を向けて言った。

「逃げるなら、今のうちですよ」

「考えておきます」

「この数ヵ月、私は精神的疲労から運営を半ば放棄していました。そのことで、御社の社長に助けられていたのは事実です」

俺の父親の負の遺産だ、とは聞いていたが、叔父が支援をしていたとは寝耳に水だ。だが、俺は驚きを顔には出さず聞き役に徹した。

「でも、今日からこのホテルは変わるでしょう。スタッフ教育も再開します」

日野の登場が、るり子さんに小さなやる気を与えたようだ。ホテル再生に前向きなら、わかり合える部分もあるはずだ。俺はビジネスモードに頭を切り替える。

「ホテル業界のルールは詳しくありませんから、取りあえず支出の見直しからやりたいと思います。後ほど、お時間を……」

そう言いかけたときだ。

「あら、めずらしー。平日の午前中に二組もお客さんなんて」

那海がよく通る声でそう言った。

回転扉を重たそうに押しながら、一人の少女が入ってくる。小学校高学年か中学生くらいだろうか。意志の強そうな黒みがかった青い目がエキゾチックで印象的だ。走ってきたらしく、肩で呼吸をしている。

「お帰りなさいませ、お客様」

日野はまた例のバリトンを張り上げた。

少女が一瞬ビクリと反応した。眉毛の上で切りそろえた黒髪。大きく見開かれた瞳は、警戒心が強そうだ。

「本日は、ご宿泊ですか？」

身を屈《かが》めながらも、日野のジェントルな姿勢は崩れることがない。

「そうよ。あたし、泊まるの。パパと一緒よ」

少女はツンと取り澄ました様子で答えた。

「さようでございますか。では、お父様はあとからいらっしゃるのですね？」

「先に入ってるように言われたわ。パパはあたしがせっかちなのを知っているってわけ」

日野は少女を見つめ、奥の金歯をきらめかせて笑う。

「お父様と仲良しでいらっしゃるのですね。では、先にご署名をお願いします」

少女は、エレベータの位置ランプの移動を目で追いながら曖昧に頷いてペンを持った。

「このたびはご旅行ですか？」

「ちょっと質問が多いんじゃない？　子どもだからって馴れ馴れしくしないでよね」

少女は苛立った様子で署名を続けた。

「失礼いたしました」

謝罪する日野を見て、るり子さんがちょっとだけ微笑《ほほえ》んだ。

「お父様は何時ごろチェックインのご予定でいらっしゃいますか？」

「仕事が終り次第でしょ？　ねえ、あなたってホント質問が多いのね。カノジョにもそんなに質問浴びせるの？」

「はい。シャワーのように。おかげで先月逃げられました」

「ほらね、性格変えたほうがいいのよ」

「そうかもしれません」

日野はそれからにこやかに付け加えた。

「お嬢様。当ホテルは見た目より広いですから、あまり出歩くと迷子になります。お気をつけを」

「馬鹿にしないでよね。それに、あたしグリーン・ビートルを採りに行かなきゃいけないから忙しいのよ」

彼女はそう言うとペンを置いた。グリーン・ビートル？　何だ、それは。

那海が彼女を部屋へと案内した。

フロントにある宿泊者記録の署名欄を覗くと、「浦野《うらの》ラウ」と書き込んであった。

「大丈夫ですかね？　俺には彼女が嘘をついているように見えるんですが」

「嘘でしょうね。恐らく〈パパ〉は来ないでしょう」

るり子さんは眉ひとつ動かさずにそう言って上昇するエレベータのランプを眺めていた。

俺は少女の言葉を思い返し、「それと、この季節にカブトムシを採るってのも本気なのかな……。緑色のカブトムシなんて、見たことがないけど」と口にした。

「あの子の目をご覧になりました？」とるり子さんが尋ねた。「あの年頃の女の子って、私もそうでしたけど、自分にだけ通じる言葉を持っていれば、それで世間を渡っていけると思っているものです。火星のユートピアの話なら、大人に負けない自分の領域を示せるんですから。彼女の発言にはあまり意味がないのかもしれません」

俺は意志の強そうな少女の目を頭のなかで再現した。

と、そのとき、日野がコンシェルジュ・デスクから俺たちに近づいてきた。

「あの子、スキッパーかもしれねえな」

初めて耳にする単語だった。

俺は日野に尋ねた。

「スキッパーって？」

「泊まり逃げさ。どんなホテルも年に数回は経験する。支配人も注意しといてくれ」

まだまだ俺の知らない業界の特殊な事情があるらしい。だが、るり子さんが心配しているのは、スキッパーではないようだった。

「スキッパーならまだいいですけど……」

「売春ですか？」

日野は声を落として尋ねた。

「いいえ、それなら来る時間を誤魔化したりはしません」

「となると……自殺、ですか。でもあの年頃で自殺はないでしょう」

「わかりませんよ。最近の若い子は」

「まあ、見たところロープは持ってなかったし、飛び降り自殺なら部屋も汚れないでしょう」

「日野？」

るり子さんが日野を睨みつける。

日野は首をすくめてくるりと背を向け、歩き出す。

「冗談ですよ。何であれこの日野にお任せを」

それから、がははと豪快に笑って、階段のほうへ歩き出す。

「日野さん、どこへ行くんだ？」

俺は彼の背中に尋ねた。

「パトロール」

短い返答。ロビーには、るり子さんと俺が残された。

「我々もしましょうか、パトロール」

「え？」

「経営の話もそのついでに」

「もちろん。喜んで」

5

「〈最高〉を提供するのはとても難しいことです。超えるとなるとなおさらに」

パームコートを抜けてホテル外周をめぐる石畳の小道を歩き始めたとき、るり子さんは唐突にそう言った。ブーゲンビリアが両脇を彩り、青空を際立たせる。耳を澄ますと、海の呼吸する音が聞こえる。

歩きながら数字の無駄に関する意見交換を始めて十分。このホテルの危機的状況が実感できたところで突然の脱線だった。

「さっき、日野がこのホテルはホスピタリティを信条としていると言いました。つまり、〈最高〉とはホスピタリティの〈最高〉を目指すということです。ところで、ホスピタリティの意味をご存知ですか?」

「何となく。おもてなし、ですよね」

「ええ。でもそれは訳したことにはなっても、意味の説明にはなっていませんね」

「ホスピタリティあふれるおもてなしをすること、とか?」

るり子さんは俺の顔をじっと見た。

「すみません」

こういう時は素直に謝るに限る。るり子さんは気を取り直してこう切り出した。

「これは星野ボレロの言っていたことですが、ホスピタリティはその語源を辿《たど》ると〈歓待〉を意味するhospesというラテン語に行き当たるそうです。ちなみに、hospesは合成語で、さらにその語を精査していくと〈よそ者〉を意味するhostisという語に辿り着くのだとか。つまり、ホスピタリティとは、相容れぬ〈よそ者〉に対して歓迎の精神を貫くものです」

「そんな意味があったんですね」

あまり言葉の意味を深く考えたことはなかった。だが、妙に興味をそそられた。それは、〈ホテルモーリス〉に秘められた過剰なまでの精神性の一端が、語源探求によって解明されるように思われたからだ。さらにるり子さんは続けた。

「この世界は〈よそ者〉の寄せ集めです。だからこそ今もそこかしこで戦争が起こっています。そして、このホテル周辺では、そういった世界の混沌を縮小したように、鳥獣会をめぐるいざこざが毎度のように起こっています。しかし、〈よそ者〉が〈敵〉に変わるのは、こちらが敵対心をもったとき。いかなる〈よそ者〉であれ、こちらが歓待の精神をもって臨めば、互いにより良い明日を選択する可能性が残されます。反対に、ホスピタリティの精神を失えば、世界にはびこる〈よそ者〉はあまねく敵に変わり、均衡が崩れてしまうのです。末端のミニマムな現実が、世界全体に作用することもあるでしょう。もしも人類の歴史が存続を前提としたものならば、ホスピタリティはきわめて重要な役割を果たすことになる——ボレロはそう考えていたようです」

見ている風景が変わる瞬間というものがある。何気ない波の動きひとつが、もしかしたらとんでもない出来事の予兆にすら感じられたりする瞬間。今、俺が味わっているのは、そんな劇的な風景の変化だった。俺はギャングの巣窟になった潰れかけのホテルの再建を目論《もくろ》んでいるが、じつは見えないところでそれは世界の均衡と繋《つな》がっているのかも知れない。

「ラヴェルの音楽が流れている理由は、もしかしたらそうしたホスピタリティの精神と関係があるんですか？」

思いつくままにそう尋ねた。単なるイージーリスニングではない、複雑で精緻《せいち》なラヴェルの楽曲が採用されていることには、何か意味があるのに違いない。

「よくお気づきになりましたね。音楽にお詳しいんですか？」

「それほどでは。たまたまです」

ラヴェルは母が家の仕事をしているときに決まって流していたから自然と覚えてし

まったのだ。

「仰る通り、ホスピタリティとラヴェルの音楽は密接に関わりがあります。〈最高〉のホスピタリティとは、訪れる〈よそ者〉の人生全体を受け止め、歓びで満たすことです。そのようなホスピタリティを提供するホテルでは、どんな人間の人生に向けても具体的に働きかける精緻な抽象性を持ち、喜怒哀楽が単純に割り切れない状態で絡み合っているラヴェルの音楽がふさわしい、というのがボレロの考えでした」

「なるほど……」

人を安易な感動に導かず、ただどこまでもこちらの感情についてこようとするようなあの粘り気のある音楽性は、歓待の精神の重要な一翼を担っているわけだ。

「〈最高〉の話に戻します。〈最高〉というのは、最も高い、ということですが、その高さは一人一人にとって違いますよね」

「まあ、そうですね」

「ですから、我々はいろんな人にとっての〈最高〉へと足並みを合わせられる万全の準備をしておく必要があるのです」

「そのとおりかもしれません」

「ところが、支配人はいま料理のコストを下げようと仰り、客室の回転率を上げるべきだと仰いました」

いつの間にか土俵際に追い詰められていることに気づいた。

「ええ……まあ」

「でも、そういう制限を設けたら、〈最高〉を超えるどころか、到達すらできないでしょう」

まったくもって、ごもっとも。だが、どんな崇高な精神であれ、商売として成り立たなくては意味がない。俺はあえて反論した。

「でも、今は引き締めが必要な段階にきているのは事実ですよ」

「いっそ、いさぎよく潰すのはいかがですか？　本当はそうなさりたいんじゃありませんか？」彼女は静かに笑った。「このホテルの異様さは、もうお分かりでしょう？　美木さんがいらして、ものの一時間のうちに現れた二組のゲストがギャングと、スキッパーか自殺志願の疑いのある少女だなんて」

「し……刺激的ですよ」

「あまりいい言葉ではありませんよ、それ」

余裕を示すつもりが、出方を間違えたようだ。るり子さんは言葉を続ける。

「私は経営には詳しくありませんが、経費を抑えて回転率を高めるというやり方では、たぶんここまで堕ちてしまった現状を打開することはできないと思います」

「ほかに方法があると？」

「方法は、〈ホテルモーリス〉本来の姿に戻ること。それしかないでしょう。日野が戻ってきたというのも、何か暗示的なように思います」

「つまり、ボレロさんのスピリットに立ち返る、と」

「ええ、志を失ったホテルはがらくた同然です」

「命には限りがあるが、志は無限、ですね？」

その時、るり子さんの顔がハッとなるのがわかった。

「どうしてその言葉を？」

「さあ、どこで聞いたか忘れましたが、とても好きな言葉なんです」

彼女は俺の顔をじっと見つめていた。俺はその視線から逃れるようにして話題を変えた。

「鈴木という男のことですが、本当に放っておいていいんですか」

少女のことは日野に任せるにしても、鈴木のことは支配人の立場からしても看過できない。何しろ、ただ暴力的な客がいるという単純な話ではない。その背後にあるものが問題なのだ。

ギャングを丁重にもてなすのは、ホテルのためばかりではない。そのホテルを利用するほかのゲストのためでもある。そして、それこそが俺に課された使命だった。

しかし、るり子さんは言った。

「私たちにできるのは、あとのケアを最大限しっかりやることです。傷ついた自分の家族に対するように。我々が相手にしているのは、お客様ではなく、お客様の心なのですから」

彼女は日野という思わぬ人材を得て、ヴィジョンを再び明確に持ち始めている。ホテル業界に詳しくない俺にとってはありがたいことだが、一方で彼女の折り目正しい精神で動いていても客を守りきれないのが、いまの〈ホテルモーリス〉なのではないか、とも思った。

それに——被害が出てからでは遅すぎる。このホテルはどんな小さな傷も許されない瀬戸際にいるのだ。俺はるり子さんに適当な相槌《あいづち》を打ちながら、自分に何ができるのかを考えた。

〈最高〉のおもてなしをする、ホスピタリティあふれるホテル。それはいつぞや星野ボレロが俺に言った〈一流〉の条件でもあるだろう。叔父からの任務はこの際、脇に置いておこう。まず第一に、るり子さんが信じ、ボレロが打ち立てた一流のホテルに戻すのだ。俺はそのように自分の行動指針を修正した。

密室にいる男女。二人に何かが起こるのはこれからだ。俺に何ができるだろう？彼らに対する〈最高〉のおもてなしとは何だ？

るり子さんはまだ海を見ていた。潮風が、彼女の長い髪を優しく撫でる。やがて、やや唐突に彼女は口を開いた。

「私、海って死と似ているって思うんです。海の深さも恐ろしさも心地よさも、呑まれてみないと分からないんですよね」

「そうですね」酒と同じですね、という言葉は言わずにおいた。

「でも、海と海に挟まれた孤独を、つかの間、完全に癒す場所があってもいいと思いませんか？」

俺は答えずに、ただ五年前の感覚を忠実に思い出していた。あの日がなければ、俺の心は砕け散っていただろう。

「水辺のホテルは優雅で繊細な詩情を醸成しなくてはならない。そして、何よりゲストの心に寄り添わなくては。ラヴェルの楽曲が、そうであるように」るり子さんは、噛み締めるように言った。「前オーナーの言葉です」

俺はそこで初めて気づいた。このホテルの名が、ラヴェルのファーストネームから取られていることに。そう言えば、モーリス・ラヴェルはアムステルダム運河に面した家で育ったのではなかったか。

〈よそ者〉に溢れた陸と、そんなことは何も知らない生き物たちの楽園たる海。海辺とは、その境界であり、だからこそ海辺のホテルでは、この争いに満ちた陸の王たる人間が、いかに美しく生きるべきかが問われているのだろう。

「そろそろ戻りましょうか」

るり子さんは現実に戻り、オーナーの顔でそう言った。俺もまた、支配人の顔で頷き返した。

## 6

一時間が経った。

コンシェルジュ・デスクでは、直立不動の日野と、立ったまま居眠りを始めた那海が並んでおり、ソファでは例によって桑野が、今度は防御のつもりか頭部にバイクのヘルメットをかぶって眠っている。この後は予約がないせいか日野も大目に見ているようだ。

さっきパトロール中にるり子さんの人材登用基準について尋ねたところ、「隠された才能」という回答が返ってきた。俺に見えないだけで、彼らにも何らかの才能が隠されている、ということだろうか。

それにしても——暇だ。

この場を日野に任せることにして、俺は支配人室に入った。

かつて星野ボレロが愛用し、そして死に場所に選んだ部屋。

入って右のラックにはホテルのおもてなしに関する本のほかに、ＤＶＤがあった。ホテル関係のものを集めたコーナーのようだ。そのなかに『グランド・ホテル』が、ジャケットを見せて置かれている。〈ホテルもの〉らしくないタイトルも中にはあった。『小さな目撃者』。裏のあらすじによれば、子どもがホテルで殺人現場の目撃者になって追われるサスペンスらしい。俺はまたさっきの少女を思い出した。目撃者役の少女が、どことなく似ていたかも知れない。

父親は本当に来るのだろうか？

単なるスキッパー？　それとも――自殺志願者？

考えながら、俺は、目を平行移動させ、映画の棚の横の壁に飾られた写真を見つけた。前オーナー兼支配人の肖像。

その顔を見て、俺は自分の記憶が疼《うず》くのがわかった。

――この映画は、お気に召されましたか、お客様。

初めて『グランド・ホテル』を観たのは、このホテルだった。そして、俺を映写室に案内したのが、この写真のなかで微笑む男だったのだ。きりりとした眉、朗らかな目、すらっとした鼻。間違いない、俺はあの日この男と話した。伝説の男、星野ボレロと。

父親とホテルに来たまでは良かった。だが、結局父は仕事の電話ばかりしていた。

退屈しきった俺を映写室に誘ったのが彼だった。

映画が終わると、彼は『グランド・ホテル』について、共演女優二人の仲が悪かった話などを面白おかしく語った。そして最後に言った。

――どんな人物でも一流の人間として扱われるのがホテルの時間だと、この映画が教えてくれたのです。

父が資金援助し続けていた男。なぜ父は彼を支援し続けた？

そして、もう一つ。部屋に戻った俺に親父が尋ねた一言。

――奴とゆっくり話せたか？

あれは――何だったんだろう？

「支配人、寛《くつろ》いでるところ、失礼するぜ」

突然、日野が開いていたドアから顔を出した。

「十五分ほど前に那海が眠い顔を洗いにトイレに行ったんだが、それきり帰ってこねえ。一階の女子トイレに声をかけてみたんだが返事がねえんだ。こっち来なかったか？」

「中で寝てるんじゃないのか？」と俺は言った。

「俺の声はでかいぞ。いくらなんでも起きるさ」

「だったら、別の階のトイレを使ってるとか？」

「なぜ一階のトイレを使わねえんだ？」

「トイレのあと、どこかで喫煙してる、とか……」

「那海さんは煙草吸いません」

いつの間にか日野の背後に現れたるり子さんが答えた。

三人の間に、事態に戸惑うような沈黙が流れる。胸騒ぎがした。

鈴木という男が、連れ込んだ女性だけでは飽き足らずに那海まで部屋に引っ張り込んだという可能性はないだろうか？

いや待て。何でもかんでもギャングの仕業だと思いたがるのはよくない。ひとまずは冷静に状況を分析しなければ。

電話が鳴った。誰もいないコンシェルジュ・デスクから転送されてきたらしい。俺は即座に受話器をとった。

「フロントでございます」

〈712ルームの佐藤《さとう》だけど〉

若い男の声だった。俺はさっき確認した宿泊客管理画面を思い出した。宿泊日数が一ヵ月を超過している客だ。

〈いま係の子が乱暴にノックして入ってきてさ、失礼しましたも何も言わずに俺の顔見てすぐドア閉めちゃったんだけどさ〉

「はぁ……」

〈オタクのホテル、どういう教育してんの?〉

「申し訳ございません!」

那海は一体何をやってるんだろう。トイレ帰りにホテル探索を楽しんでいるわけでもあるまい。だが、ひとまず鈴木に連れ去られたわけではないようだ。俺はそのことに安堵した。

「何の電話だったんだ？」

尋ねてきた日野に内容を伝えようとしたそのとき、また電話が鳴った。

「はい、フロント……」

〈私、帰らないって言ってるでしょ？〉

「はい？」

〈715ルームの若林《わかばやし》よ〉

この中高年の女性は一週間前から宿泊している。

〈夫でしょ？〉

「……何のことでしょうか？」

〈とぼけるんじゃないわよ、あなたね、年寄り馬鹿にすると許さないわよ〉

「申し訳ありません、仰っていることがよく……」

〈夫はあんたたちにいくら渡したのよ〉

「いえ……あの、旦那様はこちらにはお見えになっていません」

〈じゃあ今さっきのは何なの？〉

「今さっきの、と仰いますと？」

〈オタクの係の人、用もないのにブザー鳴らして、人の顔見るなりろくに挨拶もせずに行っちゃうじゃない。失礼ったらないわよ。あれ、偵察でしょ？　夫が私を……〉

「申し訳ございません。おそらく何かの手違いかと存じます」

意味が分からなかったが、ひたすら陳謝して電話を切った。

一体どうなってるんだ？

那海は何をやらかしている？

俺は二人に事情を話した。

「それは——奇妙ですね」

るり子さんは考え込むように言った。

「那海さんはコンシェルジュとしては勤めて間がありませんが、お客様に失礼なことをする子ではないと思います。きっと何かべつの理由があるはずです」

「べつの理由ねえ……」

日野は言いながら、奥の食器棚からジョッキを取り出し、ドアの隣にあるサーバーから金色の液体を注いだ。

「なんだか、五月が近くなると、喉が渇いていけねえや」

日野はソファに腰かけ、ぐいっと一気に呷《あお》った。

叔父が俺に保証した夜のお楽しみサーバー。黄金の液体はもちろん生ビールだ。

空になったジョッキを机に置く。

「んん、ジュースじゃねーのかよ、これ」

日野の様子がおかしくなった。

ジュースのわけがない。俺は言った。

「大人のための、麦百パーセントのジュースだよ」

参ったぜ、と言いながらしゃがみ込む日野の顔は真っ赤になっていた。

「日野、大丈夫ですか？」

この男、とんでもない下戸《げこ》らしい。どうにかソファにたどり着き、寄りかかると、
そのまま額に手を当てたきり、石像のように動かなくなった。

厄介の種がまた一つ増えた。

「とにかく、彼女を捜さないと」

俺は頭を働かせた。

「そう言えば、さっき電話がかかってきたのは、いずれも七階のお客様でしたね。七

階って部屋数いくつあるんです？」

「二十九部屋あります」とるり子さん。

「そのうち、いまゲストがいる部屋は？」

「間隔をあけて、七室です」

「……なるほど」

那海は何らかの事情で七階の客室を一室一室回っている。いったいどんな事情で？

恐らく何かを探しているのだ。

ならば——。

「彼女はまだ七階にいるはずです。行きましょう」

俺とるり子さんは使えなくなった日野をその場に置き去りにしてエレベータへ乗りこんだ。十秒未満。だが、やけに長く感じた。扉が開くと、俺は前のめりになって飛び出した。

七階の内廊下はしんと静まり返っていた。左右に分かれているため、そのどちらかに那海がいる可能性はある。

「それじゃあ私が右に、美木さんが左に」

「分かりました」

俺が進みかけると、るり子さんが同じ方向を歩いて来て言った。

「美木さん、こっちは右です」

「……冗談です」

左右、上下、膝と肘。この世には紛らわしいものがいっぱいある。俺は踵《きびす》を返し、エレベータから左へと細長い内廊下を進みかけた。そのとき——。

「むううう。むううううう」

女の苦しそうな声が、背後から響いてきた。

7

「キッタナイ海ダヨ」

ミシェルは生まれ故郷のフィリピンの青い海と、この海岸の冴えない海とを比べてそう言った。

「てめーの顔ほどじゃねえよ」と鈴木はいやらしく笑った。ミシェルはこの男と出会って間もないが、恐らく極度のサディストだろうと思った。まあいい。これが最後の仕事なんだから。目を閉じた。さっきロビーで流れていた音楽が脳裏によみがえる。美しい旋律。作曲者は忘れたが、たしか《弦楽四重奏曲》というのではなかったか。遠い昔、母国で恋人とクラシックの演奏会に行ったときに聴いたのを思い出す。もう戻れない日々――。

十五年前、ミシェルに海を渡らせた男とは昨夜とうとう縁が切れた。マニラのクラブで働いていたとき、蚰田《あぶた》と名乗るその男を、〈珍しい客〉と店長に紹介された。最初はただのスキモノにしか見えなかった。蚰田は無言で十分ほどミシェルを鑑定するように眺めたあと、こう言った。

――日本に来れば今の五倍は稼げるようになるぜ。ただし、ちょっと手を加えれば、だが。

――ホントカ、ソレ、本当カ。

――お前はピカピカのコガネムシさ。本当に金になる。

ミシェルは蚰田を信じ、当時行きつけのバーで知り合ったサファイアのような目をした黒髪の恋人をつれて日本へやってきた。だが――日本に着いた途端に恋人と引き離された。

ミシェルにはすぐに仕事が待っていたのだ。

仕事は楽しくなかったが、支払いはよかった。ミシェルにはほかの女にはない武器があったから、生き残るのは難しくなかった。ただ、引き離された恋人にもう一度会いたかった。

あれから十五年。あっという間だった。何度蚰田から逃げようと思ったことか。

――逃がしてやろうか？

救いの手を差し伸べたのは、虻田に連れられて入ったショウパブで知り合った男だった。それが――この鈴木だ。組の命令で九州から戻った鈴木は、虻田の新しい兄貴分に収まっていた。

――俺の相手をするなら、逃がしてやるよ。

その言葉に大きく頷くと、鈴木は虻田に話をつけようとした。だが、虻田が抵抗を示したため、その場でさんざんいためつけ、ミシェルを連れて店を出た。今日の明け方のことだ。

「脱げよ」

鈴木はミシェルの髪を引っつかんだ。

「チョト待ッテヨ！」

せっかちな男だ。仕方なく、ミシェルは服を脱ごうとした。だが、いきなり顔に電気スタンドをぶつけられた。照明の部分が当たって熱かった。鼻は折れていない、よかった。

ミシェルが顔に傷がついていないか確かめている間に鈴木はミシェルの服を破り、ブラジャーを引きはがした。

そして――何かとがったものをミシェルの胸に押し当てた。それが、何なのか、気づいたときはさすがに全身の毛が凍りついた。それは極細の錐《きり》だった。

「逃がしてやる」の代償は、大きかった。この男は、過去にもこうやって幾人もの女をボロ雑巾のように扱っては捨ててきたに違いない。

「ヤメテヨ……アンタ頭オカシイヨ。ソンナコトシタラシリコン飛ビ散ルヨ！」

「んあ？　シリコンだぁ？」

鈴木はミシェルの言い分をろくに聞こうとせずに、そのまま無理やりストッキングと下着を破り捨てた。

「チョト！　何スル！」

ミシェルは足をばたつかせたが、力は鈴木のほうが強く、すぐに押さえ込まれてしまった。ところが——服を脱がす途中で、鈴木は素《す》っ頓狂《とんきよう》な声を上げた。

「わ！　な、なんだ、てめえ……騙しやがったな？」

「ワタシ、アンタニ何モ言ッテナイ！」

お前が何も聞かなかっただけじゃないか。

ブザーの音が鳴る。

だが、怒りに打ち震える鈴木の耳には届いていないらしい。ミシェルはあらんかぎりの声を上げて叫んだ。すると、それに応えるように、外でノックの音が響いた。

コン、コン、コン。全部で三回。

ちっ。鈴木が舌打ちをしてドアに向かった。その背中には、鈴虫が踊る奇妙なタトゥー。

その踊る虫を見ながら、ミシェルは生まれて初めて祈っていた。どうかこのまま生きてこの部屋を出られますように。

ドアが開いた。そこに立っていたのは、ホテルの黒い制服を着た若い女だった。

いや——若すぎた。

8

奇声は女子トイレから聞こえた。

入ろうとする俺を、るり子さんが手で制した。

「男性が入ったら、騒ぎが大きくなります」

そう言い残して颯爽《さっそう》と入っていった。俺は手持ち無沙汰にそこに佇《たたず》んでいた。

「那海さん！」と中でるり子さんが叫んだ。

那海？　俺は咄嗟《とっさ》に女子トイレに入っていった。

そして——ロープでぐるぐる巻きにされた下着姿の那海が床に横たわっているのを見た。口にはガムテープがぴったりと貼られていた。

「いったい……何が起こったんですか？」

るり子さんはガムテープを外しながら尋ねた。

だが、那海が最初に叫んだのは意外な言葉だった。

「出て行ってよ、このド変態！」

そして、るり子さんの射るような視線が俺に向けられた。

「入らないでくださいと、言いませんでしたか？」

「えーと……騒ぎが大きくなるとは、言われましたっけね。あはは」

そのとおりになったようだ。俺は女子トイレから出ると、中に向かって尋ねた。

「何が起こったの？」

「全然わかんないわよ。あの小娘、絶対殺す！　あのさっきの女の子、いるでしょ？　パパがあとから来るとか言ってた子」

「ああ」

「トイレに行こうとしたら、あの子が七階で幽霊を見たって言うじゃない。だから私、ついてってあげたのよ。そしたら……」

那海は浦野ラウに付き添って階段で七階に上がった。

そして七階のトイレに入ったとき──。

催涙《さいるい》スプレー。それから後頭部に一撃、腹部に一撃。

「あれは何か武術を習ってたクチね。急所は何とかかわしたけど、あっという間に裸にされちゃったもの」

急所を咄嗟にかわせる時点で那海もまた武術を多少なりとも嗜《たしな》んだことがあるのだろうか、と俺はぼんやりと考えた。

「それにしても、恐るべき少女だね、まったく」

「感心してる場合じゃありませんよ」とるり子さんがたしなめる。

怒ったときのるり子さんの声には艶《つや》がある。俺はしばしその声に聞き惚れていたが、ふと引っかかった。物事には動機がある。浦野ラウはただ那海を襲って裸にしたかったわけではあるまい。

なぜラウは那海を裸にしなければならなかったのだろう?

そんなことを考えるうち、俺はさっき受けたクレームのことを思い出した。

——いま係の子が乱暴にノックして入ってきてさ……。

ラウは那海が目当てだったのではない。彼女の制服が目当てだったのだ。

彼女はコンシェルジュの制服を着て、立て続けに七階の客室ばかりをノックして回った。空室が多かっただけで、実際にはすべての部屋を隅から順にノックして回っているはずだ。

目的は何だ? 分からない。だが、ひとつたしかなことがある。このまま浦野ラウが順番に七階の部屋を訪ねていけば、必ず729ルームにたどり着くということ。そして、そこには〈鳥獣会〉メンバーの鈴木がいる。自分の遊びの邪魔をされた鈴木が少女に何をするか、分かったものではない。

「支配人、着替えを持ってきてもらえますか？」

それどころじゃない。俺の体は弾かれたピンポン玉のように素早く動き出していた。

「支配人！」

背後でるり子さんの叫ぶ声がしたが、俺は返事をしなかった。

事態は一刻を争うのだ。

9

「何も頼んだ覚えはねえよ」

鈴木は早く追い払おうと少女の肩を押した。

「パパ」

「あ？」

「パパでしょ？」

「何のいやがらせだ、てめぇ……」

少女は、一枚の写真をつきつけた。倒れているミシェルからは、それがどんな写真なのかは分からなかった。

「その女がどうかしたか？　忙しいんだ、閉めるぞ」

鈴木は少女を無理やり押してドアを閉めようとした。

一瞬だった。少女の左手に握られたナイフが、鈴木を狙った。ナイフを避けた先にあった鉄製のハンガーポールにつまずき、鈴木はバランスを崩しかけた。

少女が——飛んだ。高く舞い上がった少女は、まるで蝶のようだった。ひらひらと、自由に躍る蝶。ワンダフォー。ミシェルは少女に限りない賛辞を送った。

少女は鈴木の喉仏に狙いを定め、表情なく笑った。

「グッバイ、パパ」

ナイフを振り上げる。だが——気がつけば鈴木が拳銃を、少女の心臓にぴたりと当てていた。

「無用心だぜ、おじょーちゃんよ」

「無用心ですよ、鈴木様も」

その声は低く響いたが、ミシェルには、音源が突き止められなかった。いや、その場にいた三人の誰にも突き止められなかったに違いない。

なぜなら、その声はベッド脇にあるガラス窓の向こう側からやってきたのだから。

次の瞬間、耳をつんざくような轟音《ごうおん》とともに窓ガラスが豪快に割れた。飛び散る破片が、ミシェルのさえない人生に施されたジュエリーのごときらめき、思わず呟かずにはいられなかった。

「ワンダフォー……」

## 10

俺は７２９ルームの半開きになったドアの前で、派手にガラスの割れる音を聞いていた。実際にはラウと鈴木のやりとりの段階からいたのだが、入るタイミングを慎重に計るうちに時間が過ぎたのだ。

ガラスの割れる音は飛び込むいい口実になった。室内で何が行なわれているのかはわからないが、とにかくこれ以上の狼藉《ろうぜき》は支配人として放置しておくわけにはいかない。

それにしても、今一瞬聞こえた低い男の声は、何だったのだろう？　テレビの音とも違ったようだが……。ひとまず身をかがめて中に潜入しようとしたその時、再び声がした。

「お嬢さま、虫採りは楽しめましたか?」

室内から低い、バリトン声。やはりテレビの音ではない。紛れもなく一階でのびているはずの日野の声だった。俺はドアに走りより、ばれないように顔を出した。

馬乗りになったラウに仰向けのまま拳銃をつきつけている鈴木の姿があった。

奴はどこにいる? 俺は奥に目をやった。ベッドの脇、窓のなくなった空白に、黒いスーツ姿のチーフ・コンシェルジュ、日野が立っていた。その手には、ジョッキが一つ。たぶん一階の支配人室に置いてあったものだろう。なぜそんなものを? 日野は、それを素早く投げた。

ズダン。馬乗りになったラウを払いのけて鈴木がそのジョッキを撃ち抜く。だが、その銃声と飛び散る破片に気をとられているうちに、日野の姿が見えなくなった。

どこに消えたのだろう? ベッドの下にでも隠れたのだろうか?

ベッドの上には、東南アジア系の美人。めくれ上がったスカートから、俺は目をそらそうとした。その瞬間、自分の目が妙なものを捉えたことに気づいて、再び視線を戻した。やっぱりだ。見間違いではなかった。彼女の股間には、本来女性にあるはずのないものがあった。鈴木が立ち上がり、ベッドに銃口を向けたまま言った。

「思い出したぞ。てめえのこと……」

姿の見えぬ日野に向かって独り言のように呟く。

「どうかしてたぜ。てめえのツラ忘れるとはな」

やはりそうなのだ。奴は伝説の殺し屋、レディ・バード……。

鈴木はベッドの上に立ち、真下に銃口を向けた。

「ちょうどいいや、鷲尾の兄貴へのいい手土産にならあ」

そして、日野に発砲しようとした――のだと思う。きっとできたはずだ。いつの間にかその背後に現れた日野が、顎の骨をぐきりと捻じ曲げたりしなければ。

「んがあああああああああがががが」

鈴木は歪《ゆが》みきった顎を抱えて転げまわった。

「お客様、残念ながら人違いのようでございます。私の知り合いにクソはおりません」

日野は鈴木の顔を両手で挟んだ。

「おやおや、お顔が歪んでらっしゃる。どうやらお客様に必要なのは、ホスピタリティではなく、ホスピタルのようですね」

奇妙な音が鳴った。手の圧力で顎が砕かれたらしい。

鈴木は、そのまま後ろに倒れた。

「支配人」

バレていたようだ。

「お、おお……」

俺はドアの陰から出てきた。

「そこのお嬢さまをお部屋にお届けいただけますか？　虫採りの時間はおしまいにしましょう。お父様は後ほどお連れします」

「わかった」

俺はラウを立ち上がらせた。だが、ラウは俺の手を振り解こうとした。俺はその手をもう一度強く摑《つか》んだ。

「もう終わったんだよ」

「終わったって何？　あたし、何も終わってないんだから！」

ラウは――泣いていた。

父親を殺したくて、殺せなくて、泣いていた。殺さなくてはならない事情は知らないが、彼女の悲しみは、その涙から伝わってくる。

孤独な少女のために新人の支配人ができることは何もない。

「畜生！　畜生！　畜生！」

ラウは、俺の胸にすがって泣いた。

俺はるり子さんの言葉を思い返していた。

――我々が相手にしているのは、実はお客様ではなく、お客様の心なのですよ。

ならば、俺にできるのは彼女が泣き終わるまでそばにいてやることだろう。

11

ラウを部屋に届け、彼女が泣き疲れて眠ってしまうまで待ってから一階に戻ると、趣味の悪い絵でも批評するような目をした二人の女が俺を待っていた。

「どこに行ってたの？　し・ふぁい・にーん」

那海はビールを飲みながら言った。俺の認識が確かなら、まだ就業中である。

「風邪ひいたからアルコールで体あっためてるの。文句ある？」

「いや、ない。グッドアイデアだと思うね」

「どうしてあのタイミングでいなくなったのですか？」

るり子さんは那海に呆れた視線を送りつつ、俺を問い詰める。

「えーと、あ、あれです、タイミングを計るストップウォッチを家に忘れてきたんですよ」

「ばーかばーかばーか」

那海が罵詈《ばり》雑言《ぞうごん》の雨を浴びせた。俺は苦しくなってきたネクタイを外し、辺りを見回した。

よく見れば、日野がいない。もう戻ってもいい頃なのだが。

「日野さんは？」

「日野なら、病院に行きました」

るり子さんは俺への不信感を保持したまま答えた。

「病院？」

「さっきデスクに電話が入ったんですって。729ルームにお泊まりの鈴木様から」

「へえ、しゃべれたんですか？」

電話なんかできる状態ではなかろう、と言いかけて言葉を呑み込む。日野は俺に何も言わなかったが、これはたぶん暗黙のトップシークレットに違いない。そんな気がした。

あのとき、俺は日野の共犯者にされてしまったのだ。

「どうしてしゃべれないと？」

「コンサルなんて仕事をやってると、変に勘が働くんです」

彼女は一瞬の沈黙の後、言葉を続けた。

「顎が外れたから病院に連れて行ってほしいと仰るので、付き添っているようです」

「准くんと違って、ちゃんと仕事してるのよ、日野さんは」那海はわざとらしく咳をしながら言う。それからイライラした調子で「それより、あの小娘、どこ行っちゃったのよ！」とわめき出した。いまにもラウを捜し出して殴りかかりそうだ。

「きっと今ごろは、虫採り冒険に疲れて深い眠りの底なんじゃないかな」

俺は、眠る前にラウが語った話を思い出す。

その昔、ひとりの男が恋人に、自分はグリーン・ビートルになると言い残して消えた。その後に、女の子が生まれた。彼女は、父を恨んだまま死んだ母のために、逢ったことのない父への復讐を誓い、グリーン・ビートルを捜し続けた。

――〈鳥獣会〉にそういう渾名《あだな》の奴がいる。

クラブでそう聞きつけた彼女は、〈鳥獣会〉周辺を探り続けた。

そして今朝、町のはずれで血まみれで倒れている男を発見し、グリーン・ビートルについて尋ねた。男は簡単に口を割り、それなら今日は海辺のホテルでしこたま楽しんでるはずさ、と教えてくれた。

だから、ラウは近道をしてホテルの前で張り込みをしたのだ。

「とにかく、あの子のパパが現れなかったら、とっちめてやるんだから！」

那海は拳を握り、シャドウボクシングを始める。

「大丈夫、お父さんなら、ちゃんといたから」と俺は言った。

「え？」

顔を見合わせてきょとんとしている二人を置いて、俺は支配人室に戻ることにした。

でも、なぜ鈴木が〈グリーン・ビートル〉なんだろう?

## 12

浦野ラウは夢を見ている。見たことのない父に抱かれる夢だ。夢のなかの父は、やさしく微笑んでいた。父に抱かれて眠るのは、真綿に包まれるように心地よかった。父はなぜか母がよく鼻歌で歌っていた曲を口笛で吹いている。さっきロビーで流れていたのもその音楽だった。幼い頃は美しくも哀切なその響きに、胸が苦しくなったものだ。

「オマエ、グリーン・ビートル捜シテ辿リ着イタッテ?」

え? ラウはうっすらと目を開いた。金髪の美女が自分を抱いている。

美女? いや、今の声は、たしかに男。

「ワタシガ、パパミタイダネ」

長らく捜しても見つからないはずだ。こんな姿になっていては。

ラウは彼女の左腕にコガネムシのタトゥーがあるのを見た。ああ、これだ。探していた緑色の甲虫類《グリーン・ビートル》。

殺意は、さっきの大量の涙と一緒に流れていってしまった。彼女は、父の腕のなかで芋虫になり、サナギになり、蝶になった。これまでの何もかも嘘でいい。これが本当であれば。そう思った。

彼女は、いま、生まれ変わったのだ。

13

「しっかし、ビールってのは、ずいぶんアルコール度数がきついんだな、参ったぜ」

夜。支配人室で、俺が寛いでジョッキを片手に『小さな目撃者』を観ていると、日野がやってきてそう言った。俺はＤＶＤを止めて尋ねた。

「ねえ日野さん、鈴木をどうしたの？」

「入院させた。たぶん、しゃべれるようにはならんだろうな。腕も使えないから筆談も難しいだろう」

夜は長い。たとえ殺し屋と一緒だろうと、秒針は早まったりはしてくれないのだ。

俺はビールを一気に喉に流し込んだ。

「どうしてあの子が鈴木を襲撃するのが分かったの？　あんなに酔ってたのに」

「支配人、俺は超能力者じゃねえぜ」

日野は、ポケットから何かを取り出した。

「盗聴器……」

「パトロールついでに鈴木の部屋のドアにつけておいたのさ」

「…………」

「あの娘は、鈴木が女装したフィリピン人と歩いているところを誰かに教えられたんだろう。あれがグリーン・ビートルだって。だから勘違いしたのさ」

「え？」

「グリーン・ビートルはあのフィリピン人のほうさ。今はミシェルと名乗ってるが、本名はマイケル」

「かのジャクソン氏と同じじゃないか」

「フィリピンのホスト・クラブで働いているところを引き抜かれたらしい。あの娘が部屋に置き忘れた写真を見て、十五年前に一緒に日本に来た恋人の娘だと分かったそうだ」

「俺はてっきり鈴木の娘なのかと思ったよ」

「あのクズからあんなかわい子ちゃんはできねえ。今頃、感動の再会を果たしてるんだろうぜ」

「殺し合ってる可能性もある」

「それはないな。あんたがきちんと負のエネルギーを吸い取ったからな。一流ホテルマンとしての素質じゅうぶんだぜ」

　俺は首をすくめる。どうやらハッピーエンドに貢献できたようだ。

「ボレロの旦那はいつも言ってた。『システムの目指すところと人間の目指すところは違う。双方がそれぞれの高みを目指さないといいホテルにはならない』ってな」

「つまり……どういうこと？」

「最高のおもてなしをいつでも実現するには、ある種システムを作らなけりゃならない。どのホテルマンでもマナーや話法、コミュニケーション力が一定するようなシステムをな。だが、それだけじゃ足りない。最終的な評価は、システムを習得しながら、それに縛られずにゲストを大切に思えるかどうかで決まる。今日のあんたは、本能的にゲストを大切に思ったろ？　あれはすげえ大事なことなんだ」

　俺は曖昧に笑った。ただのまぐれにすぎないのだ。それに、何事にもビギナーズラックはある。むしろこれから習得しなければならないシステムの膨大さを思って俺は溜息をついた。

「しかし、どうしてマイケルさんとやらは、グリーン・ビートルって呼ばれてるんだ？」

「コガネムシのタトゥーのせいだろう。緑色の甲虫類――グリーン・ビートルだ。虫のタトゥーをさせるのが〈鳥獣会〉の掟なのさ。幹部だけが鳥とか獣を彫れる。つまらねー掟だろ?」

俺は気になっていたことを尋ねてみることにした。

「日野さん、あんたと鈴木は昔……」

「なあ支配人、人間には知らないほうがいいこともある。そうじゃねえか?」

俺は日野の顔を見た。笑っているが、目には危険な光があった。

彼の意見に賛同する以外、手はなさそうだった。

「わかった、あんたの言うとおりだよ」

日野はニッと笑った。金歯を神々《こうごう》しく輝かせて。

「さすが支配人。物分りがいい。覚悟しておけよ。これからゴールデンウィークに入るまでの間にギャング対応に慣れておくんだ。そうでないと、宴会で使い物にならない」

「使い物……?」

「ああ。今日、鈴木が来たとき、結構ビビっただろう? だがな、今週末にはあんなのが総勢五十人来るんだ」

そういうことか。俺はその想像を絶する光景に頭の芯が痺れるような感覚を味わった。

「せいぜい俺のやり方を身体に刻み込んでおけよ。〈ホテルモーリス〉の危険なおもてなしをな」

それから、不意に日野は顔を近づけてきた。

「あと一つだけ。オーナー泣かすような真似したら、コンサルだろうがキツネザルだろうが、ただじゃすまないぜ？」

「……何の話かわからないな」

「あんたオーナーに気があんだろ？」

俺はジョッキを口に持っていきながら答えた。

「ハハハ、馬鹿なことを。そういう冗談は休み休み言いたまえ」

「支配人、もうビール入ってないぜ」

俺は空のジョッキに何度も口をつけていたらしい。

「俺は支配人として、このホテルを一流のホテルに戻したいだけだよ」

本当は俺の意志はそれほど高尚なものではなかった。だが、るり子さんがそうしたいと言っている。ならばそれが俺の意志ということでも何も問題はなかろう。

「ほう、でかく出たねえ」

「ホテルマンたるもの、当然の願いじゃないか、日野クン」

「まったくだ。だが順序が違う。まずこのホテルを愛するんだ。骨の髄までな。そうすればおのずと道は見えてくる。俺はボレロの旦那と違って、最高とは何かとか小難しいことはわからねえが、やるからにはマニアックにメカニズムを把握し尽くす。それが俺の愛だ」

「日野さんの恋人になる女は、よほど隅々まで愛されてるんだろうね」

「ああ。爪の先までな」

日野はそう言って、胸のポケットからピンクと赤のボーダーの包みに入ったストロベリークリーム味のチュッパチャプスを取り出した。

「一日の終わりはこれに限る」

チュッパチャプスをしゃぶっている日野は、このうえなくキュートだった。那海に見せてやれないのが残念だ。

「やっぱり〈鳥獣会〉はぶっ潰すしかねえな」

「え？」

「いや、こっちの話」

「なんだ、そっちの話だったのか」

俺は豪快に笑った。どっちの話なのか見当もつかなかったが。

「それより、支配人、あの親子どうする？」

「そうだな……」

二人ともほとんど金なんか持っていないのではないだろうか？

そうなると、親子は無銭宿泊客になってしまう。

「日野さん」「支配人」

俺たちは同時に言った。

「あの二人を雇おうか？」

しばらくの間、俺たちは互いの顔を見合わせた。日野がチュッパチャプスをくわえたまま天を仰ぎ笑い出した。つられて俺も笑った。

「何がおかしいんですか？　男二人で。気色が悪いですよ」

入ってきたのは、るり子さんだった。業務時間外の彼女は、黒い服ではなく清楚なワンピース姿に戻っていた。長いおさげ髪がなんとも愛くるしい。

「私、お二人にご報告したいことがあったんです」

それから、彼女はドアのほうを見た。

「入っていらして」

そこにいたのは、黒い制服を着た浦野ラウと〈グリーン・ビートル〉だった。

「今夜からこのお二人にここで働いてもらおうかと思います。日野、教育係、お願いしてもいいかしら？」

俺と日野は、思わず顔を見合わせてしまった。

日野は、チュッパチャプスを俺の掌《てのひら》に載せ――うえ、きたねえ――立ち上がると俯《うつむ》いているラウに手を差し伸べた。

「よろしくな。最高を超えるホテルを作ろうぜ。明日からみっちりトレーニングだ。支配人、あんたもな」

日野は、そう言って室内に響きわたるほどの大きな笑い声を立てた。

14

こうして「小さな目撃者」ならぬ「小さな襲撃者」の一件は片づいた。

一日の終わり、俺は疲れた身体を支配人室のソファベッドに横たえた。

そこへ叔父から電話があった。

〈どうだ、帰りたくなったか〉

「まだ初日だよ。話がだいぶ違うことに戸惑ってはいるけど」

〈人の話ってのは現実とは異なるものだ。勉強になっただろう？〉

叔父は悪びれずに言う。

〈まあ、あと一週間続けてくれさえすればいいんだ。宴会が無事終了したらすぐに本社に戻してやるから〉

「冗談じゃない。ホテルがちゃんと復興するまで見届けないとコンサルティングのプロとは言えないよ」

〈いいか？　勘違いするな。〈鳥獣会〉の宴会でこれ以上ホテルの傷を増やさないようにするのがお前の仕事だ。宴会が終わったらそれ以上いる必要はない〉

「そんな……それじゃあ何のために経営上の問題点を精査してるのかわからない」

〈お前がアナライズしたデータをもとにして、今後の方針はこっちで決める。とりあえず全力で動け。お前が成功させなきゃならない宴会は、並みの神経じゃ乗り切れないぞ〉

一方的に電話は切れた。

叔父は何を企んでいるのだろう？　俺は受話器を戻した。

まあいい。どのみち、俺がこのホテルでやることは変わらないのだ。目下の問題は、ほぼ毎日のように訪れるギャングをどう〈おもてなし〉するか。

――お帰りなさいませ。

目を閉じると、五年前のるり子さんの声が聞こえる。五年前、俺は自らそれを体感したのだ。記憶に忠実になれば、俺と彼女が同じ理想を抱くことも、不可能ではあるまい。ホスピタリティが、単なる一施設のサービスでなく、世界全体に作用する重要な思想だというのなら、俺もそう信じて実践するのみだ。

「ただいま」

俺はそう呟いてみる。俺と母には最低限の生活費しか寄越さなかった父が、支援を惜しまなかったこのホテルに。

それから、部屋の片隅に置かれたオーディオでラヴェルの「水の戯れ」を聴く。かつてその音楽が俺の来訪に合せて流されたのはこのホテルがラヴェルの音楽ばかり流していたことによる偶然ではないはず。母がとりわけ好んだ曲だと知っていたに違いないのだ。音楽は時に人の人生の根幹をなす。ゲストにふさわしい音を探し出すことは、あるいはおもてなしの第一歩なのかも知れない。

〈ホテルモーリス〉

それは、乳房のような半島の先端にある高級リゾートホテル。

訪れる者の心に寄り添う「小さなグランド」は、いつか再び最高の楽園となる日を夢見て、紳士淑女の到来を待っている。

そして——俺は、一日の終わりに黄金色の液体を胃袋に流し込む。このホテルの、危険きわまりない未来のことを考えて、気だるい憂鬱《ゆううつ》に浸りながら。

# 第二話　ローチ氏を始末するには

## 1

四月最後の週の水曜日、俺は始業まで、〈ホテルモーリス〉の支配人室で熱い珈琲《コーヒー》片手に『ホテル・ルワンダ』を観ていた。実話を元にしたもので、平たく説明するなら『シンドラーのリスト』のホテル版である。ツチ族とフツ族の争いが激化し、大量虐殺が行なわれる状況のなかで千二百人以上の難民をホテルに匿《かくま》って助けたホテルマンの姿が描かれている。前オーナー兼支配人だった星野ボレロのコレクション棚にあった一作だ。

ホテル映画と思って観始めたら、存外重たい内容だったので食傷気味になりながら、ラジオから〈──を始末しろ〉とプロパガンダが流れる不快なシーンで停止ボタンを押した。

もっとまっさらな気分のときに観ていれば集中もできたし、感動もできただろう。だが、いまはただちょっと朝の息抜きができればそれでよかったのだ。悪夢のようなゴールデンウィークに備えた、せめてものリフレッシュのために。

時計を見ると八時四十五分。ロビーに顔を出すのは五十分と決めていた。残りのわずかな時間を精神統一に使おうと、ドノヴァン・フランケンレイターの《ザ・ウェイ・イット・イズ》を流した。業務が始まれば、ずっとラヴェルの音楽ばかり聴く羽目になる。プライベートの時間くらい、ドノヴァンのソウルフルなサーフ・ミュージックで気分をリラックスさせたかった。ノックの音がした。返事をする間もなくドアが開く。

「朝食はお済みですか？」

現れたのは、るり子さんだった。俺は音楽を止め、珈琲カップを掲げながら答えた。

「朝食は済んでますよ。珈琲だけですけど」

「ダメですよ、ホテルマンは食べられるときにしっかり食べておかなくては」

あとで料理長に届けてもらいます、と言って彼女は中に入った。

「じつは折り入ってお話ししたいことが。このホテルの衛生管理のお話です」

「掃除なら、たしか客室係が十名いますよね？」

「ええ。でも彼らは各客室清掃の担当で、大掛かりな清掃のための教育は受けていません」

「大掛かりな清掃……というと」

「もちろんホテル全体の大掃除です。一度、専門の業者に頼んで一斉清掃をしたほうがいいと思うんです。できれば今週じゅうに」

「今週じゅうですか……」

ゴールデンウィークに向けてのお色直しというわけだ。気持ちはわからないではない。ホテル再興を願うのは俺も同じだ。しかし――。

「るり子さん、お考えはわかります。でも、お互い承知していることと思いますが……」

「予算がない、ですよね？」

「そういうことです」

〈ホテルモーリス〉の台所は火の車だ。このゴールデンウィークで少しでも利益を上げないかぎり、夏までもたないかもしれない。それなのに現状入っている連休中の予約は、現在の継続客を除けば、〈鳥獣会〉御一行の一組だけときている。

対策はあれこれ立てている。たとえば昨夜スタッフの履歴書を整理するうち、単なるぐーたらなボーイだと思っていた桑野が理系人間と判明し、半ば強制的にホテルのホームページを作らせた。検索エンジンのキーワードを「海辺」や「リゾート」に設定させておいたから、少しは効果があるかもしれない。しかし、そんな取らぬ狸の皮算用をもとに出費を増やすわけにはいかない。

「えーと、ゴールデンウィーク分の予定支出が、現資金プラス予定収入からすでに七十万円もはみ出ていますね」

「でも一斉清掃を依頼するなら、タイミング的には今しかないと思います。ホームページだって開設しましたし、海岸の観光客を誘致できる可能性もあります」

「そうですけど……」

「いいじゃねえか、支配人」開いているドアから、日野が入ってきて口を挟んだ。さも俺が些末なことにこだわっていると言わんばかりのうんざり顔をしている。だが、数字の話なら俺に分がある。

「これだから経営の素人は困るなぁ。日野さん、経営のテコ入れには、まず余計な支出を抑えるのが肝要。必要か十分か、それが問題なんだよ。わかってる？」

「大清掃は必要だぜ。急がば回れって言うだろうが。見ろよ、この部屋の天井の隅に棲息中の蜘蛛《くも》を」

俺は天井の角に目をやった。そこには巨大な蜘蛛がいて、ゆっくりと移動しているところだった。

「掃除会社なら社員全員で掃除をすればいい。だが、ここはホテルだ。日々おもてなしをするべきゲストたちがいる。そこでお客様にケツを向けて清掃に明け暮れる舞台裏を見せられるか？」

一理ある。俺は眉間に皺《しわ》を寄せ、頭を抱えた。すると、日野が言った。

「支配人、なに、あんたが気にしているのはコストだ、そうだろ？」

「他に何があるっての？」

日野は笑ってそれには答えず、食器棚からジョッキを取り出した。危険な予感がした。彼は話に熱中し始めると喉が渇く傾向にあるらしかった。そして──彼が近づいているサーバーに入っている液体は、日野が飲むには適さない飲み物だった。

「簡単な話さ」日野はそう言ってサーバーからジョッキに黄金色の液体を注いだ。

「安い掃除屋を当たればいいんだ」

「日野、安かろう悪かろうですよ」すかさずピシャリとるり子さん。

「まったくです、オーナー。だが、世の中には時に経済とはべつの理念で動く奴もいるんです」

「はっはっは」俺は思わず笑ってしまった。人間は何らかの恐怖心を抱いたときに笑ってしまう生き物なのだ。「日野さんが掃除屋とか言うとべつの掃除屋を想像しちゃうのは俺だけかなー、いやホント、怖い怖い」

次の瞬間俺の笑顔はそのままフリーズした。日野が口元だけに笑みを湛えて俺を見ていたのだ。〈黙れ〉ということらしい。

俺は口を閉ざすことにした。目の前でアルコールの飲めない男がビールを飲み干しているとにも。

日野は空になったジョッキをドンと机の上に置いた。

「日野……大丈夫ですか？」るり子さんも止めるのが遅い。

ゲップまじりに日野は言った。「俺の古いダチに軍曹って渾名《あだな》の奴がいる。長く海外で傭兵生活を送っていたが、病的なまでのきれい好きが高じて掃除屋になった野郎だ。これがその電話ばんご……」

電話番号の書かれたマッチをポケットから取り出して俺に渡すと、その場に倒れ込んだ。二日前と同じ過ち。なぜ日野は、彼の体がアルコールを受け付けないことを忘れてしまうのだろう。

るり子さんは慣れた様子で日野に毛布をかけると、言った。

「朝礼、始めましょうか」

こうして、その一日は始まった。

2

朝礼では毎朝〈ボレロ・マスト〉という心構え十ヵ条を総勢五十六名のスタッフが全員で読み上げるのが決まりだった。もっとも、この決まりは昨日突如日野が作ったものなのだが。

この〈ボレロ・マスト〉は、星野ボレロがさまざまなホテルを視察したうえで、最高級ホテルに必要なホテルマンの心構えをまとめたものだと言う。

――この内容は、以前は三ヵ月おきに変わってたんだ。

日野はそう教えてくれた。ボレロという男は本物のホテル狂だったのだ。そして、ボレロは死に、最終版の〈ボレロ・マスト〉だけが残された。

――彼にとっては最高のホテルを作り出すことは、言ってみりゃあ趣味だったのさ。思春期の青年がスーパーカーに憧れるようにな。ボレロの旦那は永遠の子どもみたいな人だったんだ。

その永遠の子どもが作り出した規律に従って、俺たちは動く。ボレロは、死してなおこのホテルに君臨しているのだ。彼は人類が存続すべき存在であることを示す道標として、このホテルを構想した。〈よそ者〉を、一流の人間としてもてなすことが、世界の均衡を保つこととどこかでつながっているのなら、たとえ〈子どもの趣味〉でも無限の価値がある。

ラヴェルの《道化師の朝の歌》をバックに、集まったスタッフ全員で〈ボレロ・マスト〉を読み上げる。まだぎこちないスーツ姿のミシェルと、ぶかぶかのボーイ服を着込んだ少女、ラウの姿もある。ラウとミシェルは親子で、一昨日社員になったばかりだ。もっとも、ラウは遊軍で、一日数時間はるり子さんが勉強を見ているけれど。

フロントスタッフ数は十二名。サッカーはできるが、リゾートホテルが大型連休を乗り切るにはじゅうぶんとは言えない。しかもうち二人は完全な素人。ベテランと呼べるのは日野くらいだ。

あちこち埃を被っていたホールは、るり子さんが奔走したおかげでパッと見は美しくなった。だが、アーチ型天井から吊り下げられたシャンデリアにはさすがに手が届かないし、大理石のフロアを磨くのだって素人には限界がある。俺は、改めてさっきるり子さんに反対した自分の浅はかさを自省した。

スタッフがるり子さんに促されて〈ボレロ・マスト〉を読み上げているあいだに、俺は日野に渡されたマッチの番号に電話をかけた。

電話口に出たのは男だった。日野の知り合いと聞いて勝手にアブない奴を想像していたため、軽快な調子に面食らう羽目になった。

〈すぐ参りますよ〉と男は言った。

「え……すぐって……いつぐらい?」

〈そりゃあすぐはすぐですよ〉

「はあ」

〈日野の旦那の頼みなら、仕事の一つや二つはぶっ潰してすぐに向かいます。大丈

夫、法定速度は守りますから〉

男は早口で言い募ると、〈それでは後ほど〉と、いったん電話を切ろうとし、慌てて通話口に戻ってきた。

〈ああ、一つ聞き忘れました。日野の旦那は、始末も一緒に頼むと言っていましたか？〉

「始末？」

〈いるんじゃないですか？　ほら〉

前言撤回。俺はイメージの修正を修正した。やはり日野の知り合い。カタギのわけがない。俺は二日前の日野の呟きを思い出していた。

——やっぱり〈鳥獣会〉はぶっ潰すしかねえな。

「いることは……いますが」

〈やっぱり。わかりました。じゃあ、そっちの準備もして参ります〉

「あ……ちょっと」

電話はすでに切れていた。

俺はパソコンの宿泊客管理画面を見た。昨夜から815ルームに宿泊している鎌田《かまた》という男は、タトゥーを見たわけではないが、明らかにその筋の人間に見えた。もしかしたら日野は、るり子さんの大掃除のアイデアにかこつけて何か良からぬことを企んでいるのではなかろうか？

だとしたら——たった今、自分はその片棒をかついでしまったことになる。

「なに浮かない顔してんの？　いつものことだけどぉ」

ミーティングを終えたらしい那海がにょきっとパソコンの上に顔を出した。今日はまたいちだんとリップの色が濃い。日野に恋しているらしく、日野がいる間は上機嫌だ。今のところ相手にはされていないようだけれど。

「君ね、さっさと自分の持ち場に戻ったほうがいいよ」

俺はできるだけ威厳のある声で告げた。

「ここが私の持ち場なんですけどー」

「あれ……？」

彼女は正しい。ここはコンシェルジュ・デスク。割り込んでいるのは俺のほうだった。

「准くん、何か気になることが？」

俺の表情から何かを感じたらしい。こういう察しのいいところを見ると、案外適任なのかもしれない。

「この鎌田って男だけど、以前にもホテルに泊まったことある？」

「ない。初めて見たわね。見た目怖そうだったけど、〈鳥獣会〉じゃないっぽい」

「ふうん……」

〈鳥獣会〉じゃないギャングがこのホテルに？

「ていうかさ、たしかにカタギではなさそうだけど、ギャングでもないわよね、むしろあの匂いは……」

「あの匂いは？」

「超セクシー」

「…………」

時間の無駄だった。「そうか」俺は大きく頷いてからホールを離れようとした。

そのときだった。

「ピシッとせんかい！」

回転扉から入りしなに桑野の頭を叩き、巨体をゆさゆさと揺さぶりながら初老の男がこちらにやってくる。

「お帰りなさいませ、御木《おんき》様」

るり子さんが即座に歩み寄り深々と頭を下げて出迎えた。俺はパソコンの画面を移動させて今日の予約者名簿を見た。そのなかに「御木誠《まこと》」の文字を発見する。備考欄には、「御木オネスト産業社長」とあり、「午前中にチェックイン」と注意書きされていた。まるで『ゴッドファーザー』を思わせるシルクハットにズートスーツという出で立ちは、これで葉巻をくわえていないのが不自然なくらいにマフィア的だった。

「ねえちゃん、久しぶりだな。部屋に案内してくれ」

「こちらでございます」

案内に出てこようとした那海を手で制して、るり子さんが鍵を持ってエレベータに向かった。馴染《なじ》みの客のようだ。

俺はもう一度管理画面に戻って客室一覧を見た。客室稼働数百八分の二十八。空室が多いのに、最上階の向かい合う二部屋が同時に埋まっている。

「この部屋の配分、おかしくないか？」

俺は那海にそう尋ねた。

「仕方ないわよ。あの社長さんは毎年この時期に816ルームに泊まるらしいし、鎌田って人は最上階のオーシャンビューの部屋のなかでもS島が見えるところがいいって言うんだもの」

S島が見える最上階のシングルは、たしかに鎌田の希望した角部屋815ルーム以外にはない。だが、これだけ空きがあるなかで、向かい合う二つの部屋が埋まっているというのはいかがなものか。

それに——御木という男はなぜ一人で泊まるのにツインの部屋を所望したのだろう？　あとから連れでも来るのだろうか？

不穏な気配を嗅ぎ取って渋い顔をしていると、那海が言った。

「あ、そうそう。さっき言おうとしたことなんだけど、鎌田って人、なんかスナイパーっぽくない？」

その言葉に——頭のなかに溢れるイメージが、ひとつに集約されていった。「道化師の朝の歌」が軽快な盛り上がりを見せる。ラヴェルにしては明るい曲調だが、どことなくざわついた雰囲気は、後になって考えればこの一日を象徴していたとも言える。二日前より、注意するべき輩《やから》は多くなっていた。危険の匂い。俺はそいつを肺いっぱいに吸い込んでから、このホテルに跋扈《ばっこ》する魑魅魍魎《ちみもうりょう》のおもてなしについて考え始めた。

3

カマキリは、窓辺にある天然木製の丸テーブルに置かれたウェルカムフルーツのなかからプラムをとってかじりながら、豆のように小さなS島を眺めていた。両見えないアヒルの卵でも持ち上げるように掌で球を作って両手の指先を合わせ、両人差し指をぐるぐるとチェイスさせる。こうしておくと、頭の回転が速くなって非常事態への対応がしやすくなるのだ。二十回まわしたら反対回し。

彼が今いるのはホテルモーリスの最上階、815ルーム。シングルタイプのロイヤルスイートルームに敷かれた手織りの最高級の絨毯《じゅうたん》に立っている。彼の背後には天蓋《てんがい》のついたキングサイズのベッドがあり、遥か彼方に、そのなかで一ヵ月でも暮らせそうなくらいに広い、ガラス張りのシャワールームがある。梁《はり》をなるべく少なくした開放性の高い空間には、壁のテクスチャーや照明の効果によって神秘性がもたらされ、壁と一体になった最新のAV機器をはじめとする機能美とも融け合って見える。

殺し屋になって十五年。カマキリは一貫してホテルでの自殺偽装を専門に請け負っているが、これほどのホテルにはお目にかかったことがない。まるで東洋と西洋の神秘が集う神殿だ。ここまでいい部屋だと、しぜんと気分が高揚し、仕事がうまくいくような気持ちになるから不思議だ。

彼の手口はシンプルだ。背後から近づいてターゲットに睡眠剤を注射し、意識のないうちに事前に仕掛けておいた装置にかけてそのまま首吊り自殺に見せかけて殺す。

今回のターゲットは——御木誠。彼は今日、カマキリの部屋の向かいに宿泊する。毎年この時期に、816ルームに一人で泊まるのだという。昨夜、〈鳥獣会〉会長の鷲尾からじきじきに電話があった。開口いちばん、鷲尾は言った。

——よかったな、久々のローチだ。

〈鳥獣会〉では餌のことを〈鯉《ローチ》〉と呼ぶ。実際、カマキリが〈鳥獣会〉から仕事を請けるのは二年ぶりのことだった。この業界、一度失敗すると、しばらく仕事が来なくなる。二年前にカマキリはミスをした。相手の心音を確認しないまま足早に現場を立ち去ったのだ。もともと睡眠剤が効きにくい体質であったそのターゲットは、意識を取り戻して装置から逃れ、一命を取り留めた。男が警察に通報したため、カマキリはしばらく雲隠れしなければいけなかったのだ。

あの日は前夜に夫婦喧嘩をしたせいで一睡もできず、頭がぼうっとしていた。もちろん、そんな言い訳が通じる世界ではない。命を消されなかっただけマシだった。警察に一人〈鳥獣会〉の内通者がいたためカマキリの一件は揉み消された。ただし、仕事は波が引いていくようにすっとなくなったため、カマキリは妻と別れて長い休暇に入った。

半年前にギャンブルの負けが込んで金に困り、やむなく仕事を再開することになった。ほとぼりが冷めるにもいい頃合だ。カマキリは昔のコネクションを頼って営業に回ったが、傷物のスナイパーに本気で重要な仕事を頼む者は誰もいなかった。仕方なく、民間企業からの殺し業務請負に乗り出した。殺し屋風情に似合わぬ甲高い声が、ここで生きた。

最初はカマキリを恐れる企業も、ひとたび彼が口を開くと、力の抜けたような顔になり、心を開いた。そうして着実に民間企業と信頼関係を築いていったのだ。

そして、その評判を聞いた〈鳥獣会〉会長の鷲尾が、再びカマキリに興味を抱いた。

――今回は特に民間の人間との連携が重要になってくる。そうなると、お前さんには適役かもしれんな。

遠回りした経歴に光が当てられた。二つ返事で引き受け、カマキリはこの〈ホテルモーリス〉にやってきた。

問題の〈鯉《ローチ》〉も部屋に入った。時計は午前十一時十五分。約二時間前に御木はチェックインした。今頃部屋でゴロゴロしているはずだ。失敗は許されない。フリーの殺し屋が民間企業から取れる金など高が知れている。対して、今回のように力のあるギャングがあいだに入って企業から発注を受けた場合、その上がりは殺し屋の直営業の比ではない。寄らば大樹の蔭。なんとしてもここで一旗揚げねばならない。焦らずこなせば、何も問題はない。あの頃とは違う。睡眠もしっかりとっている。

なのに、何だろう？　なぜか、カマキリはいやな予感を拭い去れずにいた。さっきロビーで聴いた妙に明るいピアノ曲のせいかもしれない。あれは誰の曲だったか。

彼の耳が廊下の足音をとらえたのは、まさにその時だった。足音は二つ。どちらも男のものだ。静かにカーペットを踏みしめている。やがて、さささっと足早になったかと思うと、立ち止まった。

「ローチはこの辺りに出るらしい」

「なるほど。しかしここでやるわけにはいきませんよね？」

「当たり前だ。タイミングは任せるぜ」

「どこでやるかも、任せてくださいよ。奴は神出鬼没ですから、一気に仕留めないと……。一応、ホテル全体をチェックしましょう。どこに仕掛けるのがもっとも効果的か考えなくては」

「時間はあまりない。頼んだぜ」

二人の男は去っていく。

何てことだ。奴らも御木を狙っているのだ。

「鷲尾の野郎……どういうつもりだ？」

いくら考えても理由がわからなかった。なぜ鷲尾は別の殺し屋を頼んだりしたのだろう？

考えられるのは——自分が信用されていない、ということだ。

「ナメやがって」

カマキリは癇癪《かんしゃく》を起こし、室内の壁を蹴った。

今廊下にいた二人のうち一人は殺し屋で、もう一人は〈鳥獣会〉の内部の誰かだろう。だが、二人は部屋の番号を正確に把握せずにやってきたらしい。そそっかしい奴らだ。

「畜生！　見てやがれ！」

4

「安いほうですよ、これ」

るり子さんは長い髪を耳にかけながら、軍曹からもらった見積書をテーブルに戻した。軍曹は到着早々にビールのショックから立ち直った日野とホテル内を見て回り、見積りを作成して寄越した。〈まあ、あくまで目安ですが〉とにこやかに言うと、彼は早くも作業態勢に入って再び日野と消えてしまった。

「比較から言ったらそうなんでしょうね。でも、これ払っちゃうと、しょうじき今後が……」

「ローンにできるか聞いてみましょう」

「それは貧乏人の発想で危険ですね。ビジネスは一括現金を信条としておいたほうがいい」

「背に腹は代えられません」

こうなるとるり子さんは頑固だ。だが、それでも耳が痛いようなことを言うのが俺の役目。もう一押し、と思っていると、るり子さんがきりっとこちらを見た。俺は思わず言葉を飲み込んだ。威圧されたのが半分、見惚《みと》れたのが半分。やはり正面アングルが彼女のベストショットだ。るり子さんはそんな俺の邪念を読んでか小さく溜息をついてかぶりを振った。

「いいですか、支配人、ホテルは呼吸しているのです。いいおもてなしを受けたゲストが、宿泊する前よりもいい状態でホテルを出る。そしてその方が再びやってくる。良質なホテルとは、良質なゲストとともに育んでいかなくてはなりません」

「良質でないゲストも多いと思いますが？」

「良質なゲストは、求めて得られるのではありません。ただ我々は静かに自分たちの信じる最高のおもてなしを貫くだけでいいのです。以前にもお伝えしたとおり、〈よそ者〉を歓待する精神こそホスピタリティですよ」

結果はついてくるはずです、と最後に力強くるり子さんは宣言した。彼女はこの破産寸前の状態でここまで強く理想を打ち立てられる。俺はそのことに素直に敬意を抱いた。

「わかりました。じゃあこの見積りでやってもらいましょう」

「ありがとうございます！」

満面の笑みを浮かべる彼女は、背中に羽がないことが不思議なほど魅力的だった。彼女は俺の両手をとって激しく揺らして飛び跳ねた。まるで十代の少女のように。

その様子に、それまで言おうとしていた言葉が引っ込んでしまった。

「ナーニニヤニヤシテンノ、支配人！」

振り返ると、そこにミシェルが立っていた。彼はずかずかと室内に入ってくるとるり子さんに言った。

「アノオヤジ何ナノヨ、マッタク！」

彼は日本に来て女言葉だけ覚えてしまった。だから、べつに男が好きなわけでもないのに女言葉でしゃべる。この辺りは今後軌道修正をする必要がありそうだ。

「あのオヤジ？　ミシェル、それはいったい」

「オ・ン・キ！」

話を聞けば、御木がエレベータで一緒になった際に、セクハラまがいのことを言ってきたらしい。

るり子さんは目をつぶって溜息をついた。

「……ごめんなさいね、ミシェルさん。今回だけ大目に見てあげてちょうだい。少し誤解を与えるけれど、決して悪い方ではないの」

「勘弁ナラナイヨ！」

「まあまあ」俺は鼻息の荒いミシェルをなだめてから、るり子さんに尋ねた。

「あの御木様は、馴染みのお客様なんですか？」

「ええ。毎年この日になると、お一人であのお部屋にお泊まりになります」

「職業もカタギじゃないでしょう？」

「危ない橋もいくつか渡ってきた、と以前ご自身で仰っていた気もしましたが、ギャングかどうかは……だって、ほら、社名に産業ってついてますし」

るり子さんには時折こういう世間知らずなところがある。

「カタギのふりをしたギャングだって大勢いますよ。それにあの格好、それを隠す気もなさそうですしね」

俺が言い立てると、るり子さんは静かに頷いた。

「ゲストの職業が何であっても私は問題にしません。その方がおもてなしにふさわしい態度をとってくださるなら。もっとも、本当に歓迎できないお客様というのもいることはいますが」

そう言って彼女はテーブルに視線を落とした。

俺は、御木とその向かいに強引に部屋をとった鎌田という男のことを考えていた。これまで御木はホテルで問題を起こしたことはないのかもしれない。だが、今回はどうだろう？　石一つでは何も起こらなくとも、二つの石がぶつかれば発火することもある。

「まあ、とにかく様子を見ましょう」

5

「樋渡《ひわたり》さん、得意料理とかないの？」

俺は料理長の樋渡に尋ねた。彼は四十代初めの昔気質《かたぎ》の料理人だ。昨年九月にふらりと採用面接に現れ、そのまま料理長不在だった厨房の料理長におさまった。この二日間ホテルの料理を食べ、腕が悪くないことはわかったが、口コミで広がるような看板メニューに乏しい気がした。

今日は正体のわからぬゲストが二人いる。まだまだ増えるかもしれない。素性はともかく、まずは彼らの舌を満足させる必要があるのだ。

「そう言われてもねえ。俺の得意料理は最高級食材がないとできないんだよ。でも今はコストかけられないだろ？　だから、毎日その日いちばん安い材料使って思いついた料理作ってるだけなんだよなあ」

贅沢な料理人だ。とりあえず、彼のモチベーションを高める必要がありそうだ。

俺のとなりではホームページ作成係に急遽《きゆうきよ》任命された桑野がデジタルカメラを持って眠たそうな顔で立っている。ホームページに料理のメニューを載せるためだ。ランチやディナーだけでも利用できる、という宣伝のためにメニュー掲載は不可欠なのだが、樋渡になかなか趣旨が伝わらない。挙げ句、「それに、宣伝なんかしたら忙しくなっちゃうでしょうが」などと言い出す。

「忙しくならないと潰れるよ」

「そりゃ困るなあ」他人事《ひとごと》のように言って樋渡は魚を切り始める。「だってよぉ、看板メニューって言われても、フォアグラとか使っちゃダメなんだろ？」

「そりゃあ、まあ、そうだけど……安い食材を活かすのも料理人の腕の見せ所じゃない？」

「そんなのみんなやってるよ。看板にはならないって」

一理ある。よほど珍しいことをしなければ。

すると、それまで黙っていた桑野がぼそっと意見した。

「それじゃあ、いっそ激安素材を使ったらどうですか？　もやしとか豆腐とか」

まったく、寝起きの病人みたいな声で何を寝ぼけたことを。俺は首を横に振った。

「桑野ちゃんねぇ、もやしや豆腐でいったい何が作れると思う？　せいぜいどこにでもある家庭料理だよ。ホテルにまで来て食べるようなものなんか……」

「ふむ……それイケるね」と樋渡。

「そうそう、イケるんだよ……え？　い、イケるの？」

取り乱した俺などお構いなしに、樋渡と桑野は創作料理話に花を咲かせ始めた。

何であれ活路を見出したと本人たちが思っているのはいい傾向だ。支配人たる者、形勢の立て直しの早さも重要。今日はまだまだ仕事が山積みなのだ。

「なるほど、じゃあそれで一品頼むよ」

俺はその場を二人に任せて立ち去ろうとした。そのとき——。

「失礼しますよ」

入ってきたのは、天井に頭がつきそうなほどひょろっと背の高い男だった。フィットした黒革のジャケットとパンツで全身をコーティングし、オールバックにまとめた長髪を後ろで束ねてポニーテールにしている。ちょび髭《ひげ》と円形のサングラスがさらに怪しさ増大に貢献しているのは間違いない。

「軍曹、どうしたの？」俺はノッポの男に声をかけた。

そう、この男が日野の話していた軍曹なのだ。彼はホテルに着いたときから黒子《ほくろ》のように張りついて離れない薄ら笑いを浮かべたまま答えた。

「ちょっと視察です」

軍曹は首を左右に鋭く動かした。何か目的をもって探し物をしているようだった。

俺はさっきるり子さんに言い損ねたことを思い出していた。

この男を本当にただの掃除屋だと思ってしまっていいものなんだろうか？　もしかしたら、表向きとはべつの〈掃除〉も同時に行なう男なのではないのか？

「どうだ？　何かわかりそうか？」

軍曹の長い体の向こう側から、酔いがまだ微かに残ってみえる日野が顔を出した。

「ええ、大体は」ニカッと笑って軍曹は答え、口髭を指で撫でた。

俺は、この機会にと見積りの話をした。

「軍曹、さっきの見積りは問題ないと思う。ただ俺から一点、見えない部分の掃除はこの際後回しにしてもらえないだろうか」

すると軍曹は、人差し指をピンと立ててチッチッチとそれを動かして否定のジェスチャーをした。

「支配人。逆ですよ。ホテルの清掃でいちばん大事なのは見えるところの掃除じゃないんです。目に見えないところほど、もっともホテルの傷になりやすいんですよ」

「そのとおりだぜ」

日野がゲップまじりに追撃を仕掛けた。それからボキボキと首の骨を鳴らす。

「悪い奴らほど人目を忍ぶもんだ」

「日野さん」俺は声を落とした。「あのさ、ここはホテルだからね……」

「支配人、釈迦に説法だぜ。ここはホテル。最高のおもてなしをしなくっちゃな」

日野はまだ微かに赤みの残る顔でニッと笑った。奥の金歯がきらりと光る。

軍曹がふふっと不穏な笑みを洩らしながら言った。

「腕が鳴りますよ全く。これでこそ時速百五十キロで飛ばして来た甲斐があるってもんです」

やっぱり法定速度は守らずやってきたようだ。

俺は日野になおも苦言を呈した。

「日野さん、くれぐれも……」

「わかってるよ、若いうちから心配性だと長生きできないぜ？」

バシッと叩かれて、俺はよろけた。

「あれ？　掃除屋さんは？」と桑野が目覚めたてのような顔で言った。

辺りを見回すと、すでにあの目立つ図体をした軍曹の姿が見えなくなっていた。

「ホントだ、いつの間に……」

すると日野がフッと笑いだす。

「もう仕事にかかったんだろう。見えない部分の掃除からな」

俺は——軽いめまいを覚えた。

6

〈計画は順調か？〉

「俺的には」

空々しい、と思いながらカマキリは答えた。

電話の向こう側に沈黙が流れる。静かにドスを利かせるタイプのギャングである鷲尾のことだ。思わぬ反抗的な返事に、驚きつつも落ち着いて対処法を探っているのだろう。

〈何か問題でもあったか？〉

「あんた、人を信頼して仕事を頼んでるのか、それとも試したいだけなのか、どっちだ？」

〈何を言ってるんだ、お前さん？〉さっきより曇った声で鷲尾は問い返す。

「信頼されてないと仕事にならないんだよ」

〈……そりゃあそうだろう〉

「だから聞いてる。俺を信じてるのか、試してるのか、どっちだ？」

〈……何が言いたい？〉

シラを切る気か。それとも事態は取り返しのつかないところまでいっているのだろうか？　たとえば——このホテルを出た途端自分は何者かによって消されてしまう、とか。

「てめえ、俺以外に殺し屋頼んだろう？」

〈落ち着けよ、カマキリ〉

「そいつにローチを先にやらせて、俺にはどういう役を振る気だ？」

〈おいおい、俺は二人の殺し屋に金を払うつもりはないぞ〉

静かで乾いた笑いが洩れる。

つまり、一人は消す、そういうことか。

何が原因で俺が消されなければならないんだ？

カマキリには身に覚えがなかった。過去の失策はすでに不問に付されて久しい。今さらあの一度きりの失敗をほじくり返す意味はあるまい。唯一考えられるとすれば、民間企業に営業をかけて生き延びたこの半年のあいだ、気づかないうちに危険なヤマに手を出していたという可能性だ。

その場合、〈鳥獣会〉側に好都合な筋書きは、御木を別の殺し屋にやらせておいて、そのあとにカマキリを殺して御木の暗殺者に仕立てる、というものだろう。下手な自殺偽装工作をするより潔いかもしれない。警察もカマキリの経歴を知れば納得するだろう。

「なるほどな、お前の魂胆はよくわかったよ」カマキリは言った。

〈わかってくれたならよかった。成功を祈るぞ〉

「そうはいくか」

〈なに？〉

さすがにカマキリの剣幕に度肝を抜かれたのか、動揺が見えた。

「そうはいくかと言ってるんだ。誰が邪魔しようと必ず俺が真っ先にローチを仕留めてみせる。百パーセント確実にな」

〈……頼もしいな〉

カマキリは電話を切った。ナメやがって。だが、もう奴らのトラップは自分の手の中にあるも同然。要はそれに引っかからなければいいのだ。

まずは御木の暗殺時刻を夕方から昼に変更する。そして、そのまま夕方まで自室で待って、俺を殺しに現れる奴を返り討ちにする。もちろん殺す前に銀行の暗証番号を聞いておく。この業界は支払いの早さがありがたい。たぶんその殺し屋は任務遂行直後に入金してもらえるはずだ。カマキリがその男に成りすまして電話をかけ、任務完了を告げれば、〈鳥獣会〉はすぐに報酬を振り込むだろう。現場で何が起こったのかを鷲尾たちが知るのは、カマキリが飛行機に乗った後だ。

明日から英語の勉強でもするか。

カマキリは頭の切り替えが早い。生き残るためには何を切り捨てるべきかを瞬時に見極め、ためらいなくそれを行なわなくてはならない。それが、殺し屋としての彼の哲学だった。

電話をかけた。御木オネスト産業の副社長。今回のクライアントだ。沢村《さわむら》というこの男は次期社長の座がべつの人間にいくのではと危惧していた。長いことやもめを通してきた御木が、再婚、それも社内婚を決意したのだ。相手は、営業課に所属する三十代のキャリアウーマン。彼女と婚約してから、御木は朝礼で女性の社会進出の重要性について触れることが増えた。これを沢村は、御木が引退したときに妻に実権を握らせるための伏線だと考えていた。

だからこそ、沢村は御木が正式に結婚する前に、彼の死を望んでいた。

「俺だ、鎌田だ」

今回の計画におけるコードネームを言うと、相手は小声で答えた。まだ会社にいるようだ。

〈早くないですか?〉

「計画を変更する。十二時だ。十二時にロビーに来て呼び出してくれ」

当初の計画では、沢村が夕方四時にロビーに現れ、会社の相談で御木を一階レストランに呼び出す隙にカマキリが御木の部屋のドアを解錠してなかに入って隠れるというものだった。そして戻ってきたところを眠らせ、予めセットしておいた自殺偽装の装置にかける。

沢村が稼がなければならない時間は、侵入と装置のセットに必要な十五分。廊下に監視カメラがないことは事前に調査しておいた。

〈十二時ですか……取引先との会食の予定が……〉

「殺してほしいんじゃないのか？」

〈で……ですが……わかりました。何とかします〉

「当たり前だ」

電話を切ると、少しだけ気分が落ち着いた。相手を出し抜くには、一手先を攻めればいいのだ。それだけで向こう側は混乱する。

時間は十一時半を過ぎた。

「仕事前の腹ごしらえでもするか」

ここのホテルの食事の味はどうだろう？　この部屋の高級感溢れる雰囲気から言って期待できそうだ。カマキリはかなりの食通である。最高の仕事をする前には、最高の食事にありつきたい。これはスナイパーとしての切なる願いだった。

7

「もやしの冷製スープと豆腐ステーキねえ……」

俺は苦虫を嚙み潰したような顔で、唸り声を上げた。

「ダメ？」料理長の樋渡は言いながらも、手を休めることなく盛り付けを続ける。今日のメニューを俺は一足早く味見させてもらった。ホームページ掲載に値するかチェックするためだ。

見た目も鮮やかなら味も申し分ない。いや、それどころか、もやしや豆腐という単語から想像していた淡白で物足りない味わいとは異なり、やみつきになりそうな濃厚な旨みが引き出されていた。同席した日野も満足顔で俺のほうを見て言う。

「どうした？　何が気に入らねえんだ？」

気に入らないことは何もない。問題は——。

「名前……なんとかならないかな？」

「名前だぁ？」

日野はやれやれという風に首を横に振る。

「支配人、名前まで食べようってのか？」

誰が名前なんか食べるか。

「そうじゃないけどさ、たとえばハイどうぞトマト粥ですって言われて食べたくなる？」

「うまそうだ」

「…………」

話にならない。

「俺はならないの！　チャーハンはチャーハンって言われて出るからおいしいんであって炒めご飯って言われてもピンとこないし、もっと言えばステーキを肉の塊《かたまり》って言われたら食べる気がする？　する？　する？」

日野も樋渡もともに大きく頷く。旗色が悪い。

そこへるり子さんが厨房のドアを開けてやってきた。

「支配人、捜したんですよ。何してるんですか？」

「るり子さん」つい声が甘くなってしまう。「オホン、ええと、コ、コンプライアンスチェックです。俺に用ですか？」

彼女の用事ならどんなものでも歓迎だ。ビジネスであれプライベートであれ。

「精算の件です」

「ああ……」

そんなものさ。ホテルの中にいるときの彼女にプライベートなどあるはずがない。

「どうしたんですか？　皆で集まって」とるり子さんは俺たちの様子を不審がって尋ねた。

俺は今しがたのやりとりについて説明した。男には理解できなくても、女性の目線なら理解できるだろう。話を聞いたあと、るり子さんは目をつぶってゆっくり二回頷いてから言った。

「フランス語にしたらいいんじゃないでしょうか？」

「え……？」

「樋渡さん、確かフランスで料理の勉強してらっしゃったでしょ？　この二品をフランス語風に言うとどうなるんでしょうか？」

「ん？　ああ、ええと、ジェルム・ドゥ・ソジャのビシソワーズと……豆腐はトーフだよ？」

「では——大豆のチーズみたいなフランス語はどうですか？」

「なるほど、それならフロマージュ・ドゥ・ソジャのステック——かな」

それを聞いて日野が微笑んだ。

「バッチリじゃねえか。どっちも大豆だからソジャか。何なら、セットメニューの名前をソジャスペシャルにでもしちまえばいい」

「それ、いいですね！」とるり子さん。

俺はまたもや完全に置き去りにされる格好になった。一方、こうして盛り上がるなかで一人手を休めていないのが、厨房の主、樋渡だった。

「よし、じゃあ用が済んだら出てってくれ。戦争の時間だ」

大げさにそう言って樋渡は俺たちを追い出しにかかった。

食堂を覗くと、ちょうど二人目の客がこちらに背を向けて椅子についたところだった。日野とるり子さんと俺は厨房をあとにし、ロビーに戻ってきた。

そこへ那海が走ってきた。

「たいへんよー日野さん！」

彼女は日野の腕にむぎゅっと大きな胸を押しつけて喋った。「御木様が客室からすっごい剣幕でクレームを！」

「クレーム？　どんなクレームだ？」日野は動じずに尋ねる。

「それが、意味がわかんないのよー、『俺を殺す気か』って」

殺す気か？　何だそれは。

御木は、何らかの身の危険を感じて怯えている。それはたしかだろうが、問題はなぜホテルに苦情を言っているのかということだ。

日野は何事か思うところがあるように考え込みながら答えた。

「そうか……。で、いま御木様は？」

「まだ部屋だけど、『始末するならすぐに始末しろ』って叫んでた」

「なんだって？」俺は思わず叫んだ。

心を落ち着かせ、冷静に頭のなかで状況を整理し、可能性を検討した。御木氏は部屋にいて、誰かに殺される恐れを抱き、電話をしてきている。「殺す気か」というのは、ふつう自分の命を脅かす相手に対して言う言葉だ。

つまり――御木はこのホテルに殺されることを恐れている。そして、恐怖心からやけっぱちになって「始末するならすぐに始末しろ」と啖呵《たんか》を切った。まるでまな板の上の鯉の叫びだ。だとすると――。

――やっぱり〈鳥獣会〉はぶっ潰すしかねえな。

日野の声がよみがえる。

やはり御木は〈鳥獣会〉の関係者で、日野および軍曹が「始末」に着手したことに感づいたとしか思えない。

全員が一斉に日野を注視した。るり子さんが詰問するような顔で尋ねた。

「どういうことですか？　日野」

日野はぽりぽりと頭を掻きながら言った。

「参ったな、もう気づいちまったか」

日野は御木を始末するつもりだったのだろうか？

「おい……日野さん、いったい何を……」

俺は日野に食ってかかった。この男、何を企んでいるのだ？

「旦那、だいたい経路は全部把握したぜ。あとは始末するだけだ」

足りない一ピースをはめこむように、軍曹がロビーに現れて宣言した。

俺は天を仰いだ。

何てホテルだ。世界にはごまんとホテルがあるのに、なぜ俺が派遣されたこのホテルに限って殺し屋がコンシェルジュなんだ？

自分の不運を嘆く余裕はなかった。たとえコンシェルジュがサーベルタイガーでも、このホテル内で事件を起こさせるわけにはいかないのだ。

だが、俺が口を開くより先にるり子さんが言った。

「日野、くれぐれも大事なお客様ですから――」

それを日野はさえぎった。

「わかってますよ、オーナー。お客様に安心してお眠りいただけるよう尽力します。早急にね」

日野の背後で軍曹が付け加える。

「ご安心ください。これより迅速に作業にかかりますから」

安心はできそうになかった。

回転扉が回る。やってきたのは、サラリーマン風の四十代半ばの男性だ。白髪交じりの髪を七三に分け、野鼠のように落ち着かない様子できょろきょろと辺りを見回している。

「お帰りなさいませ」

バリトンで日野が出迎える。

男は、まっすぐフロントまでやってくると、日野に言った。

「御木社長を呼び出してもらいたい」

「かしこまりました。お客様のお名前をお伺いできますでしょうか？」

「御木オネスト産業、副社長の沢村だ」

男はいくぶん緊張した表情でゴクリと生唾を飲み込んだ。

その男の顔を見た瞬間、日野は満面に笑みを浮かべた。なぜか不吉なものを感じさせる笑みだった。いったい彼はどんな手に出る気なのだろう？

「なーんか今日も危険なことが起こりそうね、このホテル。ウフフ」

那海は一人呑気にそんな感想を洩らした。

「危険なこと？」

「そう。すごーく危険なこと。あら？　そう言えばあの掃除屋さんは？」

「ん？」

ふと見回すと、すでに軍曹の姿は再び消えてしまっている。

那海の言う〈危険なこと〉が、如実にかたちを取りつつあった。俺は密かに厳戒態勢にシフトした。

## 8

〈ホテルモーリス〉の食堂は、パームコートのプールに面した半屋外形式だ。今日みたいに天気のいい日は、テラスに出てプールサイドのデッキチェアで日がな一日海風を楽しむゲストも多いらしい。

エメラルド・グリーンに輝く泉のようなプールは、陽光を映してなお涼しげだ。

俺は桑野と向かい合ってテラスのいちばん隅にあるテーブルに陣取っていた。スタッフと感づかれないように金バッジを外し、顔を低く屈めて壁寄りに座った俺からは、店内が見渡せる。いま俺が注視しているのは、中央付近の席にいる御木と沢村だった。沢村が一方的に喋っているのに対して、不機嫌きわまりない顔で御木が頷きもせず沢村を凝視していた。

俺と向かい合って座っている桑野は、俺の目的など知りもせず、キーボードをカチャカチャと叩き続けている。

「桑野ちゃん、何のためにここに入社したの？　楽な仕事なら他にいくらでもあるだろうに。カラオケ屋とかさ」

「……俺、受験生なんですよ、こう見えて。正確には『だった』っていうか」

「だった？」

「去年大学全部落ちて——まあ親に言われて渋々受けただけだから当たり前なんですけど——そのときたまたまここに泊まったんです」

「桑野ちゃんさぁ、もしかしてるり子さん目当てで勤めてるの？」

「そうですよ」

こともなげに桑野は言う。新人類出現。未知との遭遇に俺の心拍数は上がりかけた。

「よこしまなこと考えてんじゃないだろうね？」

「何すか、よこしまなことって」

「そりゃあ……」

言いかけてはたと気づいた。俺の想定する〈よこしまなこと〉は、大抵俺が普段考えているという恐るべき事実に。なんてことだ。

次なる言葉を探していると、大きな咳払いが聞こえた。俺は言葉を飲み込んだ。音の発信源は御木だった。彼は呼び出されたことへの不快感を全身に漲《みなぎ》らせていた。

御木の苛立ちが、余計に沢村の挙動を落ち着かないものにしているようだ。単純で小心な男なのだ、沢村という奴は。狡猾になりきれないナンバー2。暫定的ナンバー2は、いずれあとから来る者に追い抜かれて順位を下げ、ついには席をなくすだろう。本人に自覚があるかどうかはわからないが、沢村はその手のタイプに見えた。

経営者の妾の子ということもあるのか、俺はもともと他人の能力の程度を測るのが得意だ。俺が経営者なら、沢村という男には定年まで係長をやらせるだろう。

時おり振り返ろうとする桑野に、「振り返るなよ」と小声で注意した。

「あんな男観察しても何にもならないっすよ」

つまらなそうに桑野は言う。

「何にもならなくていいんだよ」

相手が誰であれゲストはゲストだ。俺はまだ日野のやり方を百パーセント信頼していない。たとえ優秀なコンシェルジュであれ、一方で彼が殺し屋の顔を持っていることを忘れてはならない。とにかくホテル内から死人が出るような不祥事だけは避けたいところだ。るり子さんの言うとおりならば、〈よそ者〉を歓待するホスピタリティの精神は、存続を目指す人類が、争いを避けて生きるために手放してはならない道標。それなのに、死者を出してしまっては、ホスピタリティの信条に大きく反する。ボレロが作り、るり子さんが守ろうとしているポリシーを守り通す――それが支配人としての俺の使命だろう。

叔父の鷹次がどういうつもりで俺を派遣したにせよ、できるかぎりの成果を出すだけだ。日野にしても、俺と同じ地点に向かって走ってはいる。ただ、奴には奴の敵がいて、その世界で彼がとるべき行動とコンシェルジュとしてとるべき行動の不一致が瑕《きず》となっているのだ。

もしかしたら、それさえも日野は最終的に帳尻を合わせるつもりでいるのかもしれない。だが、それを彼だけに委ねるのは違う。俺は俺でできるかぎりのことをする。そのために、こうしてここで張り込みをしているのだ。

「支配人こそ、るり子さん狙ってるでしょ？」

「ハッハッハ。あいにくだな。俺は何かを狙ったことなんかないよ。何事も狙わないほうがうまくいくからね」

「そういうのって、狙ったことがある人しか言わないと思いますよ」

「…………」

鋭い考察だ。狙っても無駄だと結論づけるには、まず狙わねばならない。

「と……とにかく、ここはホテルで、われわれはホテルマンだからね。るり子さんが好きなら、もっと彼女の前でいい働きをしなきゃ」

「無理ですね、だって得意じゃないことでいいところ見せるのなんて無理ですよ」

割り切って考えることはできている。問題は――彼がボーイであるということだ。るり子さんは、桑野のやる気を勘違いしたのだろう。彼が採用面接で見せたのは、るり子さんへの熱意であってボーイへのそれではなかったのだ。実際、彼はまるでボーイに向いていない。

「よし、桑野ちゃん、君は今日限りでボーイクビ」

「え！」

「声が大きいよ」

「だって、ひどいっすよ」

「最後まで聞けよ。今日からはパソコン管理全般を任せる。もっとも効率よくシステムを回すにはどうしたらいいか、それだけ考えるように」

桑野は無表情のまま頷いた。

「それなら、簡単ですよ。他の企業と情報提携することです」

「え？」

「飲み屋やクラブ、美容サロン、そういうところと顧客の需要に関する情報を共有するんですよ。たとえば、バーの客で泊まる場所に困っているって情報があれば、一本うちに電話をもらえればいい」

「なるほど。地域連携か……よし、君は今日からシステムマネージャーだ」

思いがけない才能の発見だ。俺は頭のなかでチェスの駒のように新人事構想を練り始めた。

そこへ突然、穏やかな食堂内の空気を切り裂くように鋭い罵声が飛んできた。

「くだらねえことで呼び出すんじゃねえ！」

客はまばらとは言え、ゼロではない状況で、その野太い声は全客席に響き渡った。

桑野も振り返ったが、俺は止めなかった。

御木が勢いよく席を立ちかけたときだった。

「お客様、当ホテルのお食事はお気に召しませんでしたか？」

現れたのは——るり子さんだった。

すると、御木は大人しく座りなおした。

「食事に問題はない。こいつが不愉快なだけさ。おい、とっとと帰れ」

「し、しかし社長……」

「自分でなんとかできるだろうが。消え失せろ」

ひいっと叫んで、沢村は椅子から転げ落ちるようにして立ち上がり、しししし失礼します、と言って出て行った。

そこへ樋渡がメイン・ディッシュをもってやってきた。

「お待たせいたしました。本日のメイン・ディッシュ、フロマージュ・ドゥ・ソジャのステックでございます」

「……なんだって？」

御木が怪訝な顔で尋ねたので、樋渡は復唱した。

「フロマージュ・ドゥ・ソジャのステックでございます」

御木はまた怒鳴りだしそうな顔で樋渡を見た。樋渡は悪びれることもなく答えた。

「要するに、豆腐のステーキです」

言ってしまった。それも、よりによって他の客にも聞こえそうな大声で。なんてこった。さっきのコンプラは一瞬で水泡に帰した。

ところが、なぜか御木が豪快に笑い出した。

「だったら初めからそう言え。俺はな、豆腐が大好物なんだ」

彼は上機嫌でナイフとフォークを持つと、がつがつとステーキを一気に平らげた。

「おい、滅茶苦茶うまいぞ、これ。もうひとつ同じ奴を頼む」

「かしこまりました！」

俺は呆気にとられて展開をただ見守っていた。桑野が言った。

「そう言えば――あの沢村って男、結局何しにきたんでしょうね？」

尻尾を巻いて消えた野鼠。その哀れな後ろ姿を思い出す。

「何か仕事上で問題でもあったんだろ？」

「でも、追い返されてましたよ、そんなことで呼び出すなって」

「うん、大した用事じゃないのに呼び出しちゃったんだな」

俺の会社にも何人もいた。判断力のない人間というのはどこにでもいる。

「いや、そうじゃなくて、それ、いまの時代だったら絶対携帯電話で聞けますよね？」

「ああ……」

「なんでわざわざホテルまで来たんでしょう？」

考えもしない疑問だった。

だが、改めてそう問われた瞬間、俺は走り出していた。

わざわざホテルまで来る理由は、直接会うため。つまり——部屋をその瞬間空けさせるためだ。

「支配人？」

背後から俺を呼ぶ声がしたが、俺は止まらなかった。

先回りしなければ。すでに日野たちの罠は仕掛けられている可能性が高い。

9

早めのランチを終えたカマキリは、頭のなかにドナルド・フェイゲンの《カウンタームーン》を流しながら時が来るのをじっと待っていた。

この曲は、カマキリの仕事前のテーマソングだ。テンションを上げながらも抑制が利いた楽曲。「気合を入れろ、だが落ち着いてやれ」歌詞はまるでわからないが、勝手にそんなメッセージを読み取って気に入っていた。

　カマキリは静かな充足感に酔いしれた。胃袋は先ほどのレストランでの贅を尽くしたランチで満たされている。多くの名立たるレストランを食べ歩いてきたカマキリの舌を喜ばせるのはかなりハードルが高い。だが、このホテルはそれを難なくクリアした。

「いい仕事ができそうだ」

〈鳥獣会〉め、ナメた真似をしやがって。だが、何も問題はない。奴らが思っている以上の早さでこっちは動いている。ローチはすでに罠にかかった。カマキリは御木が部屋を出てエレベータに乗った音を確認し、そっと部屋から出た。左右を確認する。人気《ひとけ》はない。

　ポケットからピックとレンチを取り出した。カードキータイプのほうが最近ではスマートに解錠できるが、シリンダー錠でもカマキリならさして変わりない。五秒か十秒。その程度の違いだ。

　作業は七秒で済んだ。これまでの最速記録だ。

　取っ手を回すとすっと回転してドアが開く。成功。カマキリはすぐさま侵入してドアに鍵をかけた。それから慎重に室内を進んでいく。カマキリと同じロイヤルスイートルームだが、御木の部屋はツインタイプであるため、その広さも二倍、いやそれ以上だ。

彼は素早く二つ並んだキングサイズベッドのところまで走り、間にあるデスクの下から椅子を引き出した。それから、御木の荷物のなかから赤いネクタイを取り出し、それを使って仕掛けを作った。なるべく材料は現地調達する。万が一他殺を疑われた場合でも、こうしておけば遺留品から元を辿られる心配がない。

仕掛けはシンプルであるほうがよい。高い場所にフックのあるホテルが今時少ないのは高いところからでないと首吊りはできないという思い込みによるものだろうが、実際には座っていてもできる。

カマキリは室内を見渡し、ベッドの装飾過多なヘッドボードに目をつけた。二つのベッドの右端と左端の尖った部分にそれぞれネクタイを解けないように結びつける。ネクタイは二つのベッドの間に垂れ下がる。ここに奴の首がかかる。

仕掛けが完了すると、カマキリは二つのベッドの間に身を伏せた。

沢村がどういう口実で呼び出す気かは知らないが、どのみち大した用件ではないからそれほど時間は稼げまい。

現在、入室してから三分が経過した。深呼吸をひとつする。大丈夫だ、うまくいく。すぐに高飛びしてしまえば、奴らも泣き寝入りすることだろう。時期を置いて、関西のギャング組織〈ウサギファミリア〉の傘下に入るのも悪くない。奴らなら殺しの仕事も山ほどあるはずだ。

ただ一つ、カマキリにはわからないことがあった。なぜ鷲尾は自分を消そうなどと考えたのだろう？

適当な当て馬がほしかった――という可能性はないだろうか？

カマキリが犯行を実施する予定だった夕方四時に警察を呼んで、彼を犯人として突き出すという作戦だ。

他殺のほうが都合のいいケースはいくらでも考えられる。たとえば、保険金だ。会社が個人に保険金をかけていた場合、自殺では保険金が下りないこともある。

さっき廊下にいた二人の殺し屋は、御木を殺したあとで速やかに退散する。自殺に見せかけて殺すのではない。ただ単に殺すつもりだったのだろう。そして夕方、カマキリの入室直後に警察がやってきて死体を前に呆然とする彼を逮捕する。カマキリは手袋をして、解錠のための道具もすべて取り揃えて現場にいるのだ。これほど犯人としておあつらえ向きの人間もいない。

だが、彼らの計画は崩れ去った。カマキリは自分の幸運に感謝した。

カマキリの耳がドアの解錠音を聞きとったのはそのときだった。ドアがゆっくりと開く。御木が、帰ってきたのだ。

御木の身長はカマキリより大きい。どうやって背後に回りこむかが勝負の決め手になる。息を殺してじっと待った。

やがてゆっくりとした足取りで御木がやってきた。カマキリは全神経を二つの耳に集中させた。

御木は、仕掛けに気づくことなくベッドの縁に腰かけた。大概の人間がホテルの部屋に着くとまずベッドに腰かけるものだ。

その気配をベッドの軋み具合から確認すると、カマキリは注射器を持って身を起こし、御木に飛び掛かろうとした。

しかし——彼がそこで目撃したのは、御木ではなかった。

彼は拳銃を向けられていた。

「貴様は……」

「お客様、お部屋が違うようですよ」

そこにいたのは——伝説の殺し屋、レディ・バードだった。

まさか——。

奴はその昔、〈鳥獣会〉の草創期に権力抗争に疲れて行方をくらましたと聞いていたのに。

驚きのあまり一瞬カマキリは動きを鈍らせた。それが、命取りとなった。レディ・バードは強烈な拳をカマキリの腹部に喰らわせ、力の入らなくなった腕をねじって注射器を奪った。

針がカマキリの首筋にチクリと刺さる。駄目だ、力が入らない。強力な睡眠剤。これを打たれたら、一日は眠り続ける。

レディ・バードは続いてポケットの中をまさぐって財布を見つけ、中身を調べる。

「おや、ゴールドカードをお持ちですね、さすがお客様」

やめろ。叫んでいるはずなのに、呂律《ろれつ》が回らず怪しい喃語《なんご》のようなものを口にしている。

「十日はお泊まりいただけますね。ありがとうございます」

馬鹿野郎、それは俺の貴重な命綱だ。畜生！　どうなってんだ！

カマキリの意識は朦朧《もうろう》としてきた。彼が最後に見たのは、部屋に入ってくるもう一人の男の影だった。まるで蜘蛛のように足が長く、真っ黒なジャケットに身を包んだ怪しい風貌を見た瞬間、自分はこの男に殺されるのだろうと思った。

レディ・バードが男に言った。

「じゃあ、悪いが早めに始末を頼むわ」

「任せといてくださいよ、旦那」

そこで――意識は途絶えた。

## 10

食事を終えると、御木は満ちたりた気持ちになった。副社長の沢村のせいで味わった不愉快な気持ちも、その前に部屋のなかで起こった身の危険を感じる出来事も、すべては去ったことだ。

そう、すべては波のように去りゆく。

だが、心に残された波の跡を確かめに、彼は今年もやってきた。

「あいつにもさっきの豆腐ステーキを食べさせてやりたかった」

「さようでございますね」とオーナー夫人だった女性は微笑んだ。

聞けば、現在は彼女がオーナーをしていると言う。こんな華奢《きゃしゃ》な体で、ホテルを切り盛りできるのだろうか。これからもできるかぎりの手助けをしてやろう、と御木は考える。あいつにはしてやれなかった。

「奥様が亡くなられて、今年で七年ですね」

彼女はそう言って、テーブルの花瓶に目をやった。それはトルコギキョウだった。死んだ妻、喜美江《きみえ》の好きだった花。〈ホテルモーリス〉は毎年この花を忘れずに用意しておいてくれる。

「これから、奥様のお好きだったフランボワーズのムースをお持ちいたします」

「ありがとう。喜美江は幸せ者だよ。このホテルが覚えていてくれるんだからな」

「大切なお客様のことを、ホテルは忘れません。奥様はきっと今日、御木様とともにお食事を楽しまれたことでしょう」

「ああ、あんたの言うとおりだよ」

最初の年は、ただの感傷だった。喜美江が亡くなる直前の結婚記念日に訪れたホテルに泊まる。仕事の忙しかった御木にとって、その短い旅行の記憶は重要だった。

なぜなら――あのとき喜美江は気づいていたのだ。

自分が子宮頸癌《しきゅうけいがん》を患っていることに。もう末期で助からないことがわかっていたから、旅行に行きたいと駄々をこねた。

御木が結婚したのは四十を過ぎてからだった。取引相手の娘で、三十を過ぎても貰い手のなかった喜美江と、半ば押し付けられるようにして見合いをし、結婚した。浮気性で家庭を顧《かえり》みず、ビジネスでも法ぎりぎりの商法で現在の地位までのし上がった御木に、それまで文句ひとつ言わずについてきた彼女の、最後のわがままだった。

彼女の目に宿るいつになく真剣な様子に圧されて、御木はホテルへの宿泊を決めた。二人には思い出と呼べるようなものは何もなかった。家庭での会話だってほとんどなかったくらいだ。

それでも——喜美江は御木を好いていてくれたのだろうか。

あの日、このホテルのなかでだけは、喜美江は少女のような笑顔を見せ、新婚のときのように振る舞った。まるで、何か自分のなかの大事なものをすべて御木に預けているようですらあった。

喜美江の死後、彼が思い出すのは、新婚当時の喜美江と、そしてこのホテルで最後に過ごした時間だった。

さまざまな感情が湧き上がる。後悔、恋慕、贖罪《しょくざい》……どれもが行き場のない思いだ。何年経っても堂々巡り。そして、すべてを抱え、途方に暮れるような気持ちで御木はここを訪れる。

だが、このホテルに滞在するとどうだろう。時間がよみがえり、御木を優しく包み込むのだ。

もう七年か。とうとう、結婚生活よりも長い時間が過ぎてしまった。

——喜美江、私は今度結婚する。七年ぶりに他人と暮らすようになる。お前はそれを許してくれるだろうか？

答えはない。トルコギキョウはあの日のように美しく輝き、どこにも行かずにそこにある。

そのとき、二人分のフランボワーズのムースをもって若きオーナーがやってくる。

一つは御木の前に、もう一つは誰もいない向かいの席に置く。

「じつは、お渡ししたいと思っていたものがありました」

ためらいがちに彼女はそう言って、ポケットから小さな手紙を出した。

「これは七年前、奥様が帰りがけにお預けになられたものです。もしも七年経っても御木様がいらしていたら、と」

死者からの手紙が、時を越えて届いたのだ。御木は幽霊でもそこに見るようなぼんやりとした眼差しで手紙を受け取り、開いた。


あなたがこの手紙を読むのは、私が死んで七年後のことと思います。お元気ですか？　あなたにこの手紙が届いてほしい気持ちと、あなたがこのホテルのことなんか忘れて、誰にも読まれずに終わってほしいという気持ちの間で筆をとっています。

本当はいま、怖くてたまりません。死がすぐそこまで迫っています。でも、あなたには何も言わないでしょう。それはあなたのことを信頼していないとか、嫌いだからではなく、私たちは言葉の重ね方がうまくない夫婦だったからです。

それでも、私は知っています。あなたは本当はいい人で、ただほんのちょっと不器用なだけだと。もしもいまあなたが独身でいるのなら、早く結婚をしてください。そして、今度はなるべく多く夫婦の時間をもってください。

最後になりますが、長い年月、私のことを忘れないでくれてありがとう。

喜美江

御木は手紙をたたんでテーブルに置いた。きれいな字だった。喜美江らしい几帳面で尻の据わった文字。

テーブルには、二人分のフランボワーズが並んでいる。

「オーナー……」

「何でしょうか？」

「よかったら、それを一緒に食べてくれないか、喜美江の代わりに」

「私でよろしければ」

にっこり微笑んで彼女は向かいの席に座った。御木はどうにか心を落ち着けようとして、ムースを苺スプーンですくって一口食べた。甘酸っぱいぷちぷちとした舌触りが心地よい。

だが、それ以上スプーンを進められなくなった。

「馬鹿な手紙を……」

御木は――嗚咽《おえつ》を洩らし、その場に顔を伏せた。
そのまま長い間、彼は動くことができなかった。

## 11

最上階のロビーがその他のフロアと圧倒的に異なるのは、何よりも光だ。全面鏡張りになった壁に、天井面を覆いつくすシャンデリアの輝きが映り込んでまるで虹色の世界を歩いているような高揚感をもたらす。自分が特別なステージに立ったという意識が自然と生まれてくる。かつてはこのフロアを多くのセレブが利用したと聞く。そして、女性にとって憧れのフロアだった、と。

るり子さんは言った。

――かつてここに泊まられた女性のお客様は仰いました。大切な人とこのフロアに降り立ったとき、その人とともに歩んだ時間が素敵だったことを思い返すことができた、と。

俺はその女性が誰なのかは知らない。だが、彼女が言っていることは間違いではないだろう。かく言う俺も、過去に客の一人として父とこのフロアに宿泊した。俺の場合は、母の弔《とむら》いに来て、死者と過ごした時間に思いを馳せた。誰にとってもこのフロアで過ごすことでしか感じられない満たされた感覚というものがあるのだろう。

俺はいま、御木の宿泊する部屋へと向かっていた。

読みが正しければ、さっきの副社長による呼び出しには日野と軍曹が関与しているはず。とすれば、いま彼らは御木の部屋に侵入しているに違いない。ことによると、彼らは御木を殺す準備をしているとも考えられた。

——旦那、だいたい経路は全部把握しましたぜ。あとは始末するだけだ。

たとえ逃げようとしてもこの要塞からは逃げられないというわけだ。長い四肢をもった軍曹に追いかけられたら、どんなに足が速くても追いつかれてしまうだろう。

御木の部屋に近づいたとき、俺はふと向かいの部屋に泊まっている男のことを思い出した。あの男は、結局ただの宿泊客だったんだろうか？ それとも、あれも日野の計画の一部か、はたまた御木サイドの何者かなのか。

まあ何でもいい。俺は支配人として日野に計画の中断を求めるのみだ。少なくともこのホテルの外でやってくれ、と。彼は殺し屋だが、一方でこのホテルをこよなく愛してもいる。話し合えない相手ではない。

御木の部屋のドアをノックしようとしたが、その前に背後のドアが突然開き、俺は悲鳴を上げそうになった。

「失礼いたします」

一礼して出てきたのは、日野だった。

「わっ……日野さん、いたの？」

「おお、鎌田様に呼ばれてな」

怪しんでいる俺の様子を察知してか、日野は鎌田の部屋にいた理由を話した。

「宿泊をあと十日延長したいそうだ」

「え？」俺は声を落とした。「ロイヤルスイートだよ。そんなに泊まるお金あるの？」

「大丈夫さ、ゴールドカードで先払いされるそうだから」

「それで……鎌田様は今何を？」

「ぐっすり眠ってらっしゃる」

「眠ってる……えーっと、それは慣用的な言い回しではなくて、睡眠状態にあると捉えていいのかな？」

日野は豪快に笑い出し、バシッと餅でもつくような強さで俺の肩を叩いた。

「疑り深いな、支配人は。正真正銘、睡眠状態だ」

俺は日野の目を見た。目は口ほどにものを言う。

日野の目に――嘘はなかった。

「わかった」

「大丈夫だ、俺がちょくちょく様子を見ておくから」

思うところはあるが、彼がこのホテルで殺しをやっていないのはたしかなようだった。しかし御木の一件はどうだろう？　事実、御木は身の危険を感じていたのだ。

「日野さん、御木様をこれからどうする気？」

「御木様を俺がどうかしなくちゃならねえのか？」日野は怪訝な顔をして尋ね、それから何か合点がいったらしく「ははあなるほどな」と言ってニヤニヤと笑った。

「支配人ももう少し俺を信用してくれ。スタッフへの信頼感はホテルの要《かなめ》だぜ。ボレロの旦那の口癖さ。それに、俺は言ったはずだ。まず骨の髄までこのホテルを愛すること。そのポリシーに反するような真似はしねえし、あんたもそれを疑っちゃならねえ。違うか？」

いつの間にか、悪いのは俺になっていた。

「ああ……だけど……それじゃあ御木様は何を……」

日野が御木を殺そうとしていなかったとしたら、彼は何を恐れていたのだろう？

問いかけた俺をさえぎり日野は時計をちらりと見て「そろそろいいかな」と言った。

それから、御木の部屋のドアをノックした。すぐにガチャリとドアが開く。

「どうだ、始末のほうは？」

中から軍曹が出てきた。

室内は――真っ暗だ。そして、軍曹は頭にライトを付けていた。彼の手には凶器とも言うべきものが握られていた。

「もう終わります。引っかかるところですから」軍曹はそう言ってパチンと電気をつけた。「厨房に向かう途中の廊下にあった〈ホーム〉は始末しましたから、あとは生き残り。恐れるに足りません」

「ローチ様はほかのお客様のご迷惑になる。早々に頼むぜ」と日野。

「ええ、すぐです。この一分以内にも」

ニヤリと笑う軍曹に不気味なものを感じる。

「ローチ様って、誰？」

俺は日野にそっと尋ねた。

「ん？よくいらっしゃる常連様さ。御木様も大嫌いな様子でパニックになられた。血を吸うわけでもなく、噛みつくわけでもないのに、なぜか嫌われてしまう可哀想なお客様。コックローチ様だ」

「あ……」

その語の意味はわからぬものの、俺は日野の言っていることを理解した。それから室内を見回した。中央に小さな四角い物体がある。あれが、仕掛けか。

俺は——大いなる誤解をしていたのだ。日野たちが始末するつもりだったのは御木ではなく、御木が恐れていたのも日野たちではなかった。そのあいだに「あるお方」

がいたのだ。

もちろんそれは鎌田ですらない。

そう、そのあいだにいたのは——。

「しかし、この部屋に入ったのは久しぶりだな」

日野が感慨深げに言った。

俺はふと気づいた。この部屋だ。父と二人で入った部屋。その空間にはあの日の記憶が眠っていた。

——歳には勝てない。俺もいずれ死ぬだろう。俺が死んだあとは……。

あのとき、ちょうど部屋をノックする者があった。俺は長年そのときの出来事を忘れていたのだ。

入ってきたのは、このホテルのオーナー、星野ボレロだった。そして、彼の顔と俺の顔を交互に見ながら親父は言った。

——俺が死んだあとは、お前らでうまくやってくれ。

〈お前ら〉——。そう、たしかに親父はそう言った。俺は残された者、会社の人間を含めた全員のことだと思っていた。だが、あのタイミング、あの視線——親父は俺とボレロに向かって言ったのではないか？

全身を戦慄が駆け抜ける。

俺と星野ボレロには、どういうつながりがあるのだろう？

「いちげんさんは泊まれない、ホテルの顔みたいな部屋だ」

そう、この部屋は〈ホテルモーリス〉中で最上級のスイートルームなのだ。

「その部屋に――ローチ様は困る」

そのとき――クロゼットから――ローチ様が現れた。

にわかに軍曹に殺気が走った。長い足をひょいと伸ばして音も立てずに走り出す。

彼の手には、先端にびりびりと電気の流れるラケットのようなものが握られている。

軍曹は、高く舞い上がった。

ローチ様は、四角い箱に近づき――。

その手前で、ラケットの電流にやられ、ひっくり返った。

「任務遂行」

ローチ様は――始末された。日野たちが始末しようとし、御木が恐れた張本人。小さな小さな嫌われ者。だが、そのブラウンのボディはときに人を青ざめさせ、絶叫すら生み出すのだ。

日野は、俺にニッと笑って答えた。

「これで御木様に安心してお眠りいただける。言ったろ？　軍曹の腕はたしかだって」

そう、御木は言ったのだ。

──始末するならすぐに始末しろ。

「それにしても、支配人はさすがだな。しっかりホテルを見てるぜ。俺はまったく気づかなかったのに」

「ん？　何のこと？」

すると軍曹がしゃがんで丁寧に処理をしながら、会話に入ってきた。

「またまた。私との電話で仰ったじゃないですか。ローチ様がいらっしゃる件」

「……ああ」

──いるんじゃないですか？　ほら。

あれは、ローチ様のことを聞かれていたのだ。

「はは、当然さ。支配人たるもの、それくらいは把握しておかないとね」

できるだけ優雅に見える微笑を湛えて俺は答えた。

「なるほど。するとアシダカグモを飼い出したのもそのためか」

「え？」俺には日野の言う意味がわからなかった。

「支配人の部屋の大きな蜘蛛さ。あれはローチ様を捕える優秀なハンターだものな」

「……も、もちろんだとも」

なるほど、蜘蛛の発生にも理由があるようだ。きっと獲物の匂いを嗅ぎ取ってこのホテルに侵入したのだろう。

日野はそれから出口に向かって歩き出した。

「まあよかったよな、ゴールデンウィークに入る前にローチ様の始末も終わってよ」

「旦那、大掃除のほうは今夜まとめてやっておきます」と軍曹。

「ああ頼んだ」日野は窓の外を見ながら首の骨をボキボキと鳴らした。「これで〈鳥獣会〉の始末に専念できる」

「……日野さん、いま何か言った？」

「いや、こっちの話」

「なんだ、そっちの話だったのか、アハハハ……ってオイ！」

日野は俺の耳元で「信頼信頼」と呪文のように囁いて軍曹とともに部屋を出た。俺も慌ててあとを追う。

「信頼ね……」

信じるよりほか、俺に道はなさそうだ。

ドアを閉める。

さらば、俺の思い出の部屋よ。

そして、ローチ様――心より冥福をお祈りしよう。

ロイヤルスイートは、君を忘れない。

# 第三話 けじめをつけろ、ドラゴン・フライ

## 1

その衝撃は、ゴールデンウィーク目前の〈ホテルモーリス〉を走り抜けた。木曜日の午後、動き回ってくたくたになった体にとどめを刺すような報告が俺にもたらされたのだ。

「幽霊？」

那海は神妙に頷いた。まだ幼さの残る顔立ちに、ちぐはぐな厚化粧。だいぶ見慣れてきたが、それでも彼女の風貌がこのホテル内で異質なことに変わりはない。

「つまり、603ルームにホテルマン姿の幽霊が出た、と」

「言ってるのは私じゃなくてお客様。でもその部屋で幽霊見たのは今回で三人目なのよ！」

那海が集めた情報によると、一度目は三ヵ月前、次は俺がここの支配人としてやってくる前の週の水曜のことだったという。運営マネジメントの激務に加えて〈大掃

除〉の騒動、さらに日々の〈鳥獣会〉対応で頭はパンク寸前なのに、このうえ幽霊だって？　冗談じゃない。げんなりした気分で俺は尋ねた。

「それで、お客様は部屋を替えたいと言ってるの？」

那海は静かに首を横に振った。

「もう出て行ったわ。週刊誌に悪く書くって。自分はライターだって言ってた」

「なんと……」

現実は、想像の及ばぬ場所に入りこむ害虫だ。敵はギャングだけにあらず、というわけだ。

するとなりで聞いていた日野が突然笑い出した。

威圧的なスキンヘッドの元殺し屋は、今日もきりっとしたスーツ姿だ。日の出を見るよりも、日野の頭を見たほうがいっそ清々しい気持ちになれるというのは、まだ本人には伝えていない。

「なんだ、ホテルに幽霊はつきものだぜ。幽霊譚《たん》のないホテルなんか滅多にないし、それが理由で潰れるホテルもねえよ。安心しな」

「えー、そーなのぉ、日野さーん？」

那海は甘い声を出して日野の腕に飛びついた。俺はその光景をつまらない絵でも見るように無関心に眺めながら言った。

「どんなマイナスも、瀕死のホテルにとっては致命的なダメージになりかねないよ」

日野はヒューと口笛を吹いた。

「おっかねーな、支配人は。白髪になるぜ？」

今朝ちょうど一本若白髪を見つけたところだったため、俺はナーバスになった。

「とにかく、連休を前にせっかく徐々に忙しくなってきたんだから、幽霊だろうとなんだろうと、このホテルにふさわしくないものには去ってもらわないと。それに――今日の夕方から新しいボーイだって来るんだから」

そう、一名、新しいボーイが来るのだ。経営的には完全に赤字だが、テコ入れのためなら芹川コンサルティングが多少のバックアップはしてくれるはずだ。ほかにも客室係や厨房も人手を厚くする予定だ。本来なら部屋数の二倍はスタッフが必要なところなのだ。せめて部屋数と同じ百八人くらいはどうにかしなければ、このホテルの命はない。

俺は支配人室に戻りながら、叔父の言葉を思い出していた。

――宴会が終わったらそれ以上いる必要はない。

冗談ではない。何のテストなのか知らないが、こんな状況でこのホテルを投げ出せるものか。それに――。

「あら、どうしたんですか？　怖い顔して」

「るり子さん……」

俺がここに踏みとどまっている最たる動機――ホテルオーナーの星野るり子は、今日も透明感のある肌、シニヨンにまとめ上げた艶やかな黒髪の魅力を解き放って電池切れになりかけた朝の空気を一変させた。

「幽霊を見たんです」と俺は那海の代わりに説明する。

「え？　ゆ、幽霊ですか？」

「問題は、幽霊を見たのが俺じゃないってことですね。俺なら信憑性《しんぴょうせい》百パーセントだったんですけど」

「准くんの信憑性なんてあったの？」那海が横から茶々を入れるのを聞き流す。

「支配人、詳しく聞かせてください」

「わかりました」

言われるままに俺はことのあらましを話した。話を進めるうちに、るり子さんの表情がどんどん曇ってくる。まずいなと思い、俺は最後に胸を張って締めくくった。

「大丈夫ですよ。幽霊の顔も三度まで。これでおしまいにしてもらいますから」

「それ、仏の顔です」

るり子さんは真面目な顔で言い返したあと、ふっと吹き出した。日を追うごとに少しずつ彼女の表情が和らいでいるのには気づいていた。それはいい兆候だった。ホテルにとっても、俺にとっても。

視線が交差した。るり子さんは俺の顔を覗きこんで言った。

「どうしてでしょうね、ときどきふとしたタイミングで似てるんです」

「え？」

「タケシさん……いえ、前オーナーの星野ボレロに似てるんです。不思議ですね」

るり子さんが亡き夫と俺を重ねているということは、俺にも脈があるのかもしれない。だが、一方でそれは彼女がまだ死者の影を引きずっている証拠とも言える。

ここへ来た当初ほどの壁は感じなくなっていた。ホテルを立て直すという共通の目的を持っているからかもしれないが、ときどき背中に彼女の視線を感じる気がしていたのは、気のせいばかりではなかったわけだ。

――俺が死んだあとは、お前らでうまくやってくれ。

俺は死んだ父の言葉を思い出していた。やはり、俺と星野ボレロには何らかの関係があるのか？　そもそもなぜ親父はこのホテルに巨額の投資をしていたのだろう？

俺が黙ったまま曖昧に笑っていると、るり子さんがすまなそうに頭を下げた。

「ごめんなさい。誰かに似てるなんて、あまり言われたくないことですよね」

「昔の恋人にキウイに似てるって言われたことがありますけど、それよりは遥かにうれしいですよ」

るり子さんは口に手を当てて笑った。だが、すぐに表情を引き締めると、咳払いを一つして、「幽霊」の話題に戻った。

「その幽霊って、どんな格好をしているんですか？」

あえて伏せていたポイントを突かれて黙っていると、るり子さんはさらに詰め寄る。

「やっぱり、ホテルマンなんでしょうか？」

彼女が何を考えているのかはわかった。星野ボレロ。前オーナー兼支配人にして、彼女の夫。彼はホテルで首を吊った。幽霊と言われて、身近な者を連想するのは無理もないことだ。

「いいんですよ。正直におっしゃってください。ホテルマンの幽霊なら出るのは初めてじゃないんですから」

「……ええ、じつは」

「そうですか、またですか……」

るり子さんの意識が、現実から浮遊していくのがわかる。彼女の内側ががらんどうになると、海の音が満ちてくるような気がする。まるで貝殻だ。記憶の海を詰め込んだ貝殻がそこにある。

俺は、思わず彼女に手を伸ばそうとした。

と、そこへ間の悪いことに、ノックもなく日野が入ってきた。

「取り込み中失礼するぜ。超VIPな客がやってくる」

それは新たなる騒ぎの発端だった。

2

「呉田《くれた》カルコ。説明するまでもなく、日本を代表するバレリーナであり、映画女優だ。昨年はハリウッド映画にも出演して一躍世界的なスターダムに伸《の》し上がった」

日野は〈超VIP〉な客の概要を、発声練習でもするように抑揚なく伝えた。

「……あの大女優が……このホテルに宿泊？」

彼女の名は俺も知っていた。彼女の出演する映画も何本か観たことがある。

「なに、一昔前は有名人がうじゃうじゃ泊まってたんだぜ？　ちょっとこの半年ばかり閑古鳥に好かれちまっただけさ」

「いや……それはいいけど、なんでそんな人が603ルームを？」

603ルームはロイヤルスイートより一段下がるスイートルームだ。世界的な大女優が泊まるなら、ロイヤルスイートこそふさわしい。

「ああした職業の人間は収入が不安定だからな。金がある時はあるが、ない時はないもんだ。それに今回は、たぶんお忍びだ」

「お忍び？」

「知らないのか？　先日まで呉田カルコは都内の国立病院に入院していた。まだ世間に姿を晒《さら》したくないんだろう」

　俺は呉田カルコの華麗な容姿を思い浮かべた。ゴシップ誌の記者たちは各ホテルのロイヤルスイートルームの宿泊客情報をどこからともなく入手していると聞く。その筋の人間に嗅ぎつけられたら、あっという間に露見してしまうだろう。

「問題は——部屋の格じゃなくて、なぜ603ルームを指定してきたのかだ」

　603ルーム。さっき幽霊情報が入ってきたばかりの部屋だ。これまで計三度も幽霊が出ているらしい部屋に、大女優が宿泊する。もしもカルコの滞在期間にまた幽霊騒動が起これば、彼女がテレビでそのことを言うかもしれない。そうなれば、〈ホテルモーリス〉はあっという間にゴーストホテルの汚名を着せられてしまうだろう。

「まあ、幽霊もそうそう何度も登板しないだろうがな。それに、幽霊の心配なんかしてる暇は、俺たちにはねえだろ」

　たしかに。どん底まで落ちたホテルには日々クリアすべき課題が目白押しだ。

　日野は棚からジョッキを取り出し、サーバーに手をかけた。ちょっと待て。俺は慌ててそれを抑えにかかったが、それより早くドアがガチャリと開いた。俺はそちらを向いた。

ラウだった。彼女は未成年なので、遊軍としてホテルのスタッフルームで受験勉強をしている。ホテルマンの学校に来年から入れる予定だと、ミシェルは言っていた。

「何か、クジャクがいるよ」

この後、俺たちは彼女が言うところのクジャクが呉田カルコであることをフロントで確認することになる。ただし、日野が知るのはだいぶ後になってからのことだ。彼は知らせを聞きながら、体が受け付けないはずの黄金の液体を飲み干し、卒倒してしまったのだから。

3

その世にも美しいクジャクは、〈お忍び〉のわりに動く宝石さながらの存在感を放っていた。あたかもロビーにかかっていたラヴェルによる《鏡》の〈悲しげな鳥たち〉の主題にでもなったかのように、そこに君臨していた。

大きく胸元のあいたドレスにダイヤモンドのネックレス、サファイアのちりばめられたピアスは耳以上のサイズで、その重みのために耳が痛くなりそうに見えた。金髪のロングヘアをくるくるとまとめあげたソフトクリーム頭の異星生命体Xが、巨大なサングラスの奥から俺を見つめた瞬間、俺は魔法にでもかかったように体の自由を奪われた。

「おかっ……お帰りなさいま……ま……」

まるで言葉が出てこない。そんな俺をとなりで那海は楽しそうに見ながら言った。

「やだー顔真っ赤じゃん、准くぅん」

顔が赤いのは顔の都合であって俺とは関係がない。だが、そんな減らず口さえすぐには出てこないほどに、俺はクジャクの魔力に完全に支配されていた。

「お帰りなさいませ、呉田様。お待ちしておりました。すぐにお部屋にご案内いたします」

そう言ったのは、オーナーのるり子さんだった。俺はおもちゃの兵隊よろしく固い動きでできるだけ目立たない場所へと移動しようとしていた。ところが——。

「私、あの人に案内してもらいたいの、あなたじゃなくて」

クジャクが指名したのは、俺だった。

彼女とるり子さんの視線が交わった。一瞬、緊張が走る。だが、すぐにるり子さんはにっこりと微笑んで「かしこまりました」と言って一歩下がり、俺を呼んだ。

「支配人、すぐにお客様をお部屋にご案内して差し上げてください」

とても断れる雰囲気ではない。問題は、俺の体がうまく動かないことだ。おもちゃの兵隊になった俺は曲がらぬ膝のままキーを受け取った。

「こちらでございます」

どうにか言葉の自由だけはもとに戻ったようだ。

案内を終えて帰ってくる頃にはホールの女性陣を敵に回しているだろうことを予想しながら、俺はクジャクとともにエレベータに飛び乗った。

ドアが閉まると、エレベータ内に彼女の甘やかな香りが漂った。つかの間の静寂。ロビーの音楽はエレベータの中までは聴こえてこない。すると、彼女が口を開いた。

「私ね、プライベートでは半径三メートル以内に女を近づけたくないの」

「なるほど。私は髭を三ミリ以上伸ばさないように気をつけています」

「お互いストレスが溜まりそうね」

「まったくです」

「ところで——さっきロビーにかかっていたのはラヴェルの楽曲ね？」

「ええ、《鏡》の〈悲しげな鳥たち〉です」

「踊ったことがあるわ」

「さようでございますか」職業を尋ねるべきか迷った。が、それが失礼に当たる場合もある。俺は結局口をつぐんだ。ドアが開いた。六階に到着したのだ。

「今回は休暇でいらっしゃいますか？」と俺はドアを押さえて彼女に手で促しながら

尋ねた。

「そうね。休暇みたいなものかしら」微笑むと、彼女のラメを塗った唇がじつに肉感的になる。「ちょっと大事な人に会いに来たの」

「さようでございますか」

彼女は俺に顔を寄せた。彼女の口から甘酸っぱいクランベリーの匂いがした。

「残念ね、あなたと楽しむ時間が持てそうになくて」

曖昧な笑みを浮かべていたが、それが限界だった。体は硬直していたし、舌先までも硬直しかけていたのだ。

「でも、怖がりだから、夜中に幽霊でも見たらコールしちゃうかも。そしたら、必ずあなたが飛んで来てちょうだいね？」

「……かしこまりました。羽根はありませんが」

あなたとは違って。

俺は頭のなかでまったく別のことを考えていた。もし呉田カルコが本当に「怖がり」なら、彼女は二重の意味で選択を間違えたことになる。第一に、ギャングが常連のホテルを選び、第二にその中でも幽霊の出ると噂される部屋を選んだのだ。

「じゃあね」

俺の手からキーを抜き取って颯爽と歩き出したクジャクは、後ろ姿まで優雅で美しかった。心の充電終了。回れ右をしてエレベータに戻ろうとしたが、鼻っ柱をぶつけることになった。ドアがすでに閉まっていたのだ。鼻をさすりながら、魔法の解けた体で廊下に立ち尽くしていると、トイレから人影がぶらりとやってきた。

それは、このホテルのボーイ服を着込んだ男だった。一瞬、俺は身構えた。見覚えのない顔。頭のなかを「幽霊」の二文字が過ぎる。だが、俺が十七のときに一度だけ見た記憶のなかの星野ボレロとは印象が違った。第一、足がある。それに、ボレロはボーイではない。

俺は幽霊に実際に遭遇したことはないが、幽霊というのはこんなにも肉眼ではっきりと存在を確認できるものなのだろうか？　頭のてっぺんから足の先まで？

そうこうするうち、相手は俺に気づき、動きを止めた。それから笑顔を作って会釈した。もちろん、俺に向かって。

彼は再び歩き出して、そのまま俺の横を通り過ぎようとした。俺は慌てて男を呼び止めた。

「ちょっと待って、あなたは……」

男は振り返った。三十代後半。中肉中背で十代の頃ならスポーツ万能で人気があったようなタイプに見えた。彼はややくたびれかけた笑みを湛えたまま俺に言った。

「今日からこちらでお世話になることになりました……」

「ああ……笹沢《ささざわ》さんか」

名立たる名門ホテルを渡り歩いてきたという経歴を聞き、応募の電話だけで採用を決定してしまったため、まだ今日の夕方から勤務予定のボーイ、笹沢亨《とおる》の顔を確認していなかったのだ。

「勝手に見学してしまい、申し訳ありません。一日も早くこのホテルに慣れようと思いまして」

頭の回転も早そうだ。俺の勘に狂いはなかった。

「笹沢さん、早速だが、任務を与えよう」

「え？」

戸惑う笹沢に、俺はにやにやと笑いかけた。

4

——見ろ、あれがフジサンだ。

船から見える頭のてっぺんが白くなった山を指差して、父は言った。昨日や一昨日の記憶ではない。もっとずっと遥か彼方の風景だ。

ソウルから日本へやってきたのは、呉田カルコがまだ十二のときのことだ。見知らぬ異国の地で暮らすことを母親は不安がったが、父親は「優れたコミュニティに国境はない」と主張し、母親の反対を押し切って日本の企業への就職を決めた。苗字の呉《オ》を残して、歴史に名を刻む女優グレタ・ガルボにちなんだ芸名を考えついたのも父だ。エンジニアだった父は、女優としての彼女の人生さえも開発した。カルコは来年で四十。もう二十年以上、父の敷いたレールを歩いていることになるのか。気の遠くなるような長い年月だった。父はカルコが十九歳になった翌日にこの世を去った。そして今年――自分はその父親と同じ病に倒れた。心筋梗塞。奇妙な因果だった。三十九歳。これは父の享年でもある。自分も今年で亡くなるのだと、どこかでそう信じ込んでいた。自分の親の死んだ年齢を一つの節目に考えていたのだ。

しかし現実は違った。カルコは、父が打ち克つことのできなかった病から、難なく生還してしまった。もう終わりだと思っていたのに、現代の先端医療は彼女の体を元通りとはいかないまでも、女優として再活動できるまでに戻してくれた。だが、肝心の彼女のほうにはもう何のプランもなかった。

ずいぶん遠くまで来てしまった。

カルコは部屋に入ると、鍵もかけずに天蓋付きのベッドに横たわった。

真っ白な天井を見上げていると、入院中に染み付いた病院臭が、今も自分から漂ってくるような気がした。シャワーを浴びよう。熱いシャワーを浴びるのだ。頭も体もリセットしなければ。

彼女はゆっくりと体を起こすと、ガラス張りのシャワールームへ向かい、シャワーの蛇口を捻った。シンクが広々として使いやすい。脇にはフローラルバス用の花がふんだんに入ったバスケットも用意されている。夜になったら湯を溜めてみるのもいいかもしれない。

勢いよく飛び出すシャワーが湯に変わるのに、それほど時間はかからなそうだ。彼女は一度シャワールームから出ると、ドレスを脱いだ。下着は何もつけていなかった。普段から仕事のとき以外は何もつけない主義なのだ。

カルコは生まれたままの状態で窓際に立ち、一本煙草をくわえて火をつけた。海の向こうには、生まれ故郷の街があるはずだが、もちろんここからは見えなかった。

大女優になれ、フジサンになれ。そうでなければ見えない景色がある。父はかつてそう言った。日本に来てすぐに、父と二人で登った富士山をカルコは覚えていた。途中で高山病にかかったカルコを、最後は父がおぶって上がった。ごつごつした岩だらけの足元を、滑らないようにしっかりと歩を進める父の背中で、彼女は自分がいつの間にか雲の上にいることを知った。

あの瞬間の心地よさとなんとも言えぬ安心感が、頂上に立つイメージの源泉となった。バレリーナとして、女優としてトップを目指す。二足の草鞋《わらじ》を履くことでしかたどり着けない境地へと進む。雲の上に顔を出すのだ。

だが、そう思って邁進《まいしん》するなかで、彼女はいつの間にか一人きりになった。父が死に、母が死んだ。親友も恋人もいない彼女は天涯孤独の身となった。

一人だけ——つねに心にかけている人物がいた。だが、彼女はその男の顔すら曖昧にしか覚えていなかった。その上、彼女が知っているのは、彼が大人になる前の顔でしかない。

シャワールームに入って大鏡に映った自分の全身をくまなくチェックする。入院中に体全体にうっすらと脂肪がついたが、それはあくまでバレリーナとしては、ということであり、女優としては問題なく明日からでも活動できるレベルだ。むしろ、血色は以前より良くなっている。まだ女性としてじゅうぶん魅力的な存在。客観的にカルコは自分をそう評価した。

カルコはシャワーを浴び始めた。未来の計画はまっさらだ。入院前からバレエに関しては限界を感じ始めていた。いちばん動きがきれいな時期はもう過ぎた。ここからは体力との勝負になる。いかに衰えを隠して優雅な踊りを見せるか。主演を張ることも難しくなるだろう。そもそも美に陰りの見え始めたバレリーナにどれほどの観客の支持があるかなどわかったものではない。興行主とて、若くて才能のあるプリマを欲するに決まっているのだ。

では引退して女優業に徹するのはどうか？　こちらも相当な覚悟がいる。これまではバレエ界での名声を当てにして、主役かそれに準ずる配役のオファーばかりがきていた。だが、二年先、三年先はどうだろう？　数字がすべてを支配する世界で、四十を過ぎた女が花形を演じられる機会は先細りしていくはずだ。

いっそ――持て囃《はや》されているうちに、表舞台から姿を消そうか。

バレエの指導者として活躍すれば、また違った道が開けるだろう。だが、バレエ界の人間はどう思うだろう？　派手好きで知られるカルコが裏方に回ったことを、いい気味だと馬鹿にするかもしれない。狭い世界だ。現在の高飛車なトップバレリーナとしてのカルコを知る者は、きっと一緒に仕事をしたがらないに違いない。

これまでの軌跡が、こんなにも自分を追いつめることになろうとは。

「あんたのせいよ……」

鏡に映る女に、そんな言葉を吐きかけてみた。さっきロビーでかかっていたラヴェルの〈悲しげな鳥たち〉がまだ耳に残っている。かつて父の前であの音楽に合わせて踊ったことがあった。けれど、今は転落しかけている自分の姿にぴたりと寄り添う嫌味な音楽のように感じられた。

パパ、もう私歩けない。自分から歩く道をなくしてきたの。心のなかで彼女は父親に話しかけてみた。

邪魔しているのは、プライドだった。

髪を濡らし始めたときだった。

「誰?」

一瞬、曇りかけたガラスの向こう側を誰かが通ったような気がしたのだ。目を凝らすと錯覚ではないことがわかった。その影は、彼女の声が聞こえたのか、立ち止まり、カルコのほうを向いた。逃げるでもなく、ただじっとカルコを見つめているようだった。

ガラスが曇っているせいか、足から下が見えない。

顔の輪郭も朧《おぼろ》だ。

それでも——カルコにはわかった。それが誰なのか。

数ヵ月前にホテルマンの幽霊が出るという噂を聞いたときから、彼女は確信を抱いていたのだ。

「やっと会えたわね」

幽霊は——ただ黙っていた。

5

笹沢に依頼したのは簡単な業務だった。603ルームの付近に張り込み、万一叫び声がしたときはすぐに駆けつけて幽霊を確保する。

「幽霊と言っても、そんなものは清楚で純朴な女同様本当にいるわけがない」

俺はそう笹沢に告げた。

「そうなんですか？」

「当たり前じゃないか」るり子さん以外は、と内心で唱えつつ俺は続けた。「ただ、三度ほど変な噂が出たのはたしかだよ。そして、いま宿泊されているゲストは怖がりときてる。だから、幽霊に間違われそうなものを見かけたら、すぐに一階に連絡してほしいんだ」

「幽霊に間違われそうなもの……ですか？」

「まあ、ありていに言えば不法侵入者。ホテルの入口は開放的だから、変なものが混ざらないとも限らない。あまり言いたくはないけど、このホテルにはよくギャングも出入りしてるんだ」

合点がいったとばかりに笹沢は頷いた。

その引き締まる眉を、俺は名立たるホテルを渡り歩いた経験の印とみた。顔も見ずに採用を決めたのは勇み足だったかと思っていたが、正解だったようだ。

気を良くしてロビーに戻ると、ちょうど那海が新たな客の対応に追われているところだった。まだ日野は伸びたままのようだ。連日こううっかり酩酊状態になられたのでは、こちらとしてもサーバーにウーロン茶を入れておくようにしなければならない。夜の楽しみが奪われることになるが、背に腹は代えられない。さもなくば、日野を死体だと考えるようにするか、だ。

俺はそれとなく客を確認した。その瞬間、自分の体がまたも硬直するのをどうすることもできなかった。

那海が相手にしていたのは、白いTシャツに金のベルトを通した短パンを穿いた中年の男だった。その半袖から覗く分厚い筋肉には豪勢なタトゥーがあしらわれていた。ドラゴンのタトゥー。〈鳥獣会〉のなかでも昆虫以外のタトゥーが許されているのは幹部クラスだと聞く。だとしたら、この男は――。

本日も重要にして難解なミッションが俺に与えられようとしているらしい。

その髪はまるで鶏冠《とさか》のように赤く逆立っており、目はぎょろりとしていて百キロ先でも見通せそうだった。塵《ちり》ひとつ見逃さない完璧主義を標榜《ひょうぼう》する厄介なギャングに見えた。

「竜田《たつた》様、それではお部屋をご案内します」

「遅いぞ、このクソアマ。一分で連れて行け」

「失礼いたしました」

俺は那海が相手に食ってかかるのではないかと思っていたが、恐れていた事態は起こらなかった。彼女は静かに竜田の言葉に従い、エレベータへ向かった。

「那海さんも日々コンシェルジュらしくなっていますね」

いつの間にか背後に忍び寄ってきていたるり子さんがそう言った。

「そうですねえ、でもちょっと彼女にしては大人な対応過ぎた気もしますけどね」

「人の成長は嫌味なく評価しなくてはいけませんよ、支配人」

「失敬」

「それで——いかがでしたか？　呉田カルコ様のエスコートは？」

「え？」

俺は呉田カルコの唇とクランベリーの匂いを想起しながら答えた。

「ええ、無事にご案内しましたよ」

「伸びてますよ、鼻の下が。男性ってみんなそうなんでしょうか」

俺は彼女の前夫星野ボレロがどんな性格の男なのかは知らない。だが、いま一瞬彼女は俺とボレロを重ねたようだった。俺は口から鼻までの長さを指で測ってみた。大して伸びてはいない。

　彼女は小さくため息をついてから尋ねた。

「ところで、あの部屋は例の幽霊目撃情報のあった部屋ですよね？」

「ええ」

「気になりませんか？　呉田様は初めてこのホテルへやってきました。それなのに、どうして部屋を指定したのでしょう？　それも、よりによってあの部屋を」

　るり子さんも、日野と同じことを気にしているようだった。

「……偶然じゃないですかね？」と俺は言った。何も考えずに結論づけたわけではない。「もしも偶然でないとしたら、彼女の目的は——幽霊に会うことになります。しかし、呉田カルコ様は怖がりなようでした。偶然です、偶然」

　これだけでるり子さんが安心するとは思わない。仕上げにとっておきを話す。

「それに、万一の事態に備えて新米を見張りにつかせてます」

「新米？」

「ええ。笹沢亨。今日から勤務予定のボーイです」

「ああ、笹沢さんに……それじゃあ、もうご挨拶もお済みなんですね、よかった。私もさっき少し話をしましたけど、笹沢さんって信頼できそうな人ですよね」

　るり子さんに笑顔が戻ったのを確認して、俺は本日のミッション、〈鳥獣会〉の竜田をもてなす戦略を立てるべく支配人室に戻ることにした。

過去二回のギャングのおもてなしは、いずれも日野に先んじられ、俺は狂言回し的な役回りに甘んじることになった。必ずしも的外れな行動をしていたわけではない。遠回りではあっても、試合全体を通せば勝利に貢献したことは間違いないのだ。

しかし、まだ自分に課されたミッションを遂行したと胸を張って言えるようなことはしていない。一度くらいは日野の手を借りずに、自分自身の手で決着をつけなければ、間近に迫った〈鳥獣会〉の宴会できちんと機能することはできないだろう。

踵を返し、支配人室に戻りかけたそのとき――那海がロビーに戻ってきた。

その顔に、いつにない厳しい表情を見た瞬間、俺とるり子さんの両方に警報が発令された。

海辺のホテルでは、さざなみのように日々問題が巻き起こるのだ。

6

竜田を604ルームに送り届け、エレベータに乗り込みながら、那海は強張った筋肉を手で揉みほぐした。だが、その手も冷たく、微かに震えていた。恐怖ではない。怒りに震えているのだ。

数日前からホテルの仲間になった少女ラウを初めて見たとき、那海は自分に似たタイプだ、と思ったのを覚えている。目的を奥に秘めた目だ、と。今のラウは違う。彼女の父親の存在がラウを変えたのだ。

昨夜、勤務後にライトアップされたビーチを歩いていると、ラウに遭遇した。そのときの会話がふと脳裏を過《よ》ぎる。

——那海さん、あなたはちっともこのホテルの人っぽくないのに、何故ここにいるの？

単刀直入に聞いてくるのは、ティーンの特権であろうか。那海は、若い若いと思ううちに、いつの間にか自分のなかにも若干の分別が生まれてきていることに気づかされた。

——子どもには関係ない話よ。

那海は質問をかわした。だが、ラウは引き下がらなかった。

——私の推測、言っても怒らない？

——怒るかも。でも聞きたいわね。

——那海さんも前の私とおなじ。誰かに復讐したくて待ってる感じがするのよね。

那海は黙っていた。海は黒い無数の手となって二人に迫り、結局少しも届かずに砂に染み込みながら引き上げていった。

――早く寝なさい。海辺は悪い奴が多いのよ。

その「悪い奴」を追いかけて、那海はこのホテルに辿り着いたのだ。ただし、殺そうと思っているのではない。本当は殺したい。だけど殺せないのだ。殺せない事情がある。

そして――今日、見つけてしまった。そのターゲットを。とうとう奴が客として姿を現したのだ。〈鳥獣会〉の重役、竜田。

あの男には償ってもらわなければならない。何としても。

そのためにどうすべきか、ここ数ヵ月ずっとシミュレーションし続けてきた。

フロントに戻ると、なぜか頼りない新米支配人の准とオーナーのるり子さんが同時にやってきて、那海を心配した。よほど顔が引《ひ》き攣《つ》っていたのだろう。案外顔に出るタイプなんだな、自分。そう考えて那海は反省をしながらも、彼らの心配を利用することにした。

「ごめんなさーい、頭痛くなっちゃって……ちょっと休憩してきてもいいですかぁ？」

「もちろんよ。ゆっくり休んできて」

礼を言って二人のもとを足早に離れ、スタッフ専用のロッカールームから携帯電話を取りだすと、那海はトイレに駆け込んだ。

「もしもし、お姉ちゃん？　奴が来てるわ。すぐに来られる？」

電話の向こうで、姉がおろおろとしている様子が伝わった。

「今日を逃したら、もうチャンスはないわ。きっちりと償ってもらわなくっちゃね」

わ、わかったわ——姉の小さく怯えたような声が電話口から聞こえてきた。自分とは対照的な引っ込み思案。小さい頃は、こんな姉の性格が嫌いだった。見ているだけでイライラするし、何を考えているのかもわからない。だが、時を経るごとに、それはもしかしたら親のせいかもしれない、と思うようになった。

母親が支配的だったせいだ。二人目の自分には好きなようにさせたが、姉に対してはああしろこうしろと母はいつも命令口調で言い続けた。姉がそうされないと動けないタイプだからだと思春期頃までは思っていたが、ある時から、命令され続けた結果、自分を主張することができなくなったのかもしれない、と考えるようになった。生まれたときから、母親にあの調子で迫られているのだ。

そう考えたときから、那海は変わった。あらゆるものから姉を守ろう、と。姉にとっては迷惑かもしれない。でも、那海はそうしないではいられなかった。それこそが、子どもの頃に彼女に苛立ちを募らせていた自分自身へのけじめなのだ。

「大丈夫？　那海さん？」ふと振り向くと、そこにラウが立っていた。「何かすごくバトルモードの顔してるよ？　あたし、手伝おっか？」

やっぱり、自分は顔に出やすいタチなのだ、と那海は思った。

「十年早いよ」

ラウの額を指でピンとはじき、ロッカールームを出た。このけじめばかりは、誰の手も借りるわけにはいかないのだ。

7

「気になるわね、いつもと様子が違いすぎるわ」

るり子さんは独り言のようにぽつりとそうこぼした。どうやら彼女も那海の異変に気づいたようだ。

「支配人」るり子さんは俺に顔を向ける。「いいホテルの条件の一つにスタッフ同士の絆、というものがあります」

「絆ですか……」

「こう言うと、現代の人はとてもダサくて野暮ったいものを想像しがちですが、そうではありません。要するにホテルはチームプレーだということです。一人の綻《ほころ》びは、我々全員の綻びなのです」

「なるほど。ヘーゲル哲学的ですね」るり子さんはきょとんとした表情を俺に向けた。「心は、お客様だけでなくホテルマンにもある。そして、我々はチームで一つ。こういう論法ですよね？」

「ええ、そうです」

「先日、真夜中にラヴェルの『亡き王女のためのパヴァーヌ』を聴いていて、ふと母に死なれたときのことを思い出したんです」

母が聴いていた頃は、荘厳さが鼻につくと思っていた。だが、気まぐれに真夜中にその曲をかけた時、かつて聴いていたそれとは違ったものに響いた。その点描するような繊細さ、一瞬一瞬の脆《もろ》さと儚《はかな》さを一つも取りこぼすまいとするかのごときその音使いは、いつの間にか俺の記憶の草むらにうねるような道筋を作っていった。

「母が死ぬまで、俺は彼女をどこにでもいる哀れな女というくらいにしか考えてなかったんです」

金持ち男の二号に甘んじ、毎月少しの生活費をもらって贅沢をするでもなく坦々と過ごす哀れな女。そう思っていた。

「でも、それが、ある人に母の好きだった花を渡されて、氷解しました。その花には俺の母親の生きてきた時間が凝縮されているように思えたんですよ。その——トケイソウの花に」

俺はそこまで話して、るり子さんを見つめた。

彼女はハッとしたように俺の顔を見た。

「あなたは……」

それ以上彼女は何も言わなかった。気づいたのかもしれないし、ほんの少し思い出しかけた程度かもしれない。だが、それでじゅうぶんだった。

「いまの話の教訓はこうです。死者の心は、その者の愛した花を見よ。生者の心は、まずその人に尋ねよ」

るり子さんは微笑んだ。今までとは違った流儀で。俺はその笑顔のなかに親密さを感じた。

「つまり、那海さんに直接尋ねるのがいちばんってことですね？」

「彼女が戻ったら、それとなく聞いてみますよ」

「……ありがとうございます、思いがけず支配人におもてなしをされてしまいましたね」

その言葉に驚いた。気づかぬうちに、俺はるり子さんの悩みに、それとない回答を示してみせていたようだ。それも、この数日間で俺がホスピタリティを習得しつつあるということなのかも知れない。

俺はほんの少しの意味を込めてるり子さんを見た。だが、男の魂胆はいつでも味付けが濃くなるものなのだ。彼女は俺の誤解を恐れてか、すぐに目をそらしてしまった。

ちょうどそのとき、潮風がふわりと入り込んできた。

回転扉から、新しいゲストが現れ……そうな状態で扉の動きが静止した。挟まってしまったのだ。俺とるり子さんはすぐに走っていった。こんなときに日野は何をしているんだ。まさかまだ支配人室で伸びたままなのだろうか？

駆け寄って、俺は挟まったゲストの容姿を間近で確認した。そこに挟まっていたゲストは、ゆうに百キロはあろうかというローストポーク級の淑女だった。彼女はおさげ髪に、おどおどとした笑みを浮かべてこちらにすまなそうに頭を下げた。

「すみません……抜けなくなっちゃって……」

見ればわかる。

「少々お待ち下さい、お客様」

俺はるり子さんに小声で言った。

「これはちょっとした作業になりそうです。ほかのスタッフも集めましょう」

いったん自分のミッションのことは脇に置いて、この目前の「大問題」を処理しなければ。

このとき、昔読んだことのあるカブを抜く話が思い浮かんだが、それは誰にも言わなかった。俺の思考には、言葉に出す必要のないものがカブよりたくさんあるのだ。

# 8

海の色が黄金色から朱色に変わるのを、竜田は見つめていた。

〈鳥獣会〉の会長である鷲尾と反りが合わないことは、以前からわかっていた。鷲尾の兄貴分で〈鳥獣会〉の基礎を作った男どもがほんの気まぐれで引退し、鷲尾がトップに立ってからというもの、気に喰わないことだらけだった。

たしかに鷲尾は頭が切れる。だが、そのために奴は効率だけで部下を評価するところがあった。義理や人情はもとより、年功序列は犬に食わせろという考え方の持ち主だ。もっとも、その中にあって鷲尾は竜田を高く評価してくれていたのではあるが。

竜田は昔からとにかく仕事が早い。でも、それは彼が臆病だからだった。叱られないように生きる癖が染み付いているのだ。「トンボ」と呼ばれ、パシリとしてコキ使われていた頃から、今も変わらぬ落ち着きのない目をしている。

心底臆病な人間が、どちらから鉄砲玉が飛んでくるかもわからない世界で生き抜くというのは、神経を限界まで研ぎ澄ますことにほかならなかった。

気がつけば、必死に我が身を守っているうちに〈鳥獣会〉のトップ5と呼ばれるまでになっていたが、出世には興味がなかった。だが、周りは竜田を放っておかなかった。ここに来て〈鳥獣会〉は内部分裂しかけており、年齢がいっても重役になれない連中のあいだで、竜田を新たな会長にしようという動きが持ち上がっていたのだ。

「冗談じゃねえよ、まったく」

自分が会長なんて器ではないのは、よくわかっている。

考えさせてくれ――そう言い残して、このホテルに籠もった。仲間たちはゴールデンウィークにこのホテルで催される大宴会の席で鷲尾を殺《や》ってほしいと願っていた。

だが――いくら考えても、その案は現実味を増さなかった。

いっそ逃げてしまうか……。

竜田は弱い男だ。ギャングの世界にいながら、そこから逃げたいもう一人の自分といつも戦ってきた。財布を開くと、まだ幹部になる前に身分を隠して付き合っていた恋人の写真があった。

黒髪の、若くて美しい女だった。しかし――鷲尾から幹部に就任しろと要請が入って、彼女に危険が及んではいけないと考え、竜田は後ろ髪引かれる思いで彼女と縁を切ったのだ。

部屋のブザーが鳴った。

「誰だ？」

返事はなかった。まさか、どこかで仲間の計画がばれ、鷲尾が先回りして自分を殺そうとしているのではないか。人一倍素早く警戒心が働くのは、昔からだ。

懐から拳銃を抜き、ドアの左脇に張り付いた。

鍵を差し込む音がした。鍵の用意までしているとは、いよいよ本気で消す気か。

心臓の位置はいつから耳のとなりに移動したのだろう？　考えてみてもこれほど心臓の音が耳元で聞こえた経験はなかった。

生命の危機だった。ドアノブが回転する。そして——ゆっくりと扉が開いた。

竜田は同時に引き金を引いたはずだった。

だが——撃鉄に太い親指が挟まっていて、それ以上引くことができなくなっていた。

目の前には、かつてのボスの顔があった。

——なぜあんたがここにいるんだ？

「偉くなったな、トンボ」

そこにいたのは——伝説の殺し屋にして、〈鳥獣会〉の創始者の一人、レディ・バードだった。その口元に、輝ける金歯の笑みが浮かんだ瞬間、竜田は顔面に拳を三連発見舞われ、あえなく昇天することになった。

薄れゆく意識のなかで、竜田はかつてのボスの声を聴いていた。

幹部クラスの〈バード〉だったのを、カムフラージュするためにしゃれ込んで上にレディとつけ、テントウムシのタトゥーまで彫った酔狂な男。彼のとなりにいる女は誰だ？　なぜ二人ともこのホテルの制服を着ている？

「これで良かったのか？」

「……す、すごーい日野さん。でもでもでもー、意識は残さなきゃ駄目よ」

「ああ、そうだったな」

そこで——意識は途絶えた。

9

「力を合わせて、いち、にの、ぽん！」

俺は掛け声をかけ、ドアに挟まれて汗ばむ巨大な女性を引っ張るスタッフたちを見守った。

「ちょっと待ってくださいよ！」

珍しく桑野が声を荒らげる。

「どうした？」

「ぽんって何ですか？　いちにのさんでしょうが」

「いや、こう、ぽんと抜ける感じが必要かなって」

「それはこっちがやりますから」

俺は腕が攣ってしまって早々にリタイヤすることになったのだ。

「よし、もう一度、それー！」

このままやっていたら日が暮れそうだった。やはり日野の助けが要る。俺はその場の指揮を桑野に任せ、一度支配人室に戻ることにした。まだ日野は倒れているのだろうか？

勢いよく支配人室のドアを開いた。そこで俺が見つけたのは、日野ではなかった。見たこともない風貌の小男だった。よれよれのシャツを着た鼻の高い小男は、俺の顔を見た瞬間に滑稽《こっけい》なくしゃみをかました。それから聞き取りにくい甲高く上ずった声で言った。

「あの、すみません、その、め、面接はまだでしょうか？」

「……面接？」

俺はきょとんとした顔のまま男を見つめた。

「えっと……さっきここにいた少し酔ったスキンヘッドの方に面接をするから待てって言われまして、それっきりもう三十分……」

日野だろう、ほかに考えられない。奴はなぜ勝手に俺の部屋にこんなわけのわからない男を招き入れたのだろう？　そして、どこへ消えてしまったのだ？

「話がよくわからないな。あなたは誰？」

俺はストレートに尋ねた。しかし、返ってきた答えは、ボークもいいところだった。

「本日から勤めさせていただく予定だった笹沢亨です」

「え……う、嘘……」

俺は顔面でボールを受けることになった。

ちょうどそこへ、るり子さんが入ってきた。

「あら、研修中ですか？」

「いや……あの……るり子さん、この人が笹沢さん……？」

るり子さんは怪訝な顔で俺を見つめた。

「じゃないんですか？　だってさっきもうお仕事のお願いをしたって」

俺が仕事を頼んだ笹沢はこんなに鼻が高くも、小男でも、そのうえ変なくしゃみをしたりもしなかった。だが、どれが笹沢でも構わない。そいつが名立たるホテルを渡り歩いたボーイならば。

問題は――笹沢が二人いることだ。

この小男が本物の笹沢なのだろうか？

言われてみると、電話で聞いた声は、この男のそれと似ているかもしれない。

しかし――だとしたら……。

俺の不審な表情に気づいたのか笹沢の顔に失望の色が浮かんだ。

「やっぱり私じゃ駄目なんですね。さっきの男性も言ってました。いろんなホテルに泊まったことがあるだけじゃあ経験にはならないって」

「え？　だ、だだだ、だって電話で高級ホテルに勤めてたって言ってませんでした？」

「いえいえ、私はこう言ったんですよ。いろいろなホテルを経験してきましたって」

デッドボール。俺は出口を指差した。

「あいにくホテルでは、寝言を言っていいのはゲストだけなんですよ。時間をとらせて申し訳なかったですけど、出口までお送りしよう」

俺はがっくりと背中を丸めた笹沢を連れて出入口へ向かった。回転扉ではまだうんうん唸りながらスタッフたちが懸命に巨大な女性を引っ張っていた。

「もう……無理ぃいい……」

汗だくになった女性は、腕を引っ張られすぎて疲労こんぱいしているようだったが、スタッフはその何倍も疲弊していた。

「支配人……モウ……ダメヨ」

ミシェルなどは顔が青ざめている。

いよいよドアを取り外さなければならないか。

「いろいろすみませんでした」

ぺにょんと頭を下げて笹沢は出て行こうとした。いや、待て、と俺は思った。出て行こうにもゲスト用の出入口はここ一つ。スタッフ用の出入口に回らねば出られないではないか。

「笹沢さん、裏に回ろ……」言いかけたがもう遅かった。笹沢は大騒動中の回転扉につるつると走っていき、突然しゃがみこんだ。

それから、俺のところまで走って戻ってくると、きらきら光るものを俺に渡した。

「ドアの隙間にこれが引っかかってましたよ」

俺は自分の掌に転がった大きなダイヤモンドの指輪を眺めた。今日この回転扉を出入りしたゲストで、こんなものをしていそうな人物は一人しか思いつかなかった。

そして――。

「通れた！」

拍手とどよめきが起こる。

どうやら、指輪が引っかかっていたせいで動きが止まっていただけのようだ。

「それじゃあ、私はこれにて……」

「いや、ちょっと待って、笹沢さん。あなたには借りができてしまったみたいだ」

俺は笹沢に支配人室でもうしばらく待つように告げた。

それから、エレベータへ向かった。指輪をその主に届けるために。カエサルのものはカエサルに。もちろん、下心は一カラットほどもない。

エレベータに乗りながら、俺は考えていた。下にいた男が本当の笹沢なら、六階で遭遇したのはいったい……。「幽霊」の二文字がリアリティをもって現れるのと、ドアが開くのはほとんど同時だった。どちらも、音ひとつたてずに。

10

「幽霊さん、久しぶりね。私よ」

ガラス張りのシャワールームに一糸まとわぬ姿で立っている女が何者かを、景郎《かげお》は知っていた。ブラウン管やスクリーンを通してではない。彼はその女の胸がまだ平地だった頃から彼女を知っていたのだ。

「……泰希《テヒ》」

それが女の名前だった。世間では呉田カルコという妙な名前で通っているが、本当の名は呉泰希。彼女がなぜここに？

景郎はぼんやりと彼女を見つめていた。

彼女が小学校に転校してきた日のことを、景郎は今でもありありと思い出すことができた。海外からの転校生というだけで、片田舎の小学生たちには妙に排他的な雰囲気が漂ったりする。

ふだんなら、景郎もそうした輪に加わるところだった。だが、景郎はその前に彼女の美しさに打ちのめされた。全神経が麻痺し、無条件降伏を唱えた。こんな体験は後にも先にもない。

景郎は、クラスのいじめからつねに泰希を守り続けた。

互いにクラス内で言葉をかわすことこそなかったが、景郎と泰希のあいだには自然と目には見えない絆が生まれていった。二人は高校までずっと一緒だった。彼女がバレエの世界で生きていくということにも、誰よりも強く賛同の意を示したのは景郎だった。

――お前に普通の人生は似合わないよ。高く跳べ。俺からも見えるように、高くな。

グラン・ジュテ。

高い跳躍のことを、バレエ用語ではそう言うらしい。だとしたら、泰希は人生のグラン・ジュテを見事にやりおおせたのだ。

自分とは違って。

「な、なんでお前が……」

「ごめんなさいね、こうでもしないとあなたと話せないと思ったの」

いつからか、景郎は泰希をひっそり裏側から支えるのが趣味のようになっていた。

そんな景郎のことを泰希は高校時代、「私の幽霊」と呼んだ。しかし、幽霊にもお役御免のときはやってきた。

バレエ界に身を投じた泰希に、景郎の近づく隙はなかった。景郎は、初めて泰希のいない空虚な生活に直面した。気がつけば、自分の人生には何も残されていなかった。勉強もまじめにやってきたわけではないし、スポーツに長《た》けているのでもなく、趣味と呼べるものも特になかった。ただ、泰希の側《そば》にいて彼女の役に立てればそれでよかったのだ。

景郎は十九歳にして人生の道を見失った。

それから二十年。

時が経つのはあまりに早い。景郎がそのあいだに成し得たのは、窃盗の前科五犯という犯罪経歴だけだった。

できるだけ危険が少なくて見返りの大きい仕事を求め、三十代の半ば頃から、個人宅を狙うのはやめ、最新のセキュリティが完備されていないような高級ホテルに絞って仕事をするようになった。不定期ではあっても大きな収入が手に入るのは魅力だった。そのうち、彼はもう少しきわどい行為にも出るようになった。

それが——ホテルマンに化けての窃盗だった。今着ているのは、このホテルの更衣室に何着も眠っていたボーイ服の一着を拝借したものだ。最初に視察のため侵入したのは三ヵ月前だった。その際、エレベータで客と肩がぶつかり、相手が鍵を床に落とした。もちろん、景郎の計算どおり。彼はそれを拾ってやるふりをして掌に付着させておいた油粘土でしっかり型をとりスペアキーを作った。以来、603ルームだけは自在に入れるようになった。

「その格好、ちっとも似合ってないわよ」

そう言って泰希は、タオルを巻きつけ、バスルームからこちらへやってきた。

「うっせーよ」

景郎は面倒くさそうにそう言って、ボーイ用の帽子を脱ぎ捨て、泰希から目をそらした。四十を目前にしながら、泰希はますます美しくなっているように見えた。この女は、もはや自分なんかが見てはいけない聖域に達している。

「ついてねーな、まさかお前が客だなんてよ」

「偶然だと思う?」

小意地の悪い笑みを浮かべる。こんな笑みを景郎に対して見せるようになったのはいつ頃からだったろうか。

「あなたの行動は何年もずっとマネージャーに頼んで追い続けていたわ。どの刑務所で何年服役していたのかも、全部知ってる。ここ数年ホテルの窃盗を専門にしてることも、だいぶ前からわかってた」

「ど……どうしてそんなこと……お前、馬鹿じゃないのか？」

かもね、と言って泰希は笑った。

景郎は泰希に好かれようと考えたことはなかった。ただ、自分が泰希を好きなだけ。それで関係は完結していた。そして、十九歳のとき、その片務的な恋愛も終わった。

現在の自分たちに接点などあるはずもない。二人は別々の道を歩いてきたのだ。遠くかけ離れた道を。それなのに――泰希を自分から切り離して、死に物狂いに生きてきた景郎を、人生は嘲《あざわら》うかのように揺さぶっていた。

泰希が俺をずっと追跡調査していただって？

なぜそんなことをする？

虫のいい想像をするには、景郎と泰希の存在に差がありすぎた。

だが、泰希が景郎の首に回した腕は、一瞬であらゆる障害をなくしてしまった。さらに、彼女は景郎にキスをした。直前にシャワーを浴びていたせいか、温かく心地よい接吻だった。微かにクランベリーの甘みが唇に残った。

「好きだった。ずっとあなたのことが」

「……は？」

「私にとって、今ではあなたがたった一人の味方なの」

何を言ってるんだ、こいつ。そんなのは嘘だ。お前は俺が恋し続けたマドンナであ

って、相思相愛の恋人なんかじゃない——。一緒になんかなれないってことはわかってる

「あなたと私は別々の今を生きている。一緒になんかなれないってことはわかってるわ。だから、今この一瞬だけ私にちょうだい」

一瞬だけ。その言葉が、景郎の心を捉えた。彼女の言うとおり、二人は遠く隔たった世界に生きている。もう後戻りできないほど、決定的に違うのだ。

泰希が体を密着させ、景郎の背中に手を回した。景郎もまた、彼女の背中に手を回し、そっと抱き寄せた。彼女の体は想像していたよりもずっと華奢で、その肌は絹のように滑らかだった。目を閉じると、彼女の心臓の音が聴こえる。現在まで、絶えず泰希の体内でリズムを奏でてきた音が、景郎の胸に伝わってきた。失われた時間が、柔らかな水で埋められてゆくようだった。

ずっとこうしたかった、と景郎は思った。いや、もっと早く、中学や高校の頃にでもこうなるべきだったのだ。

だが、彼女がもう一度キスをしようと顔を近づけたとき、咄嗟に景郎は体を離した。

「もうやめよう。一瞬じゃ済まなくなる」

暗闇に放り出された子どものような顔で泰希は景郎を見ていた。その視線から逃げるようにして、景郎は窓辺へ向かった。どこか遠くへ彼女を連れ去りたいという感情が押し寄せてくる前に、立ち去らなければ。

泰希は茫然とした表情で景郎がさっきまでいた辺りをぼんやりと眺めていた。

「泰希、もっと高く跳べ」

泰希は――泣いていた。小学校の頃のような泣きべそをかいていた。もっと違う言葉をかけるべきなのはわかっていた。好きでも愛してるでも何でもいい。だが、結局どれもつまらなくて嘘っぽちな言葉に響く気がした。

景郎は胸がかきむしられるような感覚を味わいながら、窓を開いた。

「跳べよ。底辺にいる俺からも見えるように」

景郎はベランダに出た。

ターゲットを替えるしかなさそうだ。曲芸師のように隣室６０４ルームのベランダへと移った。ちょうどその部屋の窓が開いていたのだ。

忍び込もうか。見ているのは、赤からパープルへと変化し始めた海だけだ。

だが、景郎は泰希の視線から自分がもう一生逃れられないのを知っていた。これまでのような生き方はできなくなるだろう、と。

泰希に恥じるような生き方は、もう終わりにしなければ。

この部屋を過ぎた先に非常階段の踊り場の窓がある。そこから中に入り、一階に下りる。ホテルを出てきっぱり盗みをやめよう。そう決意した。何事にも潮時はある。

今日がそうだったのだ。

ところが——景郎の目は604ルームの内部に釘づけになってしまった。そのベッドには、男が縛り付けられていたのだ。

11

603ルームのドアが開いた。そこにはバスローブ姿の呉田カルコが立っていた。すべての女がバスローブを私服にしていれば、俺はそれほど顔を赤らめずに済んだかもしれない。

「あら、あなただったの」

そう言って彼女は無理に笑ったが、直前まで泣いていたのは明らかだった。涙の痕跡は彼女よりも正直に事態を物語っていたが、その事実に俺から触れるわけにはいかない。それに、俺はいままったく別件で訪れたのだ。

化粧っ気のない彼女の顔は、化粧をしているときの何倍も美しかった。俺はあまり彼女を見すぎないように注意を払いながら、尋ねた。

「その後、何かお困りのことはございませんか？」

それとなく幽霊の存在を確かめる。さっき行動を共にした足の生えた謎の幽霊のことを。するとカルコは答えた。

「そう言えば、さっき幽霊が出たわ。とても優しい幽霊がね」

「で、出たんですか、やっぱり……」

〈やっぱり〉とうっかり言ってしまったことを後悔したが、もう遅かった。カルコはそんな俺の様子にいたずらっぽく微笑み、「でも何も問題はないわ、ありがとう」と言った。幽霊が出たのに問題ない？　どういう意味だろう？　頭のなかが疑問符で溢れ返ったが、単にからかわれただけなのかもしれない、と思い直した。

それから、俺はさっき回転扉に引っかかっていたダイヤモンドの指輪を差し出した。

「呉田様。迷子のご案内です。見覚えはございませんか？」

半ば彼女のものと確信してそう言った。だが、彼女はそのダイヤモンドの指輪をつまみ上げ、顔をしかめた。

「さて、どこの子かしら？」

残念だわ、と彼女は言った。

「私の指がもう少し太ければ、ありがたくいただくんだけど」

「え……」

呉田カルコはいたずらっぽい笑みを浮かべて両手をかざしてほっそりとした十本の指を見せながら、「ごきげんよう」と言ってドアを閉めた。

微かにクランベリーの香りが廊下に残った。

さて、ではこの指輪は誰のものだろう？

思いつくかぎり、今日あの回転扉を通った中でこの指輪をしていそうなゲストは、もう一人しかいなかった。その客、竜田は呉田カルコのとなり、６０４ルームに宿泊していた。

本日のミッション。

〈鳥獣会〉の重役と思《おぼ》しき男に、無事に指輪を届けること。そのついでに彼の要望を聞きだし、もてなし方を考えよう。いつ爆発するかわからない火薬の前では慎重さが必要だ。〈よそ者〉に歓待の精神で接すること、それは世界の存続への重要なヒントであり、るり子さんの望み。ともかく笑顔だ。俺は固まった頬の筋肉をほぐしてから、思い切ってその部屋のブザーを鳴らした。

しばらくの沈黙の後でドアが勢いよく開いた。

そこに立っていたのは——。

「うっそー！　やだ！　なんで准くんなのぉ？」

那海だった。

「はい？」

意味のわからぬまま俺は那海に腕をつかまれ、中に引き込まれた。

「なんだ、厄介なことになっちまったな」

奥の椅子に足を組んで座っているのは、日野だった。俺はよからぬ事態を瞬時に頭のなかで組み立てた。俺の思考はブロック式なのだ。

「支配人、これには――深いわけがある」と日野は言った。

「そうそう、ふかーいわけがあるの」と那海がリフレインした。

那海が言うと、子どもの自宅用プールほどに深そうに聞こえた。

「だろうね。仮病まで使ってるわけだから」

嫌味を言う俺に那海はおいでおいでの合図をし、奥のベッドルームに誘った。言われるままにそっちへ向かうと、そこに手足をきっちりとロープで縛られた状態で竜田が寝そべっていた。口元に血が滲んでいるところを見ると、ちょっとした格闘の末にこうなったことはわかった。

「まあ、何というか、その深いわけ、あんまり聞きたくないな」と俺。

「そうはいかねえ。支配人はもう見ちまった。つまり、共犯者だ」

「日野さん、目撃者が共犯者になるなら、この世のたいていの犯罪は露見しないよ」

日野は俺を真顔で見つめた。

「なに、ただ黙っていてくれりゃいいんだ。悪いようにはしない」

「お客様をぐるぐる巻きにしておいて？」

「こいつとは古い付き合いだ。ほんのお遊びさ」

何食わぬ顔で日野は言ったが、その「古い付き合い」の男は〈鳥獣会〉の重役らしき人物だ。俺は溜息をついた。

「何をやらかそうって言うわけ？」

「見てのお楽しみさ」

そのとき、ドアをノックする音が響いた。

再び那海がドアに向かって歩き出した。いったい何が起ころうとしているんだ？　当面のところ、なりゆきに身を任せるしかないようだった。

「大丈夫だ、俺を信用してくれ、支配人」と日野は言った。

信用――そう、日野は俺にこの言葉を言い続ける。

そして、不思議なことに、日野にこう言われると、本当に彼を信じてみたい気持ちになるのだ。伝説の殺し屋だった男を。

ドアが開いた。そこに――ドアの幅と同じサイズの腰回りをした女性がやってきた。さっき回転扉につかえていた彼女に、那海は抱きついた。

「お姉ちゃん！　よく来たね」

お姉ちゃん？

この巨体の女性が、那海の？

俺は事態が飲み込めず、ぽかんと口を開けてその光景を見ていた。

「奥に奴がいるわ」と那海は言った。

そのタイミングで、日野はベッドに縛り付けられた竜田の顔面に水をかけた。わうち！　と竜田は叫びながら首から上を起こした。

「目覚めたか？　トンボちゃん。トンボから〈フライ〉を抜いてもトボけた目は相変わらずだな」

竜田は日野を見てすっかり青ざめた。だが、その背後からのっしのっしと迫り来る巨体を見た途端、表情が変わった。

「ナナ……」

ナナ——それが那海の姉の名前のようだった。彼女は、全身をよじらせてはにかんだ。その様子は、体形にもかかわらずキュートだった。彼女は、恋する乙女そのものだった。

12

那菜《なな》、と竜田が姉の名を呼んだことに那海は心底驚いた。まさか現在の姉の姿を見て、いくら元恋人とは言え、那菜だと気づけるとは思わなかったのだ。

その昔——那菜は大学のミスコンでも準優勝したほどの美人で、竜田にも、言い寄られて付き合いだしたのだ。ところが、ある日、竜田は何の前置きもなく行方をくらました。

那菜はショックから極端にものを食べなくなり、激痩せした。さらに一年後には反動から鯨のように家のなかのものを食べ尽くすようになっていった。失恋の傷を癒すためと放任していたのがいけなかった。気がつけば彼女は百キロを超えていた。

——もうこんな私、誰もお嫁にもらってくれないわね。

急激なダイエットは、かえって心臓に負担をかける、と医師に止められていた。徐々に痩せなさい、ただし一度伸びた皮膚はなかなか元には戻りませんからご覚悟を、と。那菜はその言葉にダイエットの決意ができず、どうしようと迷いながら百三十キロをキープしていた。

那海は決意した。竜田を捜し出して落とし前をつけさせる。女を二度と酷い目に遭わせられないようにそれ相応の痛手を負わせてやろう。

那海はそのために空手道場に二年間通い、合間に私立探偵の真似事をして竜田の足跡を追った。

そして——このホテルに辿り着いたのだ。

ここが、〈鳥獣会〉の根城になっていると聞いたから。

この日をずっと待っていた。竜田が訪れる日を。計算が狂ったのは、今日になって日野に計画がバレたことだ。仕方なくすべてを白状すると、日野は「俺に任せろ」と言い、結果こうなった。

那海は、竜田が今の姉を見ても絶対に自分の恋人だった女だとは気づくまいと思っていた。ところが、竜田は那菜を一瞬で見分けた。信じられないことだった。こんなに太っているのに。

「那菜どうしてここに？」

状況を飲み込めない様子で竜田はぼんやりと眺めていた。

さあ言ってやれ、と那海は心で念じて姉を見たが、那菜は動こうとしなかった。

「どうしたの？　お姉ちゃん。積年の恨みを晴らしなよ！」

しかし、那菜は静かに首を横に振った。いつも家で見ているうじうじした姉とは違っていた。彼女はのっしのっしと果敢に歩いてベッドに近づき、竜田にそのままキスをしたのだ。

「会いたかった、ずっと」

嘘……。那海は頭が真っ白になった。こんな展開を予想していたわけではなかったのだ。だが、日野はそんな那海の様子をおかしそうに眺めながら、耳元で囁いた。

「しばらく俺たちは席をはずしたほうがよさそうだぜ」

日野は半ば強引に那海と准の肩をつかんで入口辺りまで引き戻した。

「放っといていいの？　何、なんなの？　あの展開は！」

一体、この数年自分は何のために頑張っていたのだ。姉の保護者気取りで仇討ちに奔走していたのに、身内に斬りつけられた気分だった。

「いいじゃねえか。姉貴が幸せならそれでよぉ」日野は暢気《のんき》にもナイフで爪を研《と》ぎながらそんなことを言った。

「そんなの……そんなのまだ分からないじゃない」

「なに、トンボが純情野郎なことは俺が保証するぜ」

「日野さんに保証されてもねえ」

日野がただのコンシェルジュではないことは薄々わかっていた。だが、今日になって日野自身の口からごく普通に「俺は元祖〈鳥獣会〉のメンバーだ」と打ち明けられたときは、あまりの告白に頭のなかが真っ白になったものだ。

日野が竜田と旧知の仲だったとしても、少しも心穏やかにはならない。第一、竜田と姉が仲を戻したところで、奴はギャングなのだ。姉が幸せになれる道理がないではないか。

「もう来てもらって結構です」

奥から那菜が顔を出して言った。

三人は再びベッドルームへ戻った。そこではいまだにロープで縛られた状態の竜田がいた。彼は、准が手に持っているものを見つけると、突如奇声を発した。

「そ、それ、俺の指輪じゃねえか！」

准は「回転扉のところに落ちていたようです」と告げ、失礼します、と言いながら竜田の差し出した左手の小指にはめた。来たばかりの頃は肝っ玉の小さい子に見えたけれど、たった数日で准は少しばかり度胸がついてきたようだ。准が指輪をはめ終えると、竜田は突然日野に向かってこう言った。

「俺がこの道に入るきっかけになったレディ・バードの兄貴に再会したのも何かの運命だ。俺は今日、那菜と結婚する」

青天の霹靂《へきれき》である。那海は慌てた。

「な、ななな何言ってんの？　私が許さないわよ！　ギャングなんかと結婚なんて！」

「妹さん、心配しないでください。俺は、今日限りきっぱりとギャングを辞めます」

「え？」

そこにいる全員が言葉を失った。那菜でさえもそこまでの発言は期待していなかったようだった。だが、那菜の頰に大粒の涙を見つけたとき、那海は自分の勘違いを思い知った。姉はこうなる日を望んでいたのだ。自分が保護者気取りで暴走してしまっただけで。

力が抜け、へなへなとしゃがみ込みそうになるのを、日野ががっしりとした腕で支えてくれた。那海には、その腕が頼もしく、ありがたかった。

今日終わったのだ。那海の任務も、姉の苦しい旅も。

そして、それは竜田も同じだったのだ。

13

ロープを解かれた竜田は、日野に土下座をした。

「兄貴、けじめをつけさせてくれ」

「馬鹿野郎、俺はもう関係ねえ。それにお前、ギャングにけじめもクソもねえぞ。ヤクザじゃねえんだから」

しかし、竜田は首を横に振る。

「たしかにそうかもしれねえ。でも、それじゃ俺の気がすまねえんだ」竜田は日野が爪を削り続けているナイフを指で示す。「そいつでスパッと俺の指を切ってくれ！」

「断る。俺はそういうのはやめたんだ」と日野は欠伸《あくび》まじりに答えた。「それに、てめえはレディ・バードとしての俺に頼んでる。そこが気に入らねえ」

「じゃあ、どうすりゃいいんだよ、兄貴！」

「べつの奴に頼めばどうだ？　仮にもここでけじめつけようってんなら、ここの支配人のツラ立てるのが筋だろうが」

「なるほど」

なるほどではない。俺は日野を睨んだが、日野はそ知らぬ顔をしている。

「支配人！」

竜田が突然俺に向かって怒鳴った。

「は……はい？」

「俺のこの小指を切り落としてくれ！」

「お……お客様……あの……恐れ入りますが……」

俺はこう言いたかったのだ。恐れ入りますが、私は寿司職人ではございませんし、お客様の指もネタにはなりません、と。だが、俺がそれを口にするよりも先に日野は俺の左手にナイフを握らせた。

デラウェア・メイドの重厚な手触りが、俺の掌にしっくりと馴染んだ。それはまるであるはずのない勇気を奮い立たせるかのようなきらめきを持ったナイフだった。重たいくせに軽やかで、まだ何も切っていないのにその切れ味が俺には想像がついた。

日野は俺に向かって言った。

「支配人、切り方ひとつで、生きる命もあるんだぜ。これはあんたが潜《くぐ》るべき試練だ。腹を括ってやらないとギャングだらけの宴会なんざ乗り切れねえ」

俺はその言葉の意味を数秒考えた。

「ごめん、日野さん、全然わかんない」

「お客様のご用命だ。最高のおもてなしをしなきゃな。それに、我らが仲間である那海の姉貴の幸せもかかってるんだ」

レトリックはさまざまだったが、要約するならば、日野は俺に竜田の指を切り落としてやれと言っている。そして、ナイフは俺に「ドンマイ、私がついてるわ」と語りかけている。どこに俺の意見の入り込む余地があるだろうか？

そうこうしているうちに準備は着々と進んでいく。ありったけのタオルがテーブルの上に敷かれると、そこに竜田が腕まくりして左腕を差し出し、スタンバイした。

その腕を日野がしっかりと押さえた。

「うひゃあ、ホントにやるんだぁ、私初めて見るぅ〜」

意味もなく那海ははしゃいでいる。すっかり元気を取り戻したようだ。那海はこうでなくては。しかし、それも竜田が腹を決めたことがもたらした結果。竜田は、いわば我々の恩人なのだ。

仲間のことを自分のことのように考え、その心の闇に寄り添ってこそ、一流のホテルマン。俺は深呼吸をした。

「さあ、準備ができたぜ、頼んだ」と日野は言った。

俺はまだ迷っていた。今日一日の出来事が走馬灯のように駆け巡っていた。何で日なんだ。まさか今日、自分が誰かの小指を切り落とすことになるなんて、わかっていれば俺は支配人室から一歩も外に出なかっただろう。だが、もう遅い。俺はゴーストのホテルマンと行動を共にし、大女優に甘い息を吹きかけられた奇妙な一日をこうして締めくくるのだ。ふと映画『フォー・ルームス』の最終話を思い出していた。ボーイ役のティム・ロスが奇妙な賭けに巻き込まれる状況と、自分の状況を重ね合わせたせいだった。

俺は震えを抑えながら、ナイフを振り上げた。

「ズバッといってくれよ、支配人」と竜田は言った。「俺は小さい頃からトンボと呼ばれてきた。なんでかって言うと、血を見たとたん、すぐ目を回す弱虫だったからさ。俺はそんな自分を変えたくてギャングの世界に足を踏み入れた。でも、もういいんだ。俺には俺らしい臆病者としての生き方のほうが性に合って……ぬあああああああああああああああああああ！」

後半は叫び声に変わって聞き取れなかった。

講釈が長すぎたから、俺は途中でうっかり振り上げた腕の力を緩めてしまった。すると、思いのほかすとんと腕がまっすぐ落ちて、ナイフが竜田の小指と薬指の間に落ちたのだった。

それに驚いた竜田が本当に指が切れたかのように騒いで指を引っ込めた瞬間、何かが放物線を描きながら窓の外へと落ちていった。きらきらと輝きながら。

竜田の小指からは、あのダイヤモンドの指輪が消えていた。だが、そんなことに竜田は気づきもせず、そこらじゅうをまだ転げまわっていた。日野はそれを見て楽しそうに笑っている。

「まあ、お前らしい〈けじめ〉だったぜ、トンボ」

日野はわかっていたのだ。俺が指を切り落とせないことも、竜田にその根性がないことも。

「その気持ちを忘れるなよ。〈鳥獣会〉の始末は俺に任せておけ。二度とお前には近づかせねえよ」

二人の門出は、こうして伝説の殺し屋の安全保障を得たのだった。女二人は、恐怖に飛び跳ねる竜田の傍らで、肩を抱き合って嬉し涙に濡れている。まったく何てカオスな部屋だ。

俺はそのさなかにガラス戸に目をやり、地上六階の外を歩く幽霊を目撃した。夕方に幽霊確保の指示を出した、あのホテルマン。彼はまるで空の上でも走るような足取りで駆け抜けていった。その光景は、陽炎《かげろう》のように揺らめいて見えた。

「ゆう、れい……」

その言葉を最後に、俺は気を失った。

後になって、俺はこの騒動に感謝した。るり子さんの手厚い看護を独占できたから。

しかし、もちろんこのときは知るよしもないことだ。

俺が倒れたことに誰も気づかないのをぼんやりと寂しく思いつつ、意識はフェイドアウトしていった。頭の中の陽炎を追いかけながら。

14

さて、どうしたものだろう？　景郎は思わぬ立ち往生をしていた。

非常階段の踊り場の窓へ向かうには、どうしても604ルームを通らねばならなかった。しかし、大開口の押し出し窓は、隠れて横切ることが難しいのだ。

なかで起こっている騒動は、景郎にとってはまさに異世界の出来事だった。

——いったい、こいつらは何をやってるんだ？

そのうち、景郎をこのホテルの人間と勘違いした、トボけた支配人らしき若い男が現れ、次にお目にかかったことのないほど巨大な女が現れ、素っ頓狂な騒ぎはヒートアップした。

だが、景郎は微動だにしなかった。

それがどんなおかしな光景であれ、あなたは口を開いてはいけない。

小学校の頃、泰希が帰り道、彼女が次々繰り出すおかしな顔や仕草を絶対に笑ってはいけないというゲームを始めたことがあった。あのときの泰希の顔のひとつひとつを思いだすたびに、景郎は幸せな気分になる。

泰希が呉田カルコと名前を変えてからは、スクリーンで美しく着飾った彼女を何度となく見てきたが、景郎のなかでもっとも輝いているのは、あのときのおかしな顔を見せた泰希だった。

これはゲームの続きだ。笑うものか。

今日から景郎は生まれ変わるのだ。たとえ泰希がこっそり見ていなくとも、そんなことは関係ない。記憶のなかにいつでも泰希はいる。

もう二度と同じ過ちは繰り返さない。それが、泰希の〈幽霊〉である景郎のけじめなのだ。

それにしても——何をやってやがるんだ、こいつらは……。

支配人らしき若い男はナイフを握って立っている。ギャングらしき男は、テーブルの上に左手を置いている。

——おい、マジか……。ホテルマンがギャングの指を？

次にギャングの男の長い口上が始まった。やれやれ、結局指を切られる根性など本当はないに違いない。それに支配人のほうもすっかり血の気が引いて青ざめているではないか。

とんだ茶番劇だった。いつまで自分はこれを我慢して眺めていなくてはならないのだろう？　景郎はあと少し、と歯を食いしばって待っていた。見下ろすと、ホテルの六階は案外高い。景郎は高所恐怖症ではないが、海辺の風は徐々に強くなり景郎を吹き飛ばしそうだった。

「ぬあああああああああああああああ！」

雄叫《おたけ》びが轟《とどろ》いたのと、燦然《さんぜん》と輝く物体が開いた窓をすり抜け、景郎めがけて飛んできたのとはほとんど同時だった。景郎はそれを片手でキャッチした。

大きなダイヤモンドの指輪だった。

いったいいくらくらいするものかはわからないが、相当な高値で売れることは間違いなかった。この輝きは人工ダイヤじゃない。天然のダイヤモンドだ。

景郎は少し考えた。盗みをやめると決めた人間が、いくら偶然とはいえこの指輪を手に入れていいものかどうか。かと言って、返せる道理もない。これは神からまっとうに生きると決めた自分へのご褒美。そういうことにしよう。景郎は、新しい人生を歩むには十分すぎる最後の報酬をポケットにしまった。

それから、中の連中が大騒ぎをしている隙に、非常階段の窓まで一気に走り、階段を駆け抜けて一階の出口から外に出た。

空には月と太陽が両方見えた。完全に海に沈む手前で、どうにか太陽に出会えた。真昼の太陽は、まだ眩しすぎる。自分の門出には、こんな黄昏《たそがれ》時がちょうどいい。

それでも――これからは日向《ひなた》を歩いていくつもりでいた。

〈幽霊〉は、いま押し寄せる白い波音に耳を澄ましながら、しっかりとその足で砂を踏みしめた。

# 第四話　シェルの歌でも聴け

## 1

4:00PM

シカダは〈ホテルモーリス〉のエントランスへ向かって歩いていた。黒の山高帽とサングラスで素顔を隠し、回転扉を通る。

「お帰りなさいませ」

低音を奏でるピアノ曲とともに迎えたのは、まだ新人と思しきコンシェルジュの女だった。彼はその女性をしばらく凝視した。女は戸惑ったように首を傾げた。シカダは「沢口《さわぐち》」と名乗り、今夜宿をとりたいのだと話した。

〈ホテルモーリス〉の支配人を殺す――。

それが、彼に課せられた任務だった。

命じたのは兄貴分の鳶池《とびいけ》だ。できるだけ面の割れていない奴がいいからと、鳶池はシカダを選んだ。彼はこのホテルの支配人に個人的な恨みを抱いているらしかった。

シカダはまだ福岡《ふくおか》からやってきたばかりの駆け出しだ。若手のなかではいちばんの出世頭と自負する彼は、この任務を度胸試しと捉えた。事実、鳶池は任務遂行の暁にはさらなるポストを用意すると言っていたのだ。

シカダは偉くなりたかった。彼には妹がいる。父母は早くに亡くなり、妹にとって頼れる相手はシカダしかいない。シカダと違って勉強のできる彼女を大学に通わせてやりたい。彼が金を工面するしかないのだ。

この暗殺がうまくいって、まとまった金を貰えれば、入学金くらいは何とかなる。

「いま、何て言った？」

シカダは聞き返した。女に見惚れていて大事な部分を聞き飛ばしたのだ。

「五階のスタンダードルームをご案内できますが、いかがいたしましょうか？」

「じゃあ、そこを頼む」

シカダは首を振った。ホテルのスタッフに惚れている場合ではない。

今日は彼にとって重要な日。テーブルクロス引きを試みるときのような慎重さが必要だ。朝から時間をかけてとびきり音の静かな拳銃を選び、至近戦用のナイフを選んだ。まだいつどこでやるか具体的な作戦は立てていない。

辺りに目を向けた。支配人室は一階のどこかにあるはず。やるとしたら、ロビーのスタッフ数が減る深夜しかあるまい。

シカダは改めてコンシェルジュの女を見た。こんないい女には、これまで出会ったこともない。彼女の瞳に吸い込まれそうになるのをどうにか抑える。エレベータに向かう道中で、女に話しかけた。

「いいホテルだな、ここは」

「ありがとうございます」

「海辺のホテルはいろんなものの境界をイメージさせる。陸と海、生と死……ああ、それから男と女ってのもあるな」

驚いたように女はシカダの顔を見た。こんなチンピラ風情の男の口から文学的な発言が飛び出したことに驚いたのかもしれない。

「俺の父親はドストエフスキーなんだ」

彼女はその言葉にくすりと笑った。シカダはこのままエレベータが壊れてしまえばいいと思った。壊れないなら壊したっていい。だが、もちろんそうはしなかった。プランというものには、人間を拘束する魔力があるのだ。

部屋に着くと、彼女は一通り室内の設備について説明した。そのあいだも、彼女の表情の一つ一つを目で追うのに忙しく、ほとんど話は聞いていなかった。

が、突然質問を振られ、シカダはようやく我に返った。

「沢口様、映画はお好きですか？」

「ああ。生ハムとチーズを挟めば最高だ」

シカダのジョークに女は上品に微笑んだ。

「五階に映写室がございます。ご予約いただければ、支配人が後ほどご案内します」

彼女はラインナップ表を渡した。今日の上映は『ベニスに死す』だった。思いがけない幸運だ。うまくいけば、映写室で支配人と接触することができる。彼は迷わず予約を入れた。

「それでは、どうぞごゆっくりお寛ぎ下さい」

ドアが閉まる瞬間まで、シカダは彼女の姿を目に焼きつけようと凝視した。彼女の身体の輪郭を、そして顔の細部のつくりと、それらがどんな風に動くのかを。ドアが閉まったあと、頭のなかで彼女を思い描いた。うまくできるところもあれば、そうでもないところもあった。

シカダは自分の両頬を激しく平手打ちした。相手が悪い。自分は今からここの支配人を殺さなければならないのだ。いい女ならこの世にいくらでもいる。忘れよう。

ショルダーバッグの中から拳銃を取り出して組み立て始めたとき、部屋の電話が鳴った。受話器を持ち上げて耳に当てた。男の声だった。

〈沢口様、映写室をご予約いただきありがとうございます。本日は午後四時二十分と夜八時十分、二回の上映を予定しておりますが、時間帯のご希望はおありですか？〉

「客が少ないほうがいいな」

〈八時十分の回ですと、今のところ予約は五名様のみですので、こちらをお勧めいたします〉

「わかった。ところで——俺は映画を観る環境にすごくこだわるタチなんだ。よかったら、それより前に一度映写室とやらを下見させてくれないか？」

暗殺にはほかの客がいないほうが都合がいい。

一瞬の沈黙を挟んだものの、男は落ち着き払った声で答えた。

〈もちろん結構です。それではディナーのあと、七時過ぎにいらしてください。私がご案内いたします〉

「よろしく頼む」

電話を切った。低音で音楽的な響きをもつ魅力的な声の男だった。

自分はこの男を今夜殺すのだ。

シカダは罪悪感とはまた別種の奇妙な苦味を忘れるべく、指の一本一本に自分の本能が宿るまでストレッチを続けた。トリガーを絞る指先に魂を込める。それは、殺害する者への礼儀だった。

準備が完了すると、シカダはしばし深い眠りに落ちた。

## 2

### 4:30PM

四月最後の金曜日、俺は明日に控えたゴールデンウィーク初日の最終調整に忙殺されていた。宴会料理の品目チェック、ベッドメイキングのクオリティチェック、それから再開することにした映写室の点検……。どれも手抜かりがあってはならない。

四時半までジェットコースターのような目まぐるしい忙しさが続いたかと思うと、窒息寸前のところで急にふっと暇ができた。人間は息抜きのために生き抜かねばならない。

しかし、支配人室に入ってテレビの電源を入れ、つかの間の休息を手に入れた瞬間、日野に目ざとく見つけられてしまった。

「支配人、すまねえが、買出しに行ってきてくれないか？」

ちょうどソファに足を伸ばしかけたところだが、金歯のきらめく伝説の殺し屋の頼みを断れるわけがない。俺は見始めたばかりの『ベニスに死す』を消し、買物メモを受け取った。

『ベニスに死す』のＤＶＤは星野ボレロのコレクション棚にあった。昨日の夜中に観ていたのだが、細部をもう一度味わいたかった。

海辺のホテルに宿泊する作曲家が、そこにいた家族連れの少年の美しさに魅《ひ》かれて思わずあとを尾《つ》けてしまう話。結局作曲家は病気で死んでしまい、少年とは話すことなく終わる。

日常と非日常、生と死、官能と芸術、人と神——その双極を超えたところに、少年の美しさがある。ヴィスコンティ監督は美から性的なニュアンスや所有欲などを取り除きたかったのだろう。

「おい、支配人。それだけの食材を一人で買いに行く気か？」

「え？」

俺はメモに目をやった。そこにはずらりと三十品目ほどが並んでいた。うわの空だったことがバレたかと思い、薄ら笑いを浮かべていると、今度は開いたままのドアかららるり子さんが現れた。

「私の車で一緒に行きましょうか」

「本当ですか、助かります」

俺は心のなかで、この歳まで車の免許を持たずにいた自分の英断を褒め称えた。るり子さんと部屋を出かけたその瞬間、日野にちくりと釘を刺された。

「支配人、ホテルの外だろうと、役職を忘れるなよ」

「……はは、当たり前じゃないか」

役職が着脱式なら即刻脱ぎたいところだが、そうもいかない。

日野がサーバーに手を伸ばす直前で「それ、ビールだから」と注意してから、俺は部屋を出た。大きな進歩だ。

ラヴェルの《左手のためのピアノ協奏曲》が流れるロビーを通り抜け、俺とるり子さんは階段で地下駐車場へ向かった。スタッフ用のスペースにある青いキャデラックにるり子さんは颯爽と乗り込んだ。その躍動感あふれる車体《ボディ》を華奢なるり子さんが操縦するところを俺は想像した。

「葉巻をくわえたリスって感じですね」

「何か言いました？　支配人」

「いえ、何も」

実際のところ、るり子さんの運転は――ギャップどころか疾駆《ギャロップ》だった。「背中をしっかり背もたれにつけておいてください」という前置きは正しかった。背中をシートに密着させていてもなお自分の身体が車のスピードに遅れをとっているような感覚が消えない。

「ごめんなさい、私まだ免許とりたてでスピードの調節ができないんです」

「はは……き、気にしないでください。俺は二十二年生きてるのに自分の体温調節すらうまくいってませんし」

「そうですか、では遠慮なく。こう見えても昔、陸上のハードルランナーだったから走りには自信があるんですよ」

「ん？　それ関係あります？」

るり子さんはアクセルをさらに強く踏んだ。思わず小さな悲鳴を洩らしてしまう。俺の悲鳴でるり子さんと心中は悪くないが、三十までは死にたくはないというのが本音だ。

るり子さんはようやく速度を落とした。何とかまだ生かしてもらえそうだ。スロープを上りながら、るり子さんは言った。

「じつは、支配人にお願いしたいことがあるんです」

「このままどこか遠くへ行きたいとかですか？」

「真面目な話です！」

るり子さんは微かに頬を赤らめつつ続けた。

「どんな偶然なのかはわかりませんが、支配人は年齢こそ違いますけれど、前オーナーによく似ています」

「そんなに似てますか？」

ずっと気にはなっていたが、あくまで似てる似ていないというのはるり子さんの主観だろうと思っていた。何しろ、俺自身その昔に一度ボレロに会っているが、あまりそういう風には感じなかったからだ。

「髪型も違いますし、年齢も違うので私もすぐにはそうは思わなかったんです。でも、昨夜ホテルの古いアルバムを久しぶりに見ていたら、彼がちょうどいまの支配人のような髪型をしている写真が出てきて——そっくりでした」

るり子さんはそれ以上何も言おうとはしなかった。彼女のなかには俺とボレロの関係性を探る気持ちがあったかもしれない。俺の父親はこのホテルに多額の投資をしていた。少なくとも父親とボレロの間に何らかの関係があったのは確かなのだ。

だが、たとえ聞かれても、俺には確かな回答の持ち合わせはない。彼女が知りたいであろうことは、俺もまた知りたいことなのだから。

スロープを上りつめると、黄金色の海が沈み行く太陽を飲み込むところだった。〈ホテルモーリス〉のビーチに、一人の紳士が座っていた。俺はその横顔に見覚えがあった。

「あの人はたしか……」

「402ルームに一ヵ月ほど滞在されている方です」

道理で見たことがあるわけだ。だが、俺が彼を見た瞬間に感じたのは、そうした現実の記憶ではなかった。しばらく考えて気づいた。『ベニスに死す』に出てくる作曲家に似ていたのだ。

「宿泊名は木野《きの》様になっていますが、作曲家で指揮者の流木野崑《るきのこん》と言えば知らない人はいないでしょう。私も大昔に一度だけテレビ出演しているのを見たことがあります」

「作曲家？」

映画の設定と同じだ。偶然は野良犬に遭遇する程度の確率で転がっているらしい。

流木野崑の名は知っていた。〈現代のストラヴィンスキー〉と言われる傑出した音楽家だ。ここ数年はメディアへの露出を控えているが、数ヵ月前、芹川コンサルティング主催のコンサート〈流木野崑の世界へ〉では彼が指揮棒を振ったらしい。

いま、凜々《りり》しい眉と丸みのある鼻に皺を刻んだその紳士は、明らかに生きることに疲れて見えた。そして、そんな憂いを帯びた姿が、『ベニスに死す』のダーク・ボガードを彷彿《ほうふつ》とさせたのだ。

「毎日、夕刻になると海岸を歩いてらっしゃるみたいです」

「何か探し物でもしているんでしょうかね？」

るり子さんは一瞬、答えを探すように黙り、それから言った。

「このホテルの名前にもなっているモーリス・ラヴェルが、なぜ急に作曲をしなくなったかご存知ですか？」

「いいえ」

「彼は脳の病に冒されていました。頭の中には曲のイメージがあふれているのにそれを譜面にできなかったんです。さっきロビーで流れていた曲は病に侵されつつあったさなかに作ったもののようです」

あの複雑極まりない曲を脳の病に侵されながら作り上げたラヴェルという天才に改めて恐れ入った。

「流木野様の思いつめた表情……ラヴェルみたいに永遠に見つからないものを探しているようじゃありませんか？」

俺は黄昏の海を見つめる男の奥に潜む謎を覗き込もうとした。だが、その眼はどこか蟬の抜け殻を思わせた。彼はもうすでにそこにいないようにすら見えた。

「本題に戻ります」るり子さんはスイッチを切り替えるように口調を事務的なものに変えた。「じつは、数時間だけ星野ボレロとして、ある人物に会っていただきたいのです」

「星野ボレロとして……？」

思いがけない依頼に、つかの間のデート気分は波間に消えていった。

その間、海に飲み込まれた太陽に代わって空にうっすらと浮かんだ白い月は、青のキャデラックのギャロップを追い続けていた。

## 3

### 5:00PM

潮騒がからっぽの身体に満ちてくると、流木野は波形を音階に変えて捉える遊びをやめた。リフレインするばかりで次の盛り上がりに移る気配を見せなかったからだ。ずっとそうだ。ここ何年もずっと。

論理的で直線的に整えられた音楽を作ることはできる。だが、それが色彩や匂いを生み出すことはない。予感だけを染みこませた映画のフリップのような自身の音楽の現状には、当然満足できなかった。

だから彼は一ヵ月前、意を決してこの地を訪れることにした。ほぼ、五年ぶりに。

流木野にとって、この海岸はあるはずのないものがある、エルドラドなのだ。

海は太陽を飲み込んで紫色に染まり始める。

最初にこの海岸を訪れたのは、かれこれ十数年前のことだ。その頃はまだこんなホテルはなかった。彼は音楽家として最盛期を過ぎ、ポスト・ストラヴィンスキーとさえ囁かれ、前衛的な作風で一世を風靡《ふうび》した冒険的三十代の残り火で生きていた。若い頃のエネルギーが尽きると、本来の几帳面な性格が前面に出て、片田舎の音楽教師か調律師のほうが肌に合うのではと自分でも思うことが増えた。

そんな折、彼は疲れた精神を休ませるために、この地を訪れたのだった。そして、運命的な出会いを果たした。

十数年前、その美少年はいま流木野がいる砂浜に腰を下ろし、髪を潮風に靡《なび》かせながら波の動きをじっと見ていた。精製されたばかりのガラスのような一点の曇りもない瞳が、流木野の心を鷲摑みにした。彼は同性愛者ではなかったが、その瞬間、少年を連れ去って今の地位をなげうつことになっても構わないくらいに思えた。

その少年はいかつい図体をした父親らしき男と一緒だった。父親に呼ばれた彼は少しだけ反抗的な雰囲気を滲《にじ》ませながらも、立ち上がり、視線に気づいたのか、一度だけ流木野を見た。彼は愛想笑いとも、ただ風に顔をしかめたとも取れるような曖昧な表情を浮かべ、父親のほうへと走っていった。その表情は、どれだけ波が押し寄せても消えないほどの深い軌跡を流木野の心の砂浜に残した。彼の求める完璧な音楽がそこにあった。

流木野は中目黒の自宅に戻り、すぐさま作曲に没頭した。そのあいだじゅう少年の微笑が音楽を美の聖域へと導いた。天才の技を超え、神の領域に踏み込んだ瞬間だ。

奇跡はその一曲だけだった。その後も少年の顔を思い浮かべて作曲を試みたが、ミューズは宿らなかった。しかし、少年がもたらした一曲《渚《なぎさ》に告ぐ》の大成功によって彼は再び音楽界の寵児《ちょうじ》となり、公演をこなすだけであっという間に数年の月日は流れた。

とはいえ、流木野はその一曲で満足していたわけではない。できれば、もう一度少年を見たかった。名前も住所も知らないが、もしも少年があの海辺の住人だったなら……。

そんな望みを抱き、五年前、彼は長いツアーのあとにできた休暇に、再びこの地を訪れた。久々にやってきた海辺には、それほど大きくはないが、不思議な存在感のあるホテルが建っていた。

そして——彼は再び海辺でその美少年を見つけたのだ。

奇妙にもその少年は、少しも歳をとっているように見えなかった。このときの彼は、学生服に身を包んでいた。その黒のためにいっそう乳白色の肌が際立ち、ガラスのような目は、海の色を映して煌《きらめ》いていた。

奇跡が起こった、と流木野は思った。やはり神は自分に何らかの音楽的使命を与えようとしている、と。彼は今度こそ少年を尾行しようと決意した。居所を突き止め、それから——。

それから、どうしたいのだろう？　そのあとのプランが何もなかった。しかし、何一つ計画が立たずとも進まなければならないときはある。流木野はいまがそのときだと思ったが、動きかけた瞬間、やはり数年前と同じく、いかつい男が現れて少年を呼んでいるのが目に入り、足を止めた。男はだいぶ歳をとったように見えた。少年があまりにそのままなのに対して、男の老い具合だけが印象に残った。

少年は返事をして立ち上がると、流木野を見た。だが、数年前のように微笑みはせず、不審気な眼差しを流木野に向けると、そのまま行ってしまった。流木野は動けなくなった。少年に来るなと言われたように感じたのだ。

以前とはまた別種の衝撃だった。その少年との再会によって圧倒的な虚無感に囚われた彼は、自宅に戻ると《波と魚》を作曲した。波と自身の皮膚に刻まれる皺を重ね合わせ、魚を追いかけながらも追い払われる波の悲しみを交響曲に仕立て上げた。《波と魚》には、人間の弱さが感じられた。それゆえに前回の「完璧な神の領域」との評価とはまた違い、一層人間的な作品として支持を受けた。その成功によって再び彼は数年を公演に費やすことになった。ツアーを回る間も、心はいつも空虚だった。呼吸しているのもやっと。ある人はそれを男の更年期に違いないと言ったが、そんな簡単な問題ではない。神に砂をかけられたような感覚が拭い切れないのだ。流木野は、絶望の海を漂い続けた。

そして三ヵ月前——彼は胃の不調を感じて病院の検査を受け、胃がんで余命いくばくもないことを告げられた。入院も手術も拒絶すると、医者は深い溜息とともにこう言った。

——わかりました。でも、もう指揮棒を振ってはいけません。できれば外出自体しないほうがいい。とにかく自宅でゆっくり療養してください。

そんな約束は守れない。彼は一ヵ月前にこの海辺へやってきた。もう一度、あの少年に会うために。考えてみれば、ありえない話だった。歳をとらない少年などいるはずがない。

しかし五年前に見た少年は、以前と全く変わっていなかったのだ。あれは神の国からの使者なのかもしれない。

流木野は少年を待っている。崇高な瞬間が全神経を貫くのを、待ち望んでいるのだ。

「これはこれは、流木野先生じゃないですか」

声をかけられて振り返った。そこには中年の男性が立っていた。四十代後半、埃一つないスーツを着込んだ働き盛りのその男を、流木野は覚えていなかった。曖昧に頷き返すと、男は近寄ってきて手を差し伸べて言った。

「先日はわが社のコンサートイベントにご協力いただきありがとうございました。芹川コンサルティングの代表取締役、芹川鷹次です」

男はそう言って、ニッと笑ってみせた。きれいに揃いすぎた白い歯が夕闇に不気味に光った。

## 4

5:30PM

ホテルに帰ってきたるり子さんと俺は、料理長の樋渡に買ってきた食材を届けてからホールに戻った。すると、待ち構えていたように日野がるり子さんに言った。

「オーナー、美津子《みつこ》様がいらしてますよ」

「わかりました。どちらに通しました？」

「もちろん、ロイヤルスイートです」

満足げに頷くと、るり子さんは「ついて来てください」と言って、有無を言わさぬ勢いで俺を引っ張っていった。向かった先はゲスト用更衣室。そこで、妙な衣装を手渡された。

「会う前に、これを着ていただけますか？」

言い方こそ丁寧だが、断れる雰囲気ではない。

「着るのは構わないんですが、ボレロさんとして過ごすのとこのコスチュームの関係性を教えてもらえますか？」

自分がどこ行きの電車に乗っているのかは知っておいたほうがいい。

俺は車のなかで聞いた話を思い起こす。

――前オーナーの母親は彼がまだ小学生だった頃に亡くなっています。彼の唯一の親族が、祖母である星野美津子。彼女はいま施設に入っていますが、毎年今日だけ外出許可が出ていて、介護スタッフに付き添われてここを訪れることになっています。

――何かの記念日ですか？

――ボレロの誕生日なんです。二人はいつも映写室で映画を観ることになっています。それが終わると彼女は施設に戻ります。

――つまり、映写室で一緒に映画を観ればいいんですね？

――お願いできますか？

――数時間なら。ただ、似てると言っても、年齢も違うしバレてしまうとは思いますよ。

るり子さんは車をスーパーマーケットの駐車場に停めながら、たぶん大丈夫です、と静かに答えたのだった。

更衣室はワンルームマンションの一室よりよほど広々としていた。るり子さんはそのなかをしばらく考え込むようにぐるりと回ったあとで、「わかりました、お話ししましょう」と言った。

「さっきお伝えしたとおり、今日は前オーナーの誕生日です。ただし、彼女がそれを認識しているかどうかはわかりません。この十数年間ずっと時間の感覚が混濁していて、彼女のなかでは前オーナーはいまでも高校生のままのようなんです」

なるほど、それでこのコスチュームなわけか。俺はるり子さんに手渡された学生服を見ながら言った。

「要するに――俺はこれを着て、美津子さんに会い、そこで高校時代のボレロさんのふりをしていればいいわけですね？」

「一緒に映写室で映画を観ていただくだけで結構ですから」

「……わかりました。それで、どうします？　ここでいまズボンを脱ぎ始めてもいいですか？」

るり子さんは耳の先まで真っ赤になった。

「そ、そんなわけないじゃないですか！」

「違いましたか」

「美津子さんが現れるのは八時十分の回です。今日はもう支配人業務はお休みにしてそれまでの時間、人目につかない場所で待機していてください。八時前に、ここでその服に着替えて、映写室までお願いしますね」

言い終えると、るり子さんは回れ右をして足早に去ってしまった。よほど恥ずかしかったのだろうか。一人になった俺は、久しぶりに手にする学生服を眺めていた。

学生服は嫌いだ。自分にも周りにも嘘をつくことしか知らなかったあの頃の感覚がよみがえってくる気がするのだ。高校時代の俺はまだ何者にも成りえず、世界と同化できずにいた。

いまの俺はどうだろう？　この騒がしい海辺のホテルは、俺の細胞を生まれ変わらせつつある。何より、これまでにないハードな使命が、俺の精神を少しずつマッチョに改造しつつあった。少なくとも、もう生まれたての子ヤギのそれではないはずだ。

俺は鏡の前に立ち、学生服を肩に当ててみた。徐々に名もない不定形な感覚が、戻ってきた。今日は静かだ。〈鳥獣会〉のメンバーも現れない。嵐の前の静けさという奴だろう。宴会に備えて、精神統一するのも悪くはない。最大のミッションは、いよいよ明日に迫っているのだ。

しかし――それにしても何だろう？　この妙な胸騒ぎは……。

5

同じく5:30PM

流木野は親しげな男の様子に戸惑っていた。稀にファンだと称する人間から馴れ馴れしく振る舞われていやな気分になることはあったが、彼から感じるのはむしろ威圧感に似たものだった。

「先日のコンサートはじつに素晴らしかった」

「それはどうも」

律儀に頭を下げる。一昔前ならできなかったことでも、大抵は淡々とこなせる。もうわがままな芸術家気質を気取った頃の流木野ではないのだから。

「ただ《波と魚》を凌ぐ作品が見当たらなかったのが残念だった」

その言葉に、流木野はピクリとした。彼自身が気にしているところでもあった。芹川コンサルティングが主催したコンサートでは全部で八曲演奏した。過去の名作は封印して、《波と魚》以降に作曲した楽曲でプログラムを組み、指揮棒を振った。

評論を意識したことはない。いつも自分の勲章はオーディエンスだけだと思っていたし、彼らを裏切るようなものは作るまいと思ってきた。しかし、実際この五年間に作曲したものは、どれもその水準に達していないものばかりだった。

「そうですか、そう感じましたか」

「おっと、これはほかの楽曲が悪いという意味じゃありませんよ」

シニカルな笑みを浮かべ、鷹次は続けた。

海のほうに顔を向けているのに、同時に流木野の動きをすべて把握しているような抜け目のない瞳。その雰囲気は、ナチスドイツの宣伝相ゲッベルスを彷彿とさせた。

「私が言いたいのは、パッションの問題です。流木野先生、あなたの音楽は年々構造が複雑化し、洗練されてもいますが、《波と魚》にあってそれ以降の作品にはないものがありますよね。それが何なのか、先生ご自身は理解なさっているように見受けられるんですがね」

鷹次の言っていることは、流木野が《波と魚》以降の自身の音楽に対して感じていた点と一致していた。

「気を悪くなさらないでくださいね。ただ、私は一ファンとして確信しているのですよ。先生は〈女神〉を見失っている、と」

流木野は答えた。

「面白いことを言うね。たしかに私は失くし物をするのは得意だ」

「デリケートな問題ですから、お答えいただく必要はありません。ただ、先日のコンサートで私ははっきりと〈女神〉の重要性を再確認することができた。そのお礼を言いたかったのです」

「お礼？」

「〈女神〉を必要とするのがアーティストばかりとは限りませんよ、先生。どんな仕事をしていたって、人生に〈女神〉は必要なのです。私には私の〈女神〉がいます。そして、一度出会った女神は、どんな汚い手を使ってでも逃さない――そう強く決心することができたのですよ」

そのときになって、流木野は鷹次のなかの狂気に気づいた。波音は夜に向かって徐々に荒々しさを増し、メヌエットから破壊的なスケルツォへと変わり始めていた。だが、まだ夜は始まったばかりだ。特に、〈女神〉を探す者にとっては、夜はワーグナーの楽劇よりも長い。

「それでは、あなたの〈女神〉はここに？」

「まあ、そんなところです」と鷹次は答えた。

「羨《うらや》ましいですね」

「願わくば、先生が再び〈女神〉に出会えますように」

流木野は微笑んだ。十年前なら怒鳴り散らしていただろう。だが、そうしなかった。胃がきりきりと痛んでいたからか、現世をすでに遠い世界と感じ始めているせいか。恐らく両方だ。

鷹次は頭を下げ、流木野から離れていった。

波の押し寄せる位置がさっきよりも彼の足下に近づいてきていた。小さな蟹《かに》が岩陰に消えていく。そして――貝殻が打ち上げられる。

生という名の海から吐き出される前に、もう一度自分だけの〈女神〉に出会うことができるだろうか？

波は——何も答えなかった。

6

5:45PM

「殺されない方法だって？」

暇な時間をぶらぶらとパトロールに費やしているところを日野につかまり、スタッフ控室に連れてこられた。ラウとミシェルの二人におもてなし講義をするからついでに受講しろと言うのだ。

ところが、これがただのおもてなし講義ではなかった。

「〈ホテルモーリス〉流おもてなし講座護身術篇」と日野は名づけているようだった。

「ホテルマンはつねに危険と隣り合わせだ。何しろ、誰が客としてやってくるかは俺たちにはわからないわけだからな。そいつが異常殺人犯だった日には、目を離した隙にグサリとやられる」

そう言って日野はミシェルの腹部を突いて見せる。

「チョト日野サーンセクハラネ」

もはや性を超越してしまっているミシェルはまんざらでもなさそうにそう言って笑

った。

その娘であるラウはとなりで父親を睨みつけた。

「ジョ、冗談ダヨ、ジョーダン」

慌ててミシェルは取り繕うが、ラウの興味はすでにべつのところに移っていた。

「それで、どうしたらそういう客に対処できるの？」

「ゲストは大きく分けて二つ。俺たちスタッフの顔を見ない客と、見る客だ。見ない客にもしぜんと視界に入っていないタイプとわざと目を逸らしているタイプとがあるし、見る客にはただ興味本位で見ている場合と何らかの目的を持っている場合がある。視線は最初の大きなヒントになるんだ」

「そんなこと考えたことなかったわ、もっと教えて」

久々に武術家の血が騒いでいるらしくラウは指をポキポキと鳴らし始めた。

「まあ最初に服装をチェックするのは当然だよな。夕方に現れた男性ゲストからシャンプーの匂いがすれば、ホテルで何か一仕事しようって魂胆かもしれない」

「なぜ？」

「ここはビジネスホテルじゃない。リゾートホテルってのは骨を休めるところだ。女ならともかく、わざわざ来る前に風呂を浴びてくる野郎はいない」

なるほど、とラウは納得したようだった。彼女は若いだけあって吸収が早い。しかし、将来的にホテル業界で働くことになっても、この護身術講座がよそのホテルで役立つかどうかは甚《はなは》だ疑問だ。

最後に日野はこう言ってまとめた。

「特に相手が暴力的な行為に出ようとする前後では必ず感情が変化するシグナルがある。そいつを見逃さないことだ」

「大袈裟だなぁ、日野さんは。そりゃたしかに〈鳥獣会〉は出入りしているし、俺なんかこの間どこかの誰かさんに引退するギャングの指を切らされそうになったりしたけどさ、俺たちスタッフが命を狙われることなんかないんじゃないの？」

俺はそう茶々を入れた。だが、日野は笑わずに言った。

「そうでもないぜ。特に支配人、偉い立場の人間ほど狙われやすいんだ。せいぜい気をつけな」

「え……俺？　俺、狙われたりするの？」

日野は静かに頷いた。笑おうとしたが、うまく笑えなかった。

もしも自分が標的になっている場合、このホテルで血を流させないというミッションを遂行するにはどうすればいいだろう？

たとえば——今日俺の命が誰かに狙われていたら？

二十四時間そんな心配をしていたら気がおかしくなるかもしれない。だが、ギャングたちの宴の前夜くらいは、緊張感も必要だろう。

腕時計にちらりと目をやった。日野はミシェルからの質問に答えている最中だ。

「〈セイゼイ〉ッテ日本語ヨクワカラナイヨネ。ドウイウ意味？」

「それはだな……せいぜい……んん、せいぜいはせいぜいだよな」

ミシェルはさらに日頃疑問に思っているらしい日本語について次から次に質問を浴びせていく。長くなりそうだった。護身術はまた今度教えてもらうことにするか。俺はミシェルが日野に迫っている隙に、背筋を伸ばしてその場から抜け出した。

7

6:00PM

鷹次は、シャンデリアの輝きを追い払うように手をかざした。

〈ホテルモーリス〉を訪れるのは、じつに七ヵ月ぶりのことだった。

鷹次は、七ヵ月前から株主としてこのホテルへの継続的な資金援助を再開していた。鷹一の残した負の遺産。だが、彼はそれを手放すわけにはいかなかった。

その理由が――目の前で微笑んでいた。鷹次の〈女神〉が、そこにいた。

「ご無沙汰しております」

「准はうまくやっていますか？」

「え……はい、とても」

七ヵ月前にるり子の夫が亡くなったという情報を聞きつけると、鷹次はここぞとばかりに支援の準備を始めた。もっとも、その額は決して多くはない。本気で〈ホテルモーリス〉再興を望んでいるわけではないからだ。ただ自分がサポートしているという事実が、るり子に伝わることが大事だったのだ。

「何しろあいつは甥ということを抜きにしてもうちの有望株ですからね」

これはあながち嘘ではない。准はつねに無難な業績を出しており、上司からの信頼も厚かった。鷹次が彼を上に取り立てるかというと、それはまた別問題だったが。

るり子が怪訝な表情で尋ねた。

「甥……ということは、准さんは前社長の？」

「ええ、隠し子です」

「やっぱり……」

「今何と？」

「いえ、何でもありません」

鷹次はるり子をまっすぐに見つめた。

初めて彼女を見た日のことは今でも記憶に焼きついている。兄の鷹一が時折辺鄙《へんぴ》なところにあるホテルを訪れているという噂を聞いて、万一社内の政敵にでも見られて株主総会のネタにでもされたら一大事だと考えた鷹次は、兄のあとを尾けたのだ。

そして——このホテルの回転扉越しに、るり子の笑顔を確認した。あの瞬間から、鷹次はいつか彼女の笑顔を自分の方に向けさせると心に決めたのだ。

彼女の夫の死はいいきっかけになった。

いま、鷹次にとって邪魔な存在は、星野ボレロとの思い出が染みこんでいるであろうこの〈ホテルモーリス〉自体と、その収益に貢献している〈鳥獣会〉だった。

鷹次はこのゴールデンウィークに一つの計画を立てていた。〈鳥獣会〉も、このホテルも一気に取り潰せる計画を。

「今日は、明日の予約の確認に来ました」

「明日の——」

「〈鳥獣会〉の宴会です」

「え……」

るり子は戸惑っているようだった。〈鳥獣会〉の宴会予約に、鷹次がどう関わるのかと不審に思っているのだろう。

「じつは明日、私も同席することになっていましてね。ちょっとしたビジネスで」

彼女は黙っていた。ギャングと一企業の社長にどんな接点があるのかと訝っているのだろう。

「安全な社会を運営するうえでは、彼らを統制しなければなりませんからね。これからは一企業が社会貢献していく時代です」

さり気なくるり子との距離を縮めようとしたそのとき——見たことのないスキンヘッドの男が近づいてきた。

「お客様、ご挨拶が遅くなりまして申し訳ありません。私、当ホテルのコンシェルジュ、日野と申します」

「そうか、よろしく頼む」邪魔な男だ。「君、明日の〈鳥獣会〉の宴会の会場を調べてきてくれないか」

早く調べに行け、と内心で鷹次は思った。だが、日野は動かなかった。一瞬鷹次の顔をじっと見つめたあと、日野は言った。

「それでしたら、今ご案内したほうがわかりやすいかと存じます。どうぞこちらへ」

調べるまでもないというわけだ。余計なことを言った、と鷹次は後悔した。

「どうぞ」るり子にも手で促され、鷹次は渋々日野に従うことにした。向かう途中で、日野は尋ねた。

「失礼ですが、お客様は〈鳥獣会〉の方ではいらっしゃいませんね？」

「当然だ。私は芹川コンサルティングの社長だ」

それ以上日野は尋ねようとはしなかった。さすがにこのホテルに勤めている以上、その株主である芹川コンサルティングの名前くらいは知っているものと見えた。しかし——やりにくい男だ。何を考えているのかがわからない。

会場は三階にあった。防音対策は万全で、空調も最新設計だという。「サーカス団が象のショウを行なっても音ひとつ洩れはしないでしょう」と日野は受けあった。これならどんな声も外に聴こえまい。

「いい場所だ」

「当ホテル最上級のパーティールームでございます。最高の宴になることをお約束しますよ」

「それは——楽しんでいただけそうだな」

その鷹次の言葉に、ふと日野は足を止めた。

「どうした？」

「いえ、まるでお客様はいらっしゃらないかのような仰りようだと思いまして」

「……もちろん、私も楽しませてもらうよ」

この男には用心が必要だ。鷹次は日野を警戒した。日野の指摘したとおり、その会場には現れないつもりだったのだ。

今回の宴の話は、鷹次から〈鳥獣会〉側に申し出た。

──我々は、あなた方が必要としているさまざまな企業の情報を握っています。〈鳥獣会〉会長の鷲尾は、その言葉に色よい反応を示した。新興系ギャングである〈鳥獣会〉にしてみれば、企業の弱味はどんな美酒にも勝る価値をもっている。

もちろん鷲尾は、鷹次の申し出に裏があるのではと勘繰ってきた。だから、鷹次は代わりに芹川コンサルティングの用心棒になってもらいたいのだ、と話した。

──アドバイスだけ聞いて金を踏み倒すクライアントが急増している昨今にあっては、皆様のような頼れる組織が背後にいてくださるだけで、どれほど心強いか知れませんよ。

そう話すと、鷲尾は意外なことを口にした。

──しかし、御社はすでに〈ウサギファミリア〉と関係がおありじゃなかったですか？

前もって調べられているとは思わなかったが、鷹次は堂々と答えた。

──それなんです。じつは〈ウサギファミリア〉とは長らく提携していたのですが、やはり関西の組織では、緊急の事態に対応しきれない。〈ウサギファミリア〉にしたところで何かとやりにくいと感じているようです。要するに〈ウサギファミリア〉から〈鳥獣会〉へ円満委譲したいと、こういう考えなんです。

──それで〈ウサギファミリア〉が納得するなら、こちらは構いませんが……。

餌にかかったのだ。すぐさま〈鳥獣会〉の主催によって宴がセッティングされることになった。しかし——明日その会場に鷹次は現れない。

鷹次は、〈ウサギファミリア〉にこう言っていた。

——我が社からお宅にお渡しすることになっている企業ファイルを〈鳥獣会〉がどうしてもほしいと言ってきておりまして、一度〈ウサギファミリア〉の皆様を接待したいと申しているのですが……。

構いまへんで、と〈ウサギファミリア〉の親玉トニー角田《かくた》は言った。

——接待していただけるんは歓迎やし、お宅からもろた情報てぎょうさんあり過ぎてうちらも持て余してますよって、ちょうどええ取引になりますやろ。

駒は揃った。あとは、当日に仕組んでおいたからくりが動き出すのを待つだけだ。このプラン遂行のためには、ホテルの管理を身内の准に任せておいたほうが事後処理の面で都合がいい。ついでにホテルの不祥事を理由に後継者権をもつ甥っ子を用済みにできるメリットもある。

しかし、最大の目的は——鷹次の〈女神〉を手に入れること。

背後にいる〈女神〉を振り返ると、彼女は曖昧な笑みを返した。まだこちらを信じていいものかわからないのかもしれない。だが、いずれ自分を頼るようになるだろう、と鷹次は思った。そうしなければ生きられなくなる日が、すぐそこに来ているのだから。

鷹次は――にっこりと微笑んだ。

「楽しみだよ。最高の宴にしてくれ」

8

7:00PM
七時前になると、シカダは部屋を出て五階へ向かうべくエレベータに乗り込んだ。ズボンの右ポケットには拳銃、左ポケットにはナイフが忍ばせてあった。人を殺すのは三度目だ。半殺しなら何度もやっているが、殺すのはいまだに慣れない。だが、それはどのギャングも同じ。馬鹿みたいな殺戮《さつりく》をやるのはギャングの仕事じゃない。
映写室は五階のいちばん奥にあった。そこだけが少年の宝箱のように別世界を作り出していることに、シカダは衝撃を受けた。レトロなイタリア建築風の門構えがあり、それを見た瞬間、シカダはあるはずのない記憶を刺激されたような気がした。その理由はすぐにわかった。『ニュー・シネマ・パラダイス』のなかに登場する映画館を縮小して室内に持ち込んだようなつくりだったからだ。
ゲートの前に一人の男が立っていた。スタイルもよく、すべてのパーツがあるべくしてそこにあると感じられる整った顔の持ち主。男が支配人であることは、ホテルマンの役職を示すバッジの大きさからもわかった。

「沢口様ですね？　お待ちしておりました」

と支配人は言った。

「映写室を前もってご覧になりたいとのこと。ご興味をお持ちいただき光栄に存じます」

「映画は環境次第で傑作にも駄作にもなるからな」

「まったく仰るとおりです」

優雅な笑みをたたえた男を見ていると、不思議な感覚に襲われた。まるで男が、異界への扉を開く水先案内人に見えてきたのだ。

支配人は、「こちらへどうぞ」と言って映写室へシカダを招いた。

「このホテルのコンセプトは？」とシカダは尋ねた。

「ラヴェルの音楽のようにゲストの心に寄り添うホテルです」

「ラヴェルは聴かないな。バッハ以外のクラシックを聴くと便秘を起こすらしい」

支配人は笑った。シカダは続けた。

「ゲストの心か……じゃあ、俺の心がわかるか？」

その言葉に、支配人は案内の手を下ろし、シカダの顔を見た。

それから言った。

「男は誰もが宿命を背負っています。心はその宿命の陰に隠れますので、原則ないものと考え、とにかく最高のおもてなしを心がけます。もちろん、感情のシグナルが見えたときには、それを見逃したりはいたしません」

支配人はそう言って優雅に微笑む。

彼の言ったことは真髄をついていた。シカダもまた宿命を背負い、その宿命の木陰で感情は日差しをやり過ごしていた。

シカダは内心で男に語りかけていた。

なあ、俺たちはいい同志でいられそうだぜ、殺し、殺される瞬間まではな。

「本日上映する予定の『ベニスに死す』をご覧になったことはおありですか？」

「いいや」

「さようでございますか。今夜はお楽しみいただけること間違いありません。『ベニスに死す』はルキノ・ヴィスコンティ監督の作品のなかでも特に傑作です」

「そのロマネ・コンティがどうとかって監督はそんなにすごいのか？」

「ロマネ・コンティほどに」

「じゃあまずロマネ・コンティを飲んでみないとな」

「よろしければ、上映の際のお供にご用意しましょう」

それから、支配人はシカダに設備の紹介を始めようとして前方のスクリーンに向かいかけた。期せずして、チャンスは訪れた。目撃者はいない。

支配人の背中が、そこにあった。

任務を遂行するときがきたのだ。

シカダはためらわず右ポケットに手を入れ、拳銃を取り出した。

殺すには絶好のタイミングだった。

ところが――。

その銃口を支配人に向けかけた瞬間、シカダの身に思いもよらぬことが起こった。

彼の右手から拳銃が羽ばたいたのだ。

支配人は、シカダのほうを向いて言った。

「お客様、先ほど申し上げたとおりでございます。我々はゲストの感情のシグナルを見逃さないのです、絶対に」

9

7:55PM
るり子さんが指定した時間になると、俺は学生服に着替え、映写室の前で星野美津子が来るのを待った。久しぶりの上映会に、すでに数人の客が入っているが、最前列の予約席は空けてある。

結局、待ち合わせまでの時間つぶしにも映写室を利用したため、俺は夕方以降ずっとここにいたことになる。

この映写室は俺にとって感慨深い場所でもあった。かつて客として初めて訪れた日、星野ボレロにここを案内されたのだ。

全体に漂うノスタルジックな世界観が『ニュー・シネマ・パラダイス』を元にしていることも、そのときに聞いた。親父が仕事でいないあいだ、ボレロと俺は映画についての話をした。ボレロは話がうまく、アイスクリームに添えたウェハースのように挟まれるジョークは俺の舌が麻痺しかけるのを和らげた。

時計を見た。八時五分。

上映開始は八時十分。午後四時の部は大成功だったと日野から聞いているから、ラインナップ次第では今後このホテルの目玉の一つとなることは間違いあるまい。

しばらく待っていると、車椅子に乗った白い髪の貴婦人が現れた。車椅子を押してきた介護スタッフの男性は目礼し「映画が終わる頃にお迎えに参ります」と言った。

俺の姿を見ると、星野美津子は涙を浮かべ、手を伸ばしてきた。

「タケシ……」

るり子さんに彼女のことをなんと呼べばいいかは聞いていた。

「ばあば、お久しぶりです」

「元気だったかい？　大きくなったねえ……もう高校に上がったんだって？」

「ええ、いま高校二年です」

二十代の若造だって高校生を自称するのには躊躇するものなのだと俺は身をもって学んだ。最前列へと美津子の車椅子を押していく。それを見計らって、日野が室内のライトを落とし、マジックミラーの奥でパソコンを操作してプロジェクタから映像を流す。

本編が始まる直前、美津子は俺の顔を見つめて言った。

「お前は本当にきれいな顔してるよ。男にしておくのが勿体《もったい》ないくらい」

彼女の手元にはしわくちゃになった一枚のピンぼけ写真があった。そこには、学生服を着た少年とワンピース姿の女性、そして美津子と思しき中年女性が並んで写っていた。

「あのろくでなしの血が入ってるなんて思えない」

「ろくでなし？」

「言わせないでおくれよ。芹川さ」

「ああ……」

そういうことか。どうやら俺の父親、芹川鷹一のことであるようだった。やはり星野ボレロもまた俺の親父が妾に生ませた子どもだったのだ。つまり、俺とボレロは、異母兄弟ということになるのか。

しかし——その次に美津子が放った言葉に俺は戸惑った。

「その目、その鼻、その口、眉毛の形——凜子《りんこ》にそっくりだよ」

「………………」

ミカンとレモンが似ているかどうか、それはつねに主観的な問題だ。人は見たいように世界を見るものだ。だが、いくらなんでも何の縁戚関係にもないボレロの母親と俺が似ている道理はない。

美津子の手が俺の頬に伸びた。

「あんたの弟も、生きていればこんなかわいい顔になったろうにねえ」

「弟？」

「覚えてないのかい？　凜子は二人目の子の死産で同時に死んだじゃないか」

「それ——いつだっけ？」

「××年の九月十日」

頭のなかでジャンボジェットが飛び立つようなノイズが広がり、軽いめまいを起こしかけた。

「九月十日……」

俺の誕生日だ。これは偶然だろうか？　俺には病院で撮られた写真が一枚もない。もっとも古い写真は生後一ヵ月経ってからのものだ。

俺の母親は――俺を育てた女ではないのか？

部屋の片付けと同じだ。一つが気にかかると次々に気にかかるところが出てくる。

親父は、妾であるはずの母親の元をろくに訪れたことがなかった。愛想をつかされたのだとばかり思っていたが――もしも俺の母親がただの使用人か何かで、妾でも何でもなかったのだとしたら？

やがて、スクリーンに海が映った。太陽に輝く海。そして、家族と語らう水夫服姿の美少年。

「海を見ると凜子が帰ってくる気がする。凜子も、凜子がいた頃の空気も。それだけで何も要らない気がするんだよ。違うかい？」

そうだね、と俺は相槌を打った。俺とよく似ているという女の幻影を、海のなかに見ながら。

## 10

## 戻って7:05PM

拳銃は消えたわけではなかった。

支配人はシカダのほうへとゆっくり歩いてやってきた。そして、シカダより後方を見て、「返してやれよ、あとで」と言った。

振り返ると、スキンヘッドの男がシカダの拳銃を持って立っていた。男の鎖骨の辺りにはテントウムシのタトゥーがあった。シカダはそれを見て悟った。

「あ、あなたは……」

伝説の殺し屋レディ・バードと呼ばれた男ではないか。〈鳥獣会〉の創始当時のメンバーだったが、権力闘争が嫌いだからという理由でやめたと聞いていた。彼は銃口をシカダの額にくっつけ、襟首をぐいともちあげて首から背中にかけて彫ってある蟬のタトゥーを確認した。

「お前、〈鳥獣会〉の人間だな？」

返事をする代わりに、左ポケットからナイフを取り出そうとしたが、ねじ上げられた。無理やり座らされ、ロープでぐるぐると縛り付けられる。

支配人だけが、終始紳士的に振る舞った。

「沢口様には、これから恐怖映画をご堪能いただきましょう。もちろん、我々はつねにゲストの感情に寄り添うことを目指しておりますから、その恐怖をさらにより良い恐怖へと変えるおもてなしをさせていただきます」

スクリーンのカーテンが開いた。そこには——縛られた哀れな男の姿が映し出されていた。レディ・バードは背後からシカダの頭にすっぽりと段ボール箱を被せた。箱にはポストの投函口のような穴があり、スクリーンが見られるようになっていた。彼はスクリーンに映し出された、シートに縛られて箱を被った男の顛末《てんまつ》をただ見守るしかなかった。

支配人が言った。

「初めからこんなことではないかと思っていたのです。だから、勤務時間外であるこの男を、マジックミラーの背後に待機させていました」

レディ・バードは首の骨を左右にごきごきと鳴らし、指の一本一本も鳴らした。その手にはいつの間にすり抜かれたものかシカダのナイフが握られている。

「早く帰って寝たいからガンガンいくぜ」

「え?」

聞き返した直後にシカダは自分の声とは思われぬ悲鳴を上げていた。スクリーンの〈箱男〉の頭にナイフが突き刺さったせいだ。実際にはナイフはシカダの髪の毛を掠めて頭部のわずか後方に逸れていた。それでも、恐怖心を煽《あお》るにはじゅうぶんすぎる効果があった。

「二度と聞き返すなよ」

「は……はい」

支配人がレディ・バードをたしなめ、代わりに尋ねた。

「なぜ、私の命を狙ったのですか？」

なぜ――。

「金が貰えるからだ」

「誰から？」

「兄貴から」

「名前を言えよ」とレディ・バード。

「え？」

シカダは再びキジが絞め殺されるような声を上げた。

顔の正面からナイフが差し込まれたのだ。切っ先が鼻の先端を傷つけただけだが、
シカダの心臓は確実に死を意識して止まりかけた。

「と、とびいけ」

「鳶池か。あいつなら約束は守らないと思うぜ」

レディ・バードはそう言って笑った。

「な……なんでそんなことが……」

最後まで言うことはできなかった。レディ・バードがナイフを高く振りかざし、そ

れを脳天にぐさりと振り下ろす残酷絵がスクリーンに映し出されたのだ。もはや悲鳴も出なかった。心臓が動いているのが奇跡だった。

「なんでか？　あいつはそういう奴だからだ。ほかに理由なんかねえよ。お前もギャング続ける気なら覚えておいたほうがいい。あの世界で起こることに理由なんかないんだよ」

レディ・バードはそれから大きな欠伸をし、支配人に尋ねた。

「で、どうするよ、こいつ」

「大事なお客様だ。丁重に扱ってくれよ」

「すまねえ、ついカッとなっちまって。どうも俺は制服脱いじまうとゲストをゲストと思えなくなるみてえだな」

制服？　この男はホテルスタッフなのか？　レディ・バードがホテルマンだと？

「拷問はそのへんにして、少しお客様に立ち入ったことを伺いたいのですが、よろしいですか？」

あくまで丁重な態度で支配人は続ける。

「沢口様、私が問題にしているのは、あなたがそれを引き受ける気になった個人的な動機です。くだらない似非《えせ》仁義の話ではなくて」

「それは――」

シカダはすべてを話した。自分の妹の進学のこと。そのためにどうしても金が要ること。

話し終えたとき——。

スキンヘッドの男は顔を伏せたまましゃがみこんで動かなくなった。

「う……うぐ……い、いい話じゃねえか……」

レディ・バードは高速涙腺弛《し》緩《かん》症であるのか、両目から小滝がとめどなく流れていた。そんなレディ・バードにハンカチを投げ、支配人はシカダの前にしゃがみこんでロープを切り、箱を取り去って言った。

「お客様、二度とこのホテルへいらしてはいけません。次にお見かけしたときは、この男がどんなおもてなしをするか保証いたしかねます。それと——出世をされたければ、下剋上なさいませ。仁義を犬に食わせてこそ、ギャングだと私は考えますが、いかがでしょうか？」

仁義を犬に食わせてこそギャング？　聞いたことのない言葉だった。

「沢口様は、今日ここで生まれ変わったのです。あとはお好きなように」

ロープはすでに解かれているのに、手足はすぐには動かなかった。まるで〈ジェイソン〉シリーズでも見たあとのように、シカダの体はシートと密着していた。

「死の淵に立ってこそ見えてくるものもあるでしょう。それは美であったり、己の人生自体であったり、さまざまです。その意味で、ここはお客様の脳の中のようなものなのです」

つまり――と支配人は続けた。

「ここを一歩出るということは、ぐるぐるから抜け出すことでもあるのです」

「ぐるぐる……」

「さようでございます。かつて作曲家モーリス・ラヴェルは、晩年このぐるぐるから抜け出せないままその生を終えました。人にはそれぞれのぐるぐるがございます。そのぐるぐるからお客様が脱出されるためのお手伝いをし、いらっしゃる前よりも良い状態にして差し上げ、お見送りすることが我々ホテルマンの仕事なのです」

彼はそうして、ナイフと拳銃を返した。シカダがそれをもった瞬間に襲いかかるなどとは考えていないようだった。事実、シカダにその気はすでになかった。

「お出口はあちらです。どうぞお気をつけてお帰りください」

シカダは町の小さな煙草屋の古いよれよれのポスターのような体たらくで立ち上がり、ゆっくりと出口へ向かった。

「おい、若いの、グッドラック」

レディ・バードの金歯が、きらりと光っていた。

11

10:30PM

夜の海辺を散歩するのは、一人だけの宇宙を見つけに行くことに似ている。自分の終わりがどこで、世界がどこで終わるのか、そんなつまらない問いへの答えの欠片《かけら》が割れたガラス瓶よろしく転がっていないかと考えるのに、海辺ほど適した場所もないだろう。

浮かんでくるのは、過去の記憶ばかりだった。

母親――。

俺の母親は、本当にボレロの母凜子だったのだろうか？

だとしたら、俺は生まれてからずっと、血のつながらない女性に育てられたことになる。

彼女は何を考えて俺を育てたのだろう？　子どもが好きだった？

それとも――親父が好きだったからなのか？

親父が家に泊まっていったことは一度たりともなかったが、彼女がほかの恋人を作るわけではなかった。平凡な顔立ちで、性格も面白みに欠けたから、単に恋人ができなかっただけかもしれない。

　妾でないと考えれば、さまざまな点で納得がいく気もした。なぜ贅沢品を一切身につけていなかったのか。なぜ我が家の家計はつねに逼迫《ひっぱく》していたのか。彼女が使用人の一人にすぎないなら、親父が最低限の援助しかしていなかったとしても納得できた。あの男には、そういう非情なところがあったのだ。

　それでも——母はいつも幸せそうな笑顔で俺を見ていた。

　俺と母は、月に一度、近所の海岸沿いを一緒に散歩したものだ。彼女はそういうとき、あまり口を利かなかった。ときどき立ち止まってうずくまり風が冷たくなるまでじっとしていた。

　小さい頃の俺にとって彼女は世界のすべてであり、つねに俺を取り囲み、守ってくれる殻のような存在だった。

　俺は彼女がもとの世界に戻ってくるのを待ちながら、いつまでも打ち寄せる波を眺めて過ごした。そうしていると、大抵俺は腹の減りすぎで腹痛を起こした。それが、引き上げる一つのきっかけになる。いつもそうだった。

　帰り道には二人でたい焼きを買う。母が白餡《あん》、俺はうぐいす餡。それを食べているうちに、母は現実的な感覚を取り戻していくのだ。

「今日はありがとうございました」

突然、背後から声をかけられ、振り向いた。

るり子さんが立っていた。夜の海辺で彼女を見るのは初めてのことだ。彼女は俺の格好を見て微笑んだ。俺はまだ学生服のままだったのだ。

「その格好、似合いますよ、本当に」

「次は半ズボンに挑戦します」

言いながら、最後に学生服に袖を通したのはいつだろう、と考えた。あれは母の死後すぐの父と二人での旅行。初めて〈ホテルモーリス〉を訪れた日、俺はその旅を慰霊旅行と考え、学生服を着用していたのだ。ほかに黒い服を持っていなかったから。

「そう言えば、支配人がいらっしゃらない間に、叔父様がお見えになりました」

「叔父が？」

「ええ」

るり子さんに芹川鷹次と俺の関係について話したことはない。たぶん叔父が話したのだろう。

「明日の〈鳥獣会〉御一行様の宴会に参加されるそうです」

寝耳に水の話だった。叔父は何を企んでいるのだ？

彼は俺にゴールデンウィークが終わったら会社に戻してやる、と言った。それは逆に考えればゴールデンウィーク中はいてもらわなくては困る、という意味だろう。

〈鳥獣会〉の宴会と俺が支配人になったことに因果関係はあるだろうか？

「怪しいですね……」と俺は呟いた。

「日野も、そう考えているようです。でも、いずれにせよ我々にできるのは、最高のおもてなしで、いらしたときよりも良い状態にして差し上げ、お見送りすることだけです」

るり子さんはそう言って海を眺めた。潮風が彼女の髪を優しく弄《もてあそ》んだ。俺は彼女の横顔を見つめていた。月明かりと海の青が混ざり合って彼女の白い素肌は神秘的な色合いを帯びていた。

「るり子さん、じつはさっき……」

俺は星野美津子から聞いた話を伝えた。簡潔に話そうとするのに、波音が思考をかき乱した。それでもるり子さんは俺の話に熱心に耳を傾けてくれた。

すべてを聞き終えると、彼女は言った。

「それじゃあ、やっぱり支配人と前オーナーは——正真正銘の兄弟なんですね」

「でも、俺がボレロさんの母親に似てるっていうのはあくまで美津子さんの主観的な感想です。どこまで信じていいものなのか」

「そうですね……。でも、もし本当なら、支配人のお母様は素晴らしい方ですね。自分と血のつながらない子どもを、こんなにまっすぐな人間に育てられたんですから」

「地球は丸いですから、まっすぐっていうのは結局歪んでるってことです」

「歪んでませんよ、支配人は」

るり子さんの目の真剣さは、愚かな男なら都合よく解釈しかねない要素を秘めていた。

「お母様はきっと、ただ准さんのことを大切に思っていたんだと思います。血のつながりとか、使用人としてとか、そんなの関係なかったんじゃないでしょうか」

ただ——大切に思った。

「ホテルもそうなんです。そこにゲストがいるから、その方に最上のおもてなしをして差し上げたいと考える。もちろん赤の他人ですが、損得で行動するのではありません。ただ大事に思っているだけなんです」

無私の心、というのは、たしかに母にふさわしかった。母はつねに役割に身を投じて生きていた。海辺にうずくまるときを除いては——。

あのとき、彼女は何を思っていたのだろう？　海辺にうずくまる女にはどんな謎が秘められていたのだろう？

すべては、貝殻にでも耳を当てて訊ねるしかないことだ。

「行きましょうか。明日から忙しくなります」と、るり子さんは踵を返した。

その腕を、反射的に俺は摑んでいた。るり子さんが振り返り、視線が交差する。俺はその腕を引き寄せようとした。だが、その瞬間——彼女の顔に悲しみが浮かんだ。

「駄目ですよ……駄目です」

こういう問題になぜもどうしてもない。俺は手を離した。それで終わりだった。るり子さんは足早に立ち去った。俺は残って海の音に耳を澄ました。早まったなと海が俺をからかった。

もう少し腕の力を強めればよかったか。でももう遅い。後悔は、夜の海に飲まれて消えた。俺に必要なのは、殺されない方法よりも振られない方法だったのかもしれない。きっと、今日の胸騒ぎはこうして振られることの前触れだったに違いない。早いところ、青臭い感傷の詰まったこの黒い殻を脱ぎ去ろう。

今日の小さなミッションは終わったのだ。

俺はホテルへ向かってゆっくり歩きはじめた。眠れないであろう長い夜に向けての、一人シネマの計画を立てながら。

12

10:30PM

身体のなかにも波はある。たとえば、痛みがそうだ。流木野の胃の痛みは、日々何度となく波のように押し寄せる。三ヵ月前からずっとそうだ。そして、その波は徐々に高くなり、周期も短くなっている。音楽ならば、クライマックスに向けてテンポをアップさせるジャズのような盛り上がりを見せるところだ。

彼はいま、〈ホテルモーリス〉からわずかに離れた砂浜の大きな岩の陰に腰を下ろしていた。夜の海岸はまだ春の冷たい空気を帯びている。

もう待つだけ無駄だ。あれは神がほんのいたずらに見せた幻。さあ立ち上がれ。

だが、そう念じる自分をその場に縛り付けているのは未練ではなく、痛みだった。

やがて――これまで味わったことがないほどの激痛が、身体全体を駆け抜け、彼は黒い胃液を砂に吐いた。その痛みは、胃袋を砂の上に吐き出さないかぎりは治まらないかに思われた。

彼は悶《もだ》え苦しみながら嘔吐《おうと》を繰り返した。

全身から脂汗が吹き出る。視界が朦朧としてきて、身動きは取れそうになかった。

死が――彼を捉えようとしていた。

海の音が遠くなり、記憶のなかで鳴っているかのように感じ始めた。身体が軽くなっていく。激痛が引いたはずはない。身体が痛みから逃れようとしているのだ。

そのとき――彼の目は一組の男女を捉えた。その男のほうに流木野の目は釘付けにされた。

嘘だ……そんな馬鹿な……。

そこには、学生服を着た、あの日の少年がいた。五年前と同じ学生服姿で。

女がホテルへ戻ろうと動く。少年がその腕を摑む。えも言われぬパッションが彼の胸に迫った。嫉妬ではない。彼の情熱のすべてを見届けたかった。それがそのまま創造の源泉になるはずだ。

誰か——筆と五線譜ノートを。

だが、彼の周りにいるのはヤドカリや蟹、そして主を失った貝殻たちだった。しかし、彼のなかの音楽は、状況に関係なくあふれ出した。理想的でありながら、これまで聴いたことのない種類の音楽。原始的であり、そして音楽の未来を予見させるものだった。

いつの間にか彼は宮廷にいてクラヴサンを弾いていた。少年を見失わなければ、鍵盤など見なくても演奏が可能だったし、その動きにピッタリと楽団はついてきた。ピッコロは転がるように、ティンパニは荘厳に、チェロは優美に——それらが一体となって海を撫で、それから空を飛ぶ鳥を追い越して月へと向かった。

神秘的ななかに、恋の激しさが見え隠れする。

流木野の恋ではない。少年の恋だ。そして、神の恋。地上の娘を愛してしまった神の悲しみ。

やがて、少年の腕を振り解くようにして彼女は立ち去った。

ここはヴィオラの独奏か。いや、クラヴサンが寄り添うべきだ。

少年を一人にしてはいけない。

鍵盤奏者だけは寄り添っていなければ――。

しかし、少年は次の瞬間、苦笑を浮かべて歩き出す。付き添いは要らない。そう言われた気がした。ヴィオラの哀切な響きのあと、ティンパニが連打され、すべての楽器がすすり泣いた。

これだ。この音楽をずっと待っていたのだ。

そして、そのあまりに完璧な音楽を誰にも聴かせることなく自身の生命が終りを告げようとしているのを、惜しいとは思わなかった。完璧な音楽に包まれていたからだ。

――俺の〈女神〉。

流木野は心のなかで呼びかけた。もちろん少年には届かない。少年はホテルへと引き上げていく。流木野はその姿を目で追いかけた。少年がそこに実際に存在していることは、まだここで流木野が息をしているのと同じくらいに現実だった。

五年前、十数年前と同じ場所で少年は流木野を待っていたのだ。

彼はそれだけで自分と少年のあいだに運命を感じることができた。

流木野の身体から痛みがすうっと引いていく。海の水がまるごと砂に消え、その広大な砂漠の上に彼は立っている。呼吸の要らない真っ白な世界が彼を包み込んだ。

この殻から出ていくときがきた。

今日、すべて元通りになったのだ。過去の幾多の失敗も挫折も何もかも。

さあ、出口を探そう。

## 13

再び戻って　7:30PM

生きている感覚はしなかった。脱皮間際の虫のように全身ががさごそとむず痒《がゆ》く、身体すべてが自分の感覚とずれていた。

シカダは自室に戻って荷物をまとめ、すぐに一階へ向かった。できれば彼らと顔を合わせることなく出て行きたかった。傷をほとんどつけられていないにもかかわらず、疲弊しきった精神には、身体を動かすこと自体が拷問のようだった。

どうにかエレベータに乗り込み、一階にたどり着く。

そこで彼を待っていたのは――コンシェルジュの女だった。彼は山高帽を目深にかぶりサングラスをかけたまま、チェックアウトを済ませた。彼女はシカダに尋ねた。

「何かお気に召さない点がございましたか？」

泊まらずに宿を出ることを気にしているようだった。

「気に入ったさ。だが、おいしいものはちょっとでいい。唯一の後悔があるとすれば──」

「……あるとすれば……？」

言いかけたとき、エレベータが開いた。

出てきたのは、あの支配人だった。シカダは心臓が破裂しそうになった。が、彼はシカダのほうは見ずに入口からやってくるゲストに向かって歩き出した。どこかの社長でもしていそうな年配の男性と学生服を着た少年。

シカダはもう一度だけ彼女を見た。

「何でもない。しばらくいい夢が見られそうだ」

それから、彼は走り出した。もう振り返らなかった。

後悔があるとすれば──それはあんたに触れていないことだ。本当はそう言いたかったのだ。しかし、いつも思い通りの台詞《せりふ》が口から出るとは限らない。

回転扉を抜けて外気に触れると、鼻先の傷が微かに痛んだ。

顔をかばいながら砂浜へと歩き出す。

そのとき、彼の向かう方角から、四十代半ばの男がやってくるのが目に入った。男はどこか焦点の合わぬ目をしていたが、シカダに気づくと、朗らかな笑顔を向けて話しかけてきた。

「おい、若いの、ずいぶんシケた顔だな。まだ若いんだ。そのうちいいこともあるさ、心の中の〈女神〉を見失わなければな」

男はそう言うと、上機嫌で口笛を吹きだした。

その男が流木野崑だということは、ずっとあとで知った。

シカダは〈鳥獣会〉のもとへ帰ると、まっすぐに鳶池のオフィスに向かい、拳銃に込められた弾丸をすべて鳶池とその舎弟の額にぶち込んだ。そして、それをレディ・バードの仕業として上司に報告した。上司は彼を世話役に取り立てたが、一年後、シカダは彼の寝首をかいて殺した。

三年後、シカダは鷲尾と名前を変えた。

〈鳥獣会〉に入るとき、本名のシカダが英語で蟬を意味するからと言ってクマゼミのタトゥーを彫られた。シカダの住む福岡ではクマゼミをワシゼミと言っていたから、そこから鷲尾という名前を思いついたのだ。

鷲尾は、部下たちを使って会長の鷲沼を海底に沈めた。

そのあいだに妹は大学に進学し、そこで出会った男と結婚した。妹は勝手に中退して行方をくらまし、学費の大半は無駄になったが、それも妹の自由だと割り切った。

現世にこだわりはない。彼は自由だった。あの映写室で、鷲尾は一度死んだのだ。

ただし、こうして会長に納まってからも、日野が海外へ行方をくらまし、支配人星野ボレロが死んだという情報を聞くまでは、〈ホテルモーリス〉には近づかなかった。シカダを、冷酷無比な仁義なきギャング鷲尾に生まれ変わらせたあのホテルへの恩義であり、約束だった。あの日がなければ、今の鷲尾はないのだから。

部下たちを足繁く通わせたのは、つぶれかけているという評判を聞いて、〈ホテルモーリス〉をのっとり、あの女性と結ばれたいという気持ちからだった。星野ボレロも日野もいないホテルにもう何の遠慮も必要なかった。〈鳥獣会〉の第二支部としてじゅうぶん機能するだろう。それでも——今日まで鷲尾自身はあのホテルへ行ったことがなかった。

明日、彼は五年ぶりに〈ホテルモーリス〉を訪れようとしていた。彼の心は、思春期の青年のように悶えていた。

彼女に再会することを考えると胸が苦しくなり、食事も喉を通らなくなった。五年間抑えてきた欲望もポップコーンのようにふくらみ始めた。

「抜け殻を拾いに行くか」

ひとつは、かつての蟬の抜け殻を。

もうひとつは、海辺に煌く瑠璃《るり》色の貝殻を。

# 第五話 バタフライを見失うな

1

ゴールデンウィーク初日の〈ホテルモーリス〉は、ただならぬ凶事を目前にして異様なほどに緊張感がみなぎっていた。もっとも、それはかかっていた音楽がラヴェルの《夜のガスパール》だったせいもあるだろう。その第一曲〈オンディーヌ〉は水の妖精の悲しみと狂気が描かれた作品なのだから。

前の晩、俺はあまりうまく眠れなかった。昨夜の海辺での出来事を頭のなかで何度もリピートしていたせいだ。初めて摑んだるり子さんの腕の感触。彼女は結局、俺の手を振りほどいて行ってしまった。そのあとは、音楽家が海岸でひっそりと息を引き取っていたこともあって、警察の取調べと翌日の準備に追われ、ろくに口も利かないままだった。そして──今朝はまだるり子さんの姿を見ていない。

「るり子さんは?」

〈ボレロ・マスト〉の読み合わせを終えた那海に尋ねた。

「寝坊じゃない？」

　るり子さんほど寝坊という単語が似合わない人物もいないが、誰にでも失敗はある。ロビーに集まっていたスタッフたちが、いつになく忙《せわ》しない足取りで持ち場に戻って行くのを眺めていると、今日という日の緊張感が俺の身体にも徐々に浸透してきた。いつまでも昨夜の出来事に気を取られているわけにはいかない。

　俺は父に言われた言葉を思い出す。

　――俺が死んだあとは、お前らでうまくやってくれ。

　俺がこのホテルの前オーナー兼支配人、星野ボレロの弟ならば、芹川コンサルティングからの派遣支配人である以前に、ボレロの遺志を継ぐ者としてこのホテルを守る使命がある。

　何を考えているのかわからない叔父の意向に従っているだけではなく、ホテルを存続させるためにどうするべきか、頭をフル回転させる必要があった。

「お、今日はいつになく引き締まった表情をしてるじゃねえか、支配人」

　フロントスタッフたちに細かい指示を出した後にこちらへやってきた日野は、俺の顔を見るなりニヤニヤしてそう言った。

「ギャングが五十人も大集結する日にフラメンコ踊ってるわけにもいかないでしょ」

「まあ踊るのも大事だけどな」日野はそれから笑みを消した。「それじゃあ仕上げ、

「やっとくか」

「仕上げ？」

日野は「ついて来な」と、戸惑っている俺の腕を引っ張った。

「日野さん、スーツケースじゃないんだから。自分で歩けるよ」

「いまどきのスーツケースはよくしゃべるなぁ」

「あのね……」

結局、俺は引きずられたまま三階の宴会場〈扇の間〉に運ばれた。

アーチ型のフランス式ドアから一歩踏み入ると、きらびやかな宴を期待せずにはいられない絢爛《けんらん》たる雰囲気に包まれる。オスマンテイストのレッドカーペット、うっすらとインド更紗文様のある白いテーブルクロス、そして金色に輝くアラベスク文様をあしらった壁面……世界各国のホテルを回った星野ボレロらしい国籍を超越した調度品が絶妙なコンビネーションで上質な雰囲気に貢献している。

「支配人、あんたの叔父貴が何か企んでるって話、覚えてるよな？」

「……うん」

叔父は「商談」のために本日の〈鳥獣会〉の宴会に参加するそうだ。芹川コンサルティングと〈鳥獣会〉の間にどんな商談が成立するのかは知らないが、いずれにせよ、怪しい雰囲気が漂っているのは明らかだ。

「俺の読みがたしかなら、あんたの叔父貴は何かよからぬことをしようとしてる。〈鳥獣会〉を巻き込むんだから、物騒な話には違いない。そして、その舞台にここを選んだ、と」

「叔父はなぜそんなことを？」

「さあな。ただ、あんたの叔父貴はオーナーにぞっこんみてえだからな」

「え……ええ？」そうなのか。全然知らなかった。

「血は争えねえな」

「べつに……」

日野の観察眼がコンパスの針のように鋭いことはよくわかった。俺の今日のパンツの柄も当てられるのかもしれない。

「とにかく、俺たちは、それなりのおもてなしをしなきゃならねえ」

日野の意味する「おもてなし」は通常のそれとは違う〈ホテルモーリス〉における表立たないもう一つの危険なおもてなしに違いない。

「もしもあんたの叔父貴が今日の宴会に何か仕掛けている場合、ことによると五十名のギャングが暴れだすことになる。とても俺一人じゃさばけねえよ。そんなわけで――支配人に礼節サプライズ講座ギャング篇を特別開講してやる」

「……聞きたくない気がしてきたな」

ついでに言えば、軽いめまいだってし始めているのだ。

だが、そんな俺にお構いなく、きらりと光る金歯とともに講座は開講されたのだった。

## 2

『グレムリン』のギズモのシールが貼られた目覚まし時計は、七時十分を指していた。

その朝、るり子は目覚めてもなお、奇妙な感覚にとらえられていた。

ボレロの夢を見たせいだ。夢のなかで彼はこの部屋のなかにいて彼女の寝顔をじっと眺めていた。

——ゆっくりお休み。

ボレロは、特有の子供じみた表情で笑いかけ、行ってしまった。それだけの夢だ。

どうしてあんな夢を見たのだろう？

トースターのパンが焼き上がるまでのわずかな時間を使って目玉焼きとコンソメスープを作り、一人だけの朝食をとった。

彼女は〈ホテルモーリス〉から少し離れた海沿いの白い一軒家に住んでいる。

トースターがガタンと音を立て、パンが焼き上がったことを教えた。まだ熱いパンを手に持ってテーブルへ向かいながら、るり子は大きな溜息をついた。

「なんであんなことになっちゃったんだろう……」

彼女は昨夜の海辺での出来事を思い出していた。准はあのとき一瞬だが、るり子を抱き寄せようとした。

るり子はその昔に客として〈ホテルモーリス〉を訪れた准のことを覚えていた。トケイソウを渡した瞬間に彼の目に浮かんだ透明な滴《しずく》は、あの日のるり子の胸を締めつけた。

支配人として再会を果たしたとき、以前より男らしい顔つきになった准に、最初のうち同じ人物と気づかなかったが、彼に過去を仄《ほの》めかされ、すぐに思い出した。そして、奇妙な胸の高揚を覚えたものだ。

たった数日の間に支配人としての自覚をもって臨機応変に動く准。そんな准に少しずつ心惹かれ始めている自分。るり子はその両方に戸惑っていた。

そして、昨日の海岸での目――。

るり子は頭を振って脳裏の映像を追い払った。

それにしても――今日はいつになく時間の流れがゆっくりだわ、とるり子は思った。目覚まし時計は七時十分を指している。

「ん？　七時十分？」

時計が止まっているのだ。本当はいま何時なのだろう？　急いで携帯電話を鞄から取り出す。

「嘘……やだ……大遅刻じゃない……」

るり子はそれから大慌てで支度を開始した。

愛車を飛ぶような速度で走らせ、ホテルに到着したのは十一時半だった。

3

「るり子さんが寝坊なんてめっずらしい！」

まったく、那海は何でもお祭り騒ぎにするんだから。桑野は、那海がるり子を出迎える様子を、呆れながらロビーのソファに座って眺めていた。「タマニハ寝坊モシナキャ早ク老ケルワヨ」とミシェルも割り込んでくる。今日の彼女（もしくは彼）は編み込みヘアでシックにまとめている。桑野はるり子に視線を戻し、今日もやっぱりきれいだ、と満足する。

「ごめんなさい、じつは目覚まし時計がね……日野と支配人は？」

るり子はコンシェルジュ・デスクの那海に尋ねる。

「〈扇の間〉に行きましたよー。マナー講座やってるみたい」

時計を見ると、宴会の始まる十二時まであと三十分を切っている。そろそろゲストが集まってくる頃合だろう。

桑野はるり子がエレベータに消えるまで目で追った。ああ、行っちゃった、俺のマドンナ。バラ色のドレスを着た女性が回転扉からやってきたのはその直後だった。那海が即座に女性客への応対を始めた。

フロントには、ミシェルとラウの二人だけが残されている。桑野はまだ経験の浅い二人をその場に残すのが何となくためらわれ、ノートパソコンを取り出してホームページに新たな予約が来ていないか確認しつつ時間をつぶすことにした。

そのとき、桑野の目は、回転扉からぞろぞろとなだれ込んでくるシルバーのスーツを着た男たちを捉えた。

〈鳥獣会〉御一行の到着だ。その強面の男たちを見ながら、桑野はまったく暑苦しいなあと考えた。彼にとってはギャングだろうと配管工だろうと自分より年上の男は面倒なオジサンに見えた。だから、それが五十人も来るというのは、その事実だけでサウナ風呂に長時間入ったようにぐったりしてしまう。

桑野は幼い頃から一瞬にしてその空間にいる人の人数が把握できる才能を持っていた。いま、ロビーに入ってきたのは三十人だった。残る二十人は遅れて来るのだろうか？

男たちはフロントの案内掲示板を見て会場を確認すると、エレベータに向かった。

すると、ラウが桑野のもとへやってきて、わくわくした顔つきで言った。

「桑野さん、あれだけ悪そうなのが揃ったら何か起きそうだと思わない？」

「大丈夫だろ、日野さんがいるんだし」

日野なら宇宙船が現れても動じなそうだ。

「あたしも助太刀できるようにストレッチやっとかなくっちゃ」

「いや、そういう意味じゃ……？」

ラウは桑野の言葉を最後まで聞かずにフロントへと戻り、奥で腕や足を伸ばしてストレッチを開始した。何も起こっていないのに、ラウのせいでかえって面倒なことが起こるのではないかと桑野は心配になり、溜息をついた。少しばかり胃も痛くなってきた。

「オイ、にいちゃんよぉ」

ふいに背後から声をかけられて驚いた。

なんと、間髪を容れずに回転扉から次なるゲストが来ているではないか。

白地に黒のストライプの入ったスーツ姿の男たち。その先頭にいる男は、ひときわ強烈な個性を放っていた。金髪に濃いサングラス、笑うときに覗く歯はすべて銀歯だった。

彼は関西弁で桑野に尋ねた。

「ちょっと聞いてもよろしおまっか？〈鳥獣会〉の宴会場っちゅうんは、どこやろか？」

「…………」

この男たちは、いずれも初めて見る顔だった。さっき現れた〈鳥獣会〉の男たちは、今日はフォーマルな会のためかシルバーのスーツで統一していた。つまり――この男たちは〈鳥獣会〉ではない？　桑野は高速で考えた。

いったい、〈鳥獣会〉ではないこの男たちは、宴会場へ何をしに行こうとしているのだろう？　ラウが言うところの「何か起きそうな感じ」を、桑野もまた感じ始めていた。桑野はその場で人数を把握した。全部で十九人いた。

4

厚化粧をした若い女に案内されて旗布《はたふ》リーナは四階へ上った。

リーナが着ているマーメイドラインをしたバラ色のドレスは、今日のために新調したものだ。

――一流のホテルでのお仕事です。これでお好きなドレスをお誂《あつら》えください。

男はそう言って、ホテルを訪れるときのためのドレスとショウタイム用の衣装のために三十万円をリーナに渡した。初めて会う男だった。三日前、三流ホテルで冴えない余興に駆り出されてダンスを披露したあとで控室に戻ると、その人物が彼女を待っていた。

――あなたのようなダンサーに打ってつけの舞台がございます。

奇跡は訪れるものだ。彼女はその日を最後にショウへの出演をやめるつもりだったのだ。

――君のようにディナーの雰囲気をぶち壊すダンサーは二度と御免だ。

そんな台詞を浴びせられたのも一度や二度ではない。そのときもそうだった。それも、急遽ピンチヒッターとして呼ばれた挙げ句に、だ。

仕方ない、予定どおりラストダンスにしよう。そう諦めて控室に戻ったところで、男に〈ホテルモーリス〉で行なわれるショウへの出演を請われた。「ただし、少し遠いですけれど」と付け加えるのを男は忘れなかった。実際、ここまでの旅路は気が遠くなるくらい長かった。

どうせここも今日かぎりに決まっているけどね、と内心でリーナは自分に言い聞かせた。

彼女は穏やかなブラスバンドをたきつけるように激しく情熱的に踊る。予定調和を嫌い、つねにアドリブで、音楽を振り回す。それが――彼女の流儀だった。

恋愛もそう。振り回すばかりで相手に合わせられない。だから決まって男は離れていく。

——君はメチャクチャすぎる。君を冷静に見ていられる男になれたら、また考えるよ。最初に付き合った男はそう言って彼女から離れていった。思えば、その男との別れが後の彼女の「メチャクチャ」具合に磨きをかけたと言えるのかもしれない。

通されたのは、四階のスタンダードルームだった。だが、リーナにとってはスタンダードというよりスタン・ゲッツ級だった。これほどの待遇は、いまだかつて経験がない。

——ホテルに関わる人すべてを大切なゲストとしてもてなさなくては、一流とは言えません。

男はそう言っていた。あの男は何者なんだろう？　なぜ私に目をつけたの？

——さるゲストにサプライズを提供したいものですから。

たしかにリーナのダンスは人を驚かせる要素を持っている。少なくとも、余興として受け流されたことはない。誰もが彼女のダンスに釘付けになり、その結果雰囲気を壊すという理由で劇場から追い払われてきた。

ノックの音がする。

着替えはまだ済んでいない。彼女は赤いランジェリー姿のままだったが、ベッドから立ち上がり、ドアを開けた。そこに、あの男が立っていた。彼は優雅な笑みを湛えて言った。

「リーナ様、本日の衣装はいちだんと目を引きますね」

「これは下着よ」

「なるほど。安心しました」

男はオメガの腕時計にちらっと目をやり、言った。

「あと十五分でショウタイムです。支度がお済みになりましたら、お声をおかけください。廊下でお待ちしております」

「ここで待っていてもいいのよ」

ふふんと笑ってリーナは男に言った。

「ではここでお待ち申し上げます」

リーナはこの男が好きだ。恋というのとは違う。こんないい男は自分には勿体無い。釣り合わないだろう。だが、それでもある種の好ましさをこの男に感じる。

リーナは衣装を着た。今日の衣装は銀のサテンのドレスだ。胸を強調するように大きく開いた胸元と、腰までスリットの入った服を選んだのは、今日の観客がもれなく男性だと聞いていたからだ。着込んだ服でいくら華麗なダンスを披露しても、男性客を魅了することはできない。

「とても刺激的です」

「下着姿よりも？」

「あるいは」男は微笑み、手を差し出した。「それではご案内いたしましょう。ショウタイムです」

リーナは、男の手をとった。心に迷いはなかった。自分にとって最高のダンスをするだけ。

エレベータに向かって歩いているときだった。

「ひとつだけ申し上げておきたいことがございます」

「何？」

男はリーナを見つめて本気とも冗談ともつかぬ調子でこう言った。

「弾丸に、ご注意ください」

5

「し、支配人！　それは！」

背後から突然大声を出されて俺は振り返った。

「なんだ、オーナーじゃないですか」

俺が〈扇の間〉から通路へと、足を持って引きずっているものの正体——その頭部を見て、彼女はすべての事情を理解したようだった。

「またやってしまったんですね……」

「カクテルについてのレクチャーを始めたあたりで喉が渇いたらしくて」

るり子さんはかぶりを振った。コンシェルジュとしては完璧を超える働きをいつもしてくれる日野の、唯一の弱点——極端な下戸。

「困りましたね、よりによってこのタイミングは……」

「まったくもって」

俺は頭をかきながら、るり子さんの顔を確認した。まるで波の立たない海のような表情。昨日の出来事など忘れ去ったかのようだ。まあいいさ。お互い、今は目前の仕事に集中しなければならないのだから。

俺が再び日野の足をもったとき、ちょうどエレベータの扉が開き、銀色のスーツを着込んだ男たちが現れた。〈鳥獣会〉の面々の到着である。こんな状態の日野をゲストの目にさらすわけにはいかない。俺はるり子さんが銀色のスーツ姿の男たちを案内している隙に廊下を引きずって日野を更衣室へと運んだ。

再び〈扇の間〉の前に戻ると、エレガントな雰囲気の漂う三十代半ばの男がるり子さんのほうへとやってきたところだった。さっきエレベータを降りるときに先頭にいた人物だ。その顔は、以前にテレビなどでも見たことがあった。〈鳥獣会〉リーダー、鷲尾。

ところが——るり子さんは彼に対してこう声をかけた。

「沢口様、お帰りなさいませ」

彼女が頭を下げると、彼の顔が赤くなった。旧知の仲なのだろうか？

「やめてくれ。もういまは沢口じゃねえよ。鷲尾と呼んでくれ」

鷲尾は、そう言ってるり子さんに手を差し出した。

「本拠ビルはここから近い。困ったことがあったら、いつでも俺に相談するといい」

言い残して鷲尾が〈扇の間〉に入ったことを確認してから、俺はるり子さんのとなりに立った。

「顔見知りですか？」

「以前ここへお越しになったことがあるんです」

事務的な口調でるり子さんは答え、それから声のトーンを落として尋ねた。「日野をどこへ置いてきたんですか？」

「となりの更衣室です」俺は満面の笑みで人相の悪い男どもに頭を下げる。「ようこそ〈ホテルモーリス〉へ」

「とにかく何とか乗り切りましょう」るり子さんは自分に言い聞かせるように言った。

「ええ、もちろんです」

そう、乗り切るしかないのだ。

——宴の基本は二つだ。

日野の声がよみがえる。

——宴には開放的な雰囲気が漂う。ときには無礼講も行なわれる。特にギャングの間では仲間割れが起こることもあるからな。礼節を重んじる雰囲気をホテル側が作り出す必要があるのさ。

俺はその一つ一つを脳に刻み込んだ。

——だが、礼節はただ重んじていても認知されねえ。サプライズを伴わねえとな。

日野はそのための〈サプライズ〉の詳細を語った。俺は、彼がこの日のためにそんな準備を水面下で進めていたことに驚かされた。

——それから、サプライズをより効果的にするのが酒だ。たとえば、その会のいちばん偉い人間の名前のついたカクテルを配るなんてのも、粋な計らいだぜ。誰もそれに文句は言えねえし、場の権力者を個々に認知させるのにこれほどうまい方法もねえ。リキュールを調合してカクテルを作り、日野はそれを口に運んだ。

——うん、イケるぜ。

たしかに、一秒後に縦から横に身体が移動するほどに、イケていたようだ。

さて、日野の〈サプライズ〉をどこまで俺が実行できるか。

と、そこへ那海が俺のもとにやってきて囁いた。

「あのさ、バンドの人たち来てるけど、もう入れちゃう？」

「いや、もうしばらく様子を見よう」

宴もワインもテイスティングが肝要だ。まず香りを嗅ぐこと。

俺は〈扇の間〉に入った。すでに宴の支度は整っているが、肝心のゲストはまだ揃っていない。まだ二十席空きがあるのだ。間もなく始まるのに、集まりが悪すぎる。

ステージの最前席、鷲尾の両隣も空いている。あのどちらかが我が叔父の席なのだろうか。そう言えば、まだ叔父の姿も見えない。一体何をしているのだろう？

そのとき、扉が開いた。いよいよ、叔父の到着か。

叔父が何を企んでいるのであれ、動揺は顔に出すまい。どんな球を投げられても、それを受け取るかよけるか、選択は二つに一つだ。

ところが、開いた扉から入ってきたのは叔父ではなかった。

「〈鳥獣会〉の宴会はこちらでよろしおまっか」

白地に黒のストライプが入ったスーツを着込んだ、金髪にサングラスという出で立ちの男だった。その男が何より異様に見えたのは、笑うときに覗く歯がすべて銀歯だったことだ。

「あきまへんな。渋滞っちゅうんは、一種の災害や」

へらへらと笑いながら現れたその得体の知れぬ男の後ろから、ぞろぞろと男たちが入ってくる。みな一様に白地に黒のストライプの入ったスーツ姿。どう見ても〈鳥獣会〉とはべつの団体に見えた。

〈鳥獣会〉の面々がざわつき、場内の緊張が高まる。

「おっと、皆々様に自己紹介せんとあきまへんな」

金髪銀歯は場内に響き渡る声で《六甲《ろっこう》おろし》を熱唱した。合っているのは歌詞だけで、メロディもリズムもアフリカ民謡を思わせたが。

歌い終えると、男は深く頭を垂れてからこう言った。

「わては〈ウサギファミリア〉会長のトニー角田、いいます。こう見えて西のほうではちぃとは有名なんでっせ。以後よろしゅう」

関西系の旧体制ギャングどもを蹴散らして業界の台風の目となった新興系ギャングの代表格〈ウサギファミリア〉がなぜここに?

この二組織が、〈扇の間〉でいさかいを起こせば、確実にこのホテルは甚大な損害を蒙《こうむ》ることになるだろう。いや、一巻の終わりだ。

トニー角田は、部下を入口付近に待機させ、最前席に座る鷲尾のほうへと歩き出した。細い足でふらりふらりと歩くトニー角田を、そこにいる全員が緊張の面持ちで見守っていた。

やるべきことは限られていた。たとえ沈没する船にいようと、腹を括って職務を全うするしかないのだ。

俺は——〈サプライズ〉の用意に入った。

6

こんなときに日野が起きていたら——るり子はそう願わずにはいられなかった。

ここで働き始めたときのことは今も覚えている。彼女は最初の一年、日野の部下だった。

——いいかいお嬢さん、おもてなしはゲストの言いなりになるマシンとは違う。ゲストをしぜんと徳の高い存在へ押し上げるにはどうするべきかを考えなきゃな。

日野はいい上司だった。が、一年後にるり子の肩書きが変わると、「俺に対しては二度と敬語を使わないと約束して下さい」と言った。それから、こう付け足した。

——オーナー夫人、立場は変わってもホテルの一部であることに変わりはありません。そして一人一人が、ホテルに恥じない徳の高い存在であるべきだということも。

もちろん、全力でサポートしますから、俺を信じて指示を出してください。

まだ二十代前半だった小娘に、日野は頭を下げた。

誰かを信じるのは簡単なことではない。でも、ゲストをもてなすという共通の目的を前にしたときには、それができる気がする。アルコールを口にしていないときの日野に限るけれど。今の〈ホテルモーリス〉で日野が機能せず、なおかつギャング五十人を接待するということは、徒手空拳でライオンと戦うよりもよほど危険なことに違いなかった。

もう終わりかもしれない。

〈鳥獣会〉のみならず、関西系ギャング〈ウサギファミリア〉までがこのホテルに集結するという、想定を超えた最悪の事態を前に、るり子はパニックになっていた。

今日再び問題が起これば、瀕死のホテルには致命傷となるのだ。

星野ボレロがここにいたら、こんなときどんな風に考えるのだろう？

彼はいついかなるときにも動じたりはしない。自動的にホテルと同化して、エンジンの振動を伝えない高級車のようにいつも穏やかな微笑を浮かべているのだ。

しかし――いま、ここには准しかいない。ボレロほど冷静ではなく、日野よりも頼りない。けれど、この一週間でわずかにだが変化が出てきたのも確かだ。最初は飄《ひょう》飄《ひょう》としてはいたが、雲のように掴みどころがなく危なっかしかった。それが、少しずつしなやかな強さを漂わせるようになってきた。一か八か、准に賭けてみよう。何としても、二人でこの局面を乗り切らなければ。

鷲尾のとなりに、トニー角田がやってきた。

るり子は、固唾《かたず》を呑んで見守った。鷲尾とトニー角田はしばらくのあいだ向かい合っていた。一触即発。掌が微かに汗ばんでくる。

「ご無沙汰しとりますー、兄貴！」

トニー角田の目には、うっすらと涙が浮かんでいた。

7

那海は、〈扇の間〉へアペリティフを運ぶべく、厨房へ向かった。厨房では料理の支度が進んでいた。

日野が用意した「ショウタイム」でどれだけ時間が稼げるものかはわからない。が、日野が時間を宣言したからには、扉の外で時間ぴったりに待つのが望ましい。

「樋渡さーん、準備どう？」

厨房にはワインビネガーと香草の香りがふわりと漂っていた。

樋渡は那海に向かって左手をパッと広げた。

「ちょっと静かに……」

樋渡は一皿一皿にソースをかける右手に全神経を集中させているようだ。そこにいるスタッフ全員が樋渡の動きを見守った。彼は最後の一皿に慎重にソースを載せ終えると、汗を拭いながら厨房スタッフに言った。

「ようし、完成！」

止まっていた時間が動き出す。サービスワゴンに載せる作業を厨房スタッフに任せて一息ついている樋渡に那海は尋ねた。

「ねえねえ、今日のメイン・ディッシュってどんなの？」

「ちょっと変わった肉料理だ」

「ふうん……そんなに変わってるの？」

「まあ、普通はあんまりすすんで食べない。まったく変な料理を押し付けてくる客がいるかと思えば、身内はさらに厄介なものを押し付けてくるんだから」

樋渡はにやにやと笑っていた。そう言えば、今日の午前中、〈鳥獣会〉の若い人間が二人がかりで何かを厨房に差し入れに来ていた。あれが、関係あるのだろうか？身内というのは誰のことだろう？　日野のことか？

詳しく聞き返そうとしていると、逆に樋渡に尋ねられた。

「ところで、那海ちゃん、何か用があったんじゃないの？」

「あ、そうだった……あのさ、料理はもちろんだけど、アペリティフは？」

すると、樋渡は怪訝な顔をして答えた。

「ん？　さっきカクテルを運んでったよ、新入りのボーイが」と樋渡。

「新入りの……ああ、笹沢さんね？」

彼は昨日一日ボーイとしての研修を受けて、今日から新たに勤務することになったのだ。

「かな？　名前は知らないけど」

笹沢がいつの間にそんな機敏な動きを？　と訝っていると、背後から声がした。

「私がどうかしましたか？」

振り向くと、そこに笹沢が立っていた。

「笹沢さん！　いまアペリティフを運んで行ってくれたって……」

「あれ？　この人が笹沢さんなの？」

樋渡が素っ頓狂な声を上げた。

「あ、そうです、厨房の皆さん、はじめまして。私がボーイの笹沢ですが」

笹沢はゆっくり頭を下げた。那海の頭は混乱していた。

「すると――いったい……」

胸騒ぎがした。数日前にあった幽霊騒動も脳裏をよぎる。また何者かが紛れ込んでいるのだろうか。

何かが起こっているようだ。どうにかしなきゃ。今日は〈ホテルモーリス〉にとって大事な日。少しでも日野の役に立ちたい。

那海は、厨房を飛び出した。

8

「ジェントルメンアンドジェントルメン」

鷲尾とトニー角田による感動的再会を終え、場が一通り落ち着くのを待ってから、俺はマイクスタンドの前に立って呼びかけた。

ボーイがカクテルを配って歩いているのを、目の端で捉えながら続ける。

「本日のカクテルはこの宴のためのオリジナル〈イーグル&ラビット〉でございます」

急遽その場で考え付いたネーミングだが、誰もそれを気にしている気配はない。

カクテルが行きわたる。そのとき——俺は自分が何か妙なものを見た気がして、今しがたカクテルを配っていたボーイを探した。だが、そのボーイはすでに姿を消していた。気のせいだろうか、このホテルに今いるスタッフの中の誰でもないように見えたのだ。

だが、そんなことを思い返している暇は俺にはなかった。マイクスタンドの前に立った者は、あらゆる雑念を宇宙の果てに捨ててしまわねばならない。

「このたびは当ホテルをご指名いただきありがとうございます。まことに勝手ながら、本日のために当ホテルから皆様へ、素敵なショウをご用意いたしました。どうぞアントレの前にしばしお楽しみくださいませ」

俺が言い終わると同時に扉が開いた。

スネアドラムの音がずんずんと響く。そこにトランペット、アコーディオンが重なる。〈ブレーメンカルテット〉。日野が〈サプライズ〉のために急遽手配したジャズバンドだ。過去にメジャーデビューもしていただけあって、演奏力は抜群だった。ハイテンションな演奏が、張りつめた場内の雰囲気を一変させる。

映画『スイング・ホテル』のなかの有名なナンバーが流れ出す。

それを合図に場内の照明が微かに暗くなった。照明担当は、桑野だ。

バンドの後から入ってきたのは——水色の蔓《かつら》をつけた美女だった。

狂騒的なスイングを奏でるバンドに合わせて、彼女はタンゴともジルバともつかぬダンスを繰り広げる。そのダンスは、音楽を視覚化するだけではなく、音楽が乗り物であることをゲストたちに教えていた。捉えどころのない身のこなしで動き回る。

縦横無尽に動き回る彼女の奔放なダンスは、蝶さながらだった。場内の誰もが、勝手に身体がリズムに反応して困っているように見えた。

こんな踊り子、どこで見つけてきたんだろう？　何はともあれ、倒れる前に日野が用意しておいてくれた〈礼節サプライズ〉のおかげで、どうにか場の雰囲気は良くなりつつあるようだった。

しかし、俺は知らなかった。日野は本当のサプライズについては、俺にも話していなかったのだ。

一曲目が終わったとき、入口に一人の影があった。タキシードにシルクハットをかぶったその影の正体を、日頃共に働く俺がわからないわけはなかった。

そこにいたのは、いつの間にやら復活したらしい日野だったのだ。

9

リーナ——。

バンドに続いて女が入場したとき、トニー角田はその女の顔を見て、首がもげそうになるほど驚いた。イメージのなかではトニー角田の首は二回転半ほどワインレッドのカーペットの上を転がっていた。

彼がまだトニー角田ではなく、組織の末端にいるギャングに過ぎなかった頃、一人のダンサーと恋に落ちたことがあった。彼女に振り回されるうち、心はへとへとに疲れた。問題は、彼女にはプライベートとステージの境がなかったことだ。彼女の愛は相手を振り回した。

靴が欲しいと言われて靴を買い与えた頃にはウミガメが欲しいと言い出す。すべての要求に付き合わなくてもよいのだろうが、あの頃のトニー角田は生真面目に応えすぎた。

傍若無人な父親に虐《しいた》げられたまま一生を終えた母親を見て育ったせいかもしれない。女のわがままを拒絶することがどうしても彼にはできなかった。その結果――疲れた。

西へ行け、と鷲尾に言われたのは、一度彼女から離れ、落ち着いて自分の人生を見つめ直したいと考えていた矢先のことだった。

最後に、彼女のダンスを見ておこうと思った。その晩彼女が出演する予定のディナーショウに予約なしで直接行った。ブーイングの絶えない最悪なディナーショウで、それも半数以上が空席だったが、角田には彼女の動きのひとつひとつが輝いて見えた。

それは、女たるものがそうあるべき輝きであった。

母だって、力で何もかもをねじ伏せようとする父親と出会いさえしなければ、もう少し彼女らしく生きることができたはずなのだ。

トニー角田は、彼女の踊りに自由の象徴を見てとった。ショウが終わる前に、彼は大阪《おおさか》へ旅立った。悲しみがやってきたのは、大阪に着いてからだ。いつでも悲しみというやつは後からやってくる。その感情こそが原動力となった。まず大阪を牛耳る。それだけの大物になったら、その頃には自分の器も大きくなっているかもしれない。リーナに振り回されないようなどっしりと構えた男になっているかもしれない。

そうしたら、再び彼女を見つけ出す。そう誓いを立てた日から、彼はギャングの出世街道を駆け出した。サッカーのドリブルと同じだ。つねに相手の裏をかいて突き進むだけ。

やがてトニー角田は頂点に上り詰めた。自分が立てた誓いを果たすときがきたのだ。しかし、いざ彼女を捜しだすと、自分が子供じみた夢を見ていたことに気づいた。長い年月連絡すら取っていない女が、そう簡単に見つかるわけがない。変な誓いを立ててそれまで捜しもしなかったことが悔やまれた。それでもトニー角田は必死で四方八方手を尽くした。ようやく昔のダンサー仲間の一人に辿り着いたのは、捜索から一年ほど経ってからのことだった。だが、そこでもたらされたのは、彼女がロシアに渡ったらしいという気の遠くなるような情報だった。海の向こうではさすがにこれ以上は捜しようがない。そう考えて諦めたのだったが――。

彼女の激しいダンスが終わった。トニー角田は賛辞を惜しまず一人大きな拍手で彼女を讃えた。すると、〈ウサギファミリア〉の面々はもちろん、〈鳥獣会〉の男たちまで大きな拍手をし、場内は喝采《かっさい》であふれた。

気が付くと、テーブルには料理が並んでいた。

タコとアボカドのセビーチェ、パプリカとブルーチーズのヴィネグレットソース和え。どちらも食通なトニー角田の興味をかき立てる逸品だった。

ふと、となりを見ると、鷲尾はトニー角田以上に表情が固まっていた。鷲尾の顔には恐怖が張り付いているように見えた。

鷲尾は入口に立っているタキシードの男を見ていた。いや、釘付けになっていた。

「兄貴……あの男がどないかしました？」

「……レディ・バードさ。お前も〈鳥獣会〉にいたことがあるなら、名前くらいは聞いたことがあるはずだ」

「な、なんやて……れ、れでぃばーどって……」

「そうだ。〈鳥獣会〉の創成期メンバーでありながら、突如姿を消した伝説の殺し屋」

トニー角田は直接その人物を見たことはなかったが、噂は知っていた。

「あの、伝説の三十人殺し……」

そのとき――強烈な破裂音が場内に轟いた。

〈ウサギファミリア〉のメンバーたちは拳銃を懐から取り出した。〈鳥獣会〉の男たちも懐に手を入れる。

だが、誰一人としてどこからその破裂音がしているのかわからなかった。不思議なことに、レディ・バードのタップとその破裂音はタイミングが合致していた。まるで、足の裏に何か細工でもしてあるみたいに、レディ・バードがタップを踏むたびにバチバチと音が鳴った。音が鳴るばかりでなく、実際に何かが光りさえした。こうなると、もうほとんど手品だ。

しかし、トニー角田は注意深く全体を見ながら謎を究明した。振り回す腕に秘訣があるようだ、と気づいたのは始まってから二十秒ほど経ったときのこと。しなやかにアップダウンする腕の指先から何かが放たれているではないか。

目を凝らすと、それが爆竹であることがわかった。

爆竹の破裂音と一体化した軽快なタップの一音一音が、脳細胞に熱い音楽を注ぎ込んでくる。誰もがそのファンキーなタップダンスに酔いしれていた。

トニー角田でさえも身体を揺らさずにはいられなかった。

「最高やな」状況も忘れてトニー角田は呟いた。「兄貴、これ、『スイング・ホテル』ちゅう映画の有名なワンシーンのあれや。すごい演出やで」

『スイング・ホテル』の名曲《レッツ・セイ・イット・ウィズ・ファイヤー・クラッ

カーズ》。

興奮して声をかけたが、鷲尾のほうは完全に青ざめてそれどころではなくなっているようだった。トニー角田はふとリーナはどうしているだろう、と思って彼女のいるほうを確認した。

リーナは、まっすぐにトニー角田を見ていた。

「リーナ……」小さくトニー角田は呟いた。

彼女の表情が崩れたかと思うと、まっすぐにトニー角田に向かって走ってきた。覚えていたのだ。きっと彼女も自分と同じ気持ちだったに違いない。

「リーナ！」

トニー角田は立ち上がり、両手を広げた。二人の時間を巻き戻すために。

10

思惑と結果が過剰にずれていたとき、人はそれを滑稽ととらえるらしい。

たとえば、いま俺の目の前で起こっているのが、まさにそれだった。

「リーナ！」

トニー角田はそう叫んで両手を広げ、走ってやってくるダンサーを迎えようとした。そこには、当然のごとく彼女を抱きしめるという結果が待っているはずだった。

ところが——彼女はその両手をすり抜けたのだ。

リーナと呼ばれたダンサーが目指していたのは、トニー角田の背後のテーブルだった。彼女はそこにいた〈鳥獣会〉のメンバーらしい眼鏡をかけた猫背の男の胸に飛び込んだ。

「たぬーん！」

「リーナ！」

抱き合う二人を見つめるトニー角田に、言葉はなかった。糸をなくしたマリオネットのように、ただ呆然としていた。〈鳥獣会〉のなかの数人が、くすくすと笑っている姿が目に入る。トニー角田は、彼らをキッと睨みつけた。

まずい。日野が仕掛けておいた礼節サプライズ効果で場内は最高潮に盛り上がっていたというのに、明らかにこの騒ぎのせいで流れが変わりつつあった。トニー角田の顔から生気がなくなり、口元には世を儚むような薄ら笑いが見えた。よくない徴候だった。やけっぱちのギャングほど手に負えないものはない。

どうすれば雰囲気を変えられるだろう？

アイデアが頭に浮かぶよりも、食欲を誘う香りが飛び込んでくるほうが先だった。

その匂いは確かに芳ばしかった。だが——これは何の肉の匂いなんだ？

## 11

るり子は走り出した。高校時代、陸上のハードルランナーだった彼女は脚力には自信があった。廊下を風のように走り抜け、階段を二段抜かしで駆け降りる。目指すは厨房。ホテルマンはゲストと一緒でなければエレベータを使うべきではないとボレロはよく言っていた。だから彼女は自分ひとりのときは、なるべく階段を使うようにしていた。

何やら、偶発的な出来事の連鎖が、事態をよからぬほうへと転がしている。日野が招いたダンサーがトニー角田の想い人であり、同時に〈鳥獣会〉のメンバー「たぬーん」と相思相愛であったようだ。これだけでも、トニー角田が短気なら癇癪を起して暴力沙汰に発展しかねない。

一刻の猶予もならない。厨房に入ると、るり子はメイン・ディッシュを急がせた。

ドアを開けた瞬間に漂う嗅いだことのない種類の肉の匂いに、るり子は顔をしかめた。

「樋渡さん……これ、何の肉ですか？」

すると――樋渡はニヤッと笑って言った。

「オーナーは聞かないほうがいいと思いますよ。女性ですから」

言いながら、樋渡は皿に肉を取り分けると、「この肉に、当ホテル自慢の特製ナムヌモのソースをたっぷりかけて出来上がりです」。

出来上がった料理を大急ぎで厨房スタッフに運ばせ、るり子もそのあとを追った。階段を全力で駆け上がったが、すでにメイン・ディッシュは各テーブルに配られていた。

るり子は、そのときになってふと会場を見まわした。鷲尾の左隣が空席のままだ。芹川鷹次の姿がまだ見えない。一体どうしたのだろう？

鷲尾がトニー角田のほうを見ながら、立ち上がって言った。

「このメイン・ディッシュは、午前のうちに、我々がホテルの厨房に差し入れておいたものだ。存分に味わってくれ。久々に会うお前への変わらぬ友情のしるしだ」

るり子はテーブルに並んだメイン・ディッシュに目を向ける。見た感じ、少し繊維質な印象を受ける。

皿に手をつけた数人がざわめく。よほど珍しい味がするようだ。

トニー角田が鷲尾に尋ねた。

「兄貴……これ、何の肉や？」

鷲尾は、トニー角田に対してにこやかな笑みを向ける。

「何って、お前の大好物だろう？」

その刹那《せつな》、るり子の背後を誰かが横ぎった。その正体を見て、思わず声をあげそうになった。すかさず、彼はるり子の口をふさいで、「しー」と言った。そして——。

「もっと寝てればよかったのに」

その言葉は、彼女にすべてを理解させた。同じタイミングで、鷲尾が口を開いた。

「そう、これはお前の大好物の、ウサギ肉だ」

12

トニー角田の表情に注目していた俺は、すぐに彼の異変に気づいた。

「そうか、これが兄貴の答えか。リーナの件といい、ウサギの件といい、信じがたい仕打ちやで」

「……どうかしたか？」

鷲尾のほうでは、彼の過敏な反応自体がよくわからないようだった。あるいは、理解できないふりをしているだけなのかもしれないが。

「『どうかしたか』やあらへんがな」低く唸るような声だ。

トニー角田は天井を見上げ、怒りのマグマを外に押し出すように深呼吸をした。

「わて、たしかにウサギは大好きや。ただし——生きてる可愛いウサギやけど」

場内は一瞬にして凍りつく。

「兄貴の考えはようわかった。全面戦争や！」

ストライプの軍団とシルバーの軍団は同時に臨戦態勢に入った。

そのトニー角田の声を聞くやいなや一斉にストライプスーツの集団は懐から拳銃を取り出した。遅れてシルバースーツの集団も拳銃を構える。

銃声が鳴り響く。グラスが割れる。

しかし、次の瞬間、銃撃の嵐を切り裂くような出来事が起こった。

日野が、テーブルの上を走りながら、片っ端から男たちを始末し始めたのだ。もちろん、彼はホテルマンらしく血を流さない方法を選んではいたのだが。

日野の暴れようはインドの町で暴れだした象を思わせた。

誰も手がつけられない。拳銃という極めて脅威になりうる凶器が、日野の前では玩具にしか見えなかった。いつかの日野の言葉がよみがえる。

——ボレロの旦那は俺に理念を寄越した。だから俺は技術を提供した。この関係はギャングの頃もホテルマンの今も変わりない。俺たちはそれぞれマニアだが、興味の対象が違うんだ。俺はメカニズムに興味をもつが、彼は目には見えない部分にしか興味を抱かねえ。

日野は、殺しのテクニックを完全にマスターしている。彼が手に持てばたとえボタン一つだろうと凶器に様変わりするのだ。日野はその物質の特性を手の感覚と質量から知る。そして、どれほどの力をかければどんな効果が得られるのか、そういった計算が瞬時にできてしまうようだ。

日野はテーブルの上に乗り、ナイフとフォークを流れるように投げ、皿を銃弾で割らせる。無数の銃弾一つ一つの行方を、日野は瞬時に見極めていた。そうしてテーブルの下を滑って一気に距離を縮め、標的を蹴散らす。会場のすべてのテーブルと椅子が隠《かく》れ蓑《みの》にも、武器にも、楯《たて》にもなった。日野は一見やみくもに動いているように見えたが、彼の通った場所では確実に意識を失って倒れるギャングの姿があった。倒せる相手を的確に倒していけばいずれゼロになると、日野は確信しているのだろう。そこに、圧倒的強者だけが持ち得る戦いの哲学が見てとれた。

俺は壁際に震えながらしゃがみこむるり子さんを見つけ、彼女を連れて最寄りのテーブルの下に隠れた。そこから日野が無差別にギャングをなぎ倒していく壮絶な光景を眺めていた。ある意味で、その光景は夏の花火でも見ているように詩情があった。まだ拳銃を持っている者たちも、日野に銃弾が当たらないことに気づき始めていた。銃弾よりも早く動ける者の前では、銃は無力だ。

今では〈鳥獣会〉と〈ウサギファミリア〉はウサギ肉をめぐって喧嘩しかけていたのも忘れて日野を追い、いつの間にか追い詰められたかのようにただ日野の動きを見守っていた。

そこへ——。

ボーイ姿の男が現れた。さっき、カクテルを運んできた男だ。

このホテルの制服を着てはいるが、明らかにここのスタッフではない。彼の歩き方があまりに静かなせいか、俺以外誰も彼の動きに気づいていないようだった。彼はサービスワゴンを楯にして、まっすぐ日野を目指して歩いていく。

対する日野は——グラスを振り回して、さらに二人の敵を倒したところだった。

ボーイ姿の男は、日野を恐れる様子もなく歩いていく。

俺がその人物を見間違えるはずはなかった。

五年前、父とともに訪れたこのホテルで、俺は彼と二人で『グランド・ホテル』を観たのだ。

しかし——星野ボレロ、なぜあなたが生きているんだ？

しかもなぜかボーイ姿。先日の幽霊騒動を思い出した。ついに星野ボレロの幽霊までもが出没するようになったのか。

どうして俺ばかりこうくっきりと幽霊が見えてしまうのだろう？

「はい、そこまで」

決して怒鳴るわけでもないのに、全体によく響く声で、ボレロは言った。

そのサービスワゴンの下の段に隠し持っていた巨大なバスケットに彼は手をかけ、何か白いふわふわしたものを取り出した。ボレロはその物体を高く掲げた。

「ご安心ください。ウサギは生きております」

彼が手にしているのは、白いウサギだった。それから、ボレロはバスケットの蓋を完全に解放した。「トニー角田様、先ほどの肉はアザラシの肉です。午前中に急いで取り寄せました。〈鳥獣会〉様からいただいたウサギは、ご覧のとおり元気です」

バスケットの中から総勢二十四はいようかというほどのウサギが飛び出して場内を走り始めた。

元気に飛び跳ねるウサギたちの姿に、トニー角田の頬が緩む。

一方、そろりそろりと逃げ出そうとしていた鷺尾は、ボレロに見られると石像のように完全に固まってしまった。

「お久しぶりですね。お伝えしたはずですよ。次にこのホテルでお姿をお見かけしたときは」そこでボレロは言葉を切り、暴れている日野に目をやった。「この男がどんなおもてなしをするか、保証いたしかねる、と」

鷺尾は――微かに震えているようだった。

「酒を飲んだ直後に音楽を聴くと、この男はああなってしまうのです。過去にあの悪癖のせいで、めでたい披露宴の席でギャングを全滅させてしまったことがあったくらいです」

鷲尾の背後のほうから声がした。

「星野さん……よくぞご無事で……」

ボレロに向かってそう声をかけたのは、「たぬーん」だった。

「ほ、ほしの？」鷲尾が驚いたように尋ねた。

そうです、と猫背男「たぬーん」は力強く頷くと、こう言った。

「この方は、〈鳥獣会〉の創始者、星野タケシさんです」

星野ボレロが〈鳥獣会〉の創始者？

「皆さんがご存知ないのも無理はありません」とボレロは言った。「私が立ち上げた頃のメンバーは、見事にこの鷲尾様が一掃されたようですから」

それからボレロは、眼鏡をかけた猫背の男を見た。

「創始当時のメンバーのなかでも、特に鳶池という男は私を殺すことに執念を燃やしているようでしたが、失敗に終わりました。いま当時のことを知っているのは、創始当時から刺青師を務めている狸沢《たぬきさわ》様お一人というわけです」

全員が「たぬーん」こと、狸沢の顔を見た。

狸沢は感動の再会に、目を潤ませていた。

「狸沢様、過去のことはもういいでしょう。私はギャングにこれっぽっちも未練はございません」

ボレロは白いウサギを下に降ろしてから、さて、と両手をぽんと叩いた。

「これでウサギは全部……いや、違いました」とボレロはわざとらしく言ってニッと笑った。ああ、この笑い方、どこかでよく見ると思ったら俺の笑い方にそっくりじゃないか。

「あともう一匹、大きなウサギがいました。悪い悪いウサギです。そいつだけはまだ捕獲してあります。さて、このウサギの処分には当ホテルも頭を悩ませるところではございます」

ボレロは指をパチンと鳴らした。それを合図に、厨房のドアが開いた。

「あっ……！」

俺は口を両手で覆い、思わず小さな叫び声を上げた。

那海とラウが運んできたサービスワゴンの上に載った白い布の下にあるものが何なのか予想がついたからだ。

思い出していたのは、樋渡の困惑顔だった。

――まったく変な料理を押し付けてくる客がいるかと思えば、身内はさらに厄介なものを押し付けてくるんだから。

日野とボレロが厨房に運び込んだであろう代物が、そこにあった。

「さあ、では本日の、本当のメイン・ディッシュのご登場です」

ボレロが勢いよく白い布をはぎ取る。

ロープを巻きつけられたものの正体は——我が叔父、芹川鷹次だったのである。

猿ぐつわを嵌《は》められた叔父は、あうあうと喘《あえ》ぎながら、トニー角田と鷲尾を交互に見ていた。まるでテニスの試合でも見るように。そして、もちろん彼を待ち受けている未来は、テニスの試合よりよほどハードなもののはずだった。

13

るり子は朦朧とした意識の中で、直前にかわしたボレロとのやりとりを反芻《はんすう》していた。

——もっと寝ていればよかったのに。

その言葉で、るり子は今朝、自宅の時計がなぜ止まっていたのかを理解した。

七ヵ月前にボレロは突然「このホテルをバージョンアップさせるために、世界中のホテルを見て回りたいんだ」と言い始めた。

——このホテルは、まだ僕の求めるレベルには至ってない。もう一度世界中のホテルを見て回ろうと思う。もうダメだ、我慢できない。

そうして勝手に旅に出てしまった男が、今日帰って来た。彼は「ウサギ肉」という言葉に会場がざわつき始めたのも気にせずに、るり子に言った。

――飯田《いいだ》のことは残念だった。僕の采配が彼を苦しめてしまったようだ。

――……いえ、私の責任です。

ボレロは旅立つ前に、「オーナーは君に、支配人はコンシェルジュの飯田に任せよう」と言った。本来なら副支配人の添村に頼むのが筋だったが、ボレロはそうしなかった。

――添村は裏方に徹するほうが資質として向いている。

それが――裏目に出た。人事に憤った添村は、〈ライオネルホテル〉にヘッドハンティングされた際、大量のスタッフを引き抜いて辞めた。

残された飯田は非力だった。順風満帆なホテルの舵取りと瀕死のホテルの舵取りではジョギングとトライアスロンくらい異なるのだ。飯田は責任の重さに日に日に青ざめていき、あるときは太り、あるときは痩せ、そしてとうとう――ホテル内で自殺してしまった。

彼の精神的逼迫に気づけなかった自分を、るり子は責めた。ボレロが不在のあいだは、自分がホテルの全体に目を配らなければならなかったのに、人員確保や経営のことで頭がいっぱいになり、一人一人の精神状態にまで考えが及ばなくなっていた。

るり子は飯田の死によって、自分の至らなさ、器の小ささに気づかされた。どうするべきか、このまま自分には無理だと放棄するのか、それとも――。答えの出ない葛藤のなかで、彼女を救ったのは准と日野の登場だった。日野はボレロが死んだと思い込んで駆けつけてくれたのだが、るり子に事情を聞くと、「しょーがねえな、ボレロの旦那は」と言ってコンシエルジュへの復帰を約束してくれたのだった。

あの二人がやってきたおかげで、るり子はどうにか自分の役割を思い出すことができた。そうでなければ、ゴールデンウィークを待たずに閉館していたに違いない。

――何しに戻られたんですか？　十日前にお電話くださったときは何も……。

るり子は眉を吊り上げて詰め寄った。定期的にボレロはホテルの様子を聞きに電話を寄越していたが、その電話では帰還することなど何も言っていなかったのだ。

――悪いが、話はあとで。

ボレロはそう言うと、るり子の頭をよしよしと撫でてから離れた。

直後に銃撃戦が始まり、震えてしゃがんでいるところを准に助けられたのだった。

ようやく銃撃戦も収まった頃には、るり子は完全に貧血に陥り、立ち上がることができない状態にあった。そして、ロープで縛られた鷹次氏の入場を見た瞬間、るり子は気を失った。

准の腕のなかに倒れたのだ。

彼女は、混濁した意識のなかで、それでもボレロが危険きわまりないゲストたちに向けて語るのを聞いていた。

彼の話によれば、鷹次こそがすべての悪事を仕組んだということだった。

〈鳥獣会〉も〈ウサギファミリア〉も彼の掌で転がされていたのだ。

さっきのウサギ肉騒動も、トニー角田がウサギ好きだったことを前もって知っていた鷹次が仕組んだことだと言う。

そして、彼の狙いが、大惨事によってホテルを潰して、るり子を手に入れることにあった、と。

そこで意識はなくなった。意識のなかった時間はほんのわずかだろう。

だが、准の顔を見て、るり子は意識を失いかけたときに、自分が何か口走ったらしいことを知った。准の目は、明らかに愛しい女を嘘偽りのない感情で見つめようとする男のそれだった。

「さて」とボレロは仕切り直した。「本来なら、被害者は皆様ですので、煮るなり焼くなりお気に召すままと申し上げたいところではあります。しかし、ここはホテルであり、現在のところこの悪いウサギは、ホテルの預かっている命でもあります。いくら被害者の皆様と言えど、勝手をされては困ります。そうなると、また当ホテルのコンシェルジュが暴れだすかもしれません」

それを聞いた瞬間、ピストルを持ち上げた者がいた。

ウサギファミリア側のギャングだ。日野が静かなうちに殺してしまおうと考えたのだろう。しかし、その一秒後には飛びかかった那海に拳銃を奪われ、空手チョップをくらって気絶した。となりにいた男が今度は背後から那海に飛び掛かろうとし、ラウの回し蹴りをくらう羽目になった。

このホテルにはどうしてこう物騒な人が多いのかしら、とるり子は思った。

だが、まだ争いは終わっていなかった。少し離れた場所にいた男が、両手に拳銃を構え、同時にラウと那海を始末しようとしているのが目に入った。まだ二人はそのことに気づいていない。

るり子は声を出して気づかせようとした。が、るり子が声を出す前に、耳の鼓膜が麻痺した。

男は、ボレロが懐から取り出した小さな拳銃に腕を撃ち抜かれていた。

驚いたのは男の反応だった。叫んだり泣きわめいたりするのではなく、ただ白目をむいて倒れたのだ。

「ご安心ください。ただの麻酔銃です」

ボレロは優雅に微笑んだ。るり子は知っていた。ボレロは、日野よりも心がないのだ。彼は完璧さだけを目指す滑らかなマシンのような男だ。

「これからどうしましょうね？　テーブルの下の支配人。決定権は、いま現在、ホテルの支配人であるあなたにあります。ご決断いただけますか」

るり子は、「行かなくていいんですよ」と准の袖をぎゅっとつかんで小声で囁いた。

しかし、准はその手を丁寧にどけると、「かしこまりました」とテーブルの下から出た。

彼は、ギャングたちの視線を集めても、もはや動じなかった。

今の准は、どこから見ても、立派なホテルマンにしか見えなかった。もうトケイソウを前にして涙ぐんでいた青年でも、ここへやってきたばかりの時の昼行灯《ひるあんどん》のような男でもない。

准は、マイクの前に立った。

「ホテルはお客様のものです。そこで皆様がひとしく笑顔でお帰りになれるよう提案があります」

それから、彼はゆっくり一呼吸置いた。

「皆様は、ここにいる芹川鷹次を殺したくてうずうずしてらっしゃる。お気持ちお察しいたします。と申しますのも、かく言う私は、この芹川鷹次の甥なのです。私はこの男の会社から派遣されて参りましたが、彼のやり口の卑劣さにはほとほとウンザリしております」

「ううううう」

猿ぐつわを嵌められた状態で鷹次が何事か叫ぶ。が、それは言葉にはならない。

准はかぶりを振った。

「このような男の名前に『鷹』などともったいない。この男はせいぜい蚤《のみ》みたいなものです」

その言葉に鷹次がまた騒ぎ出したので、日野が腹に一撃お見舞いして黙らせた。

准は人の良い笑みを浮かべながら再び続けた。るり子は、准が何をしようとしているのかわからなかった。

「〈鳥獣会〉の皆様は身体にタトゥーをお持ちです。幹部の方は鳥や獣のタトゥーをし、それ以外の方は昆虫のタトゥーを。食物連鎖の中でそれぞれの立場を表していらっしゃるわけです。しかし、この男には他人の血を吸って生きる卑怯者の〈しるし〉がありません。それが問題なのです。ラベルが貼られていないために、この男は狡猾に動き回って人を信用させてしまうものですから」

るり子は、少しずつ准の魂胆を理解し始めた。准の顔には、意地悪くも優雅な微笑が浮かんでいた。

「そこで、提案です。この男の中身が誰から見てもわかるように、蚤のタトゥーを彫るというのはいかがでしょうか？　そうすれば、彼が蚤であることが誰でも一目瞭然になり、今後、今回のようなことが起こる心配もありません」

鷲尾が笑い、拍手をした。

「とてもいい案だ。おい、狸沢、やってやれ」

鷹次は涙を流さんばかりに叫んだ。それを見守るギャングたちは愉快な表情に戻っていた。彼らは、すでに戦いなどなかったかのように、その余興を愉しんでいた。

ただ一人、鷹次の悲鳴だけがいつまでも奇妙な音楽のように響き続けていた。

なんて宴だろう。だが、准の判断は間違っていなかったようだ。奇声を発し続ける〈蚤〉は、彼らを満足させたのだ。もちろん、オーナーであるるり子は、この事態を放置するわけにはいかない。阻止する方法を考えなくては。

――そうだ、デザートにしよう。

るり子は立ち上がると言った。

「これよりデザートをお出ししたく思います。誠に恐れ入りますが、一度タトゥーのほうは……」

すると、狸沢は飄々とこう言った。

「もう終わりましたよ。お騒がせしました」

遅かった。るり子は目をつぶった。

「口直しに、ぜひ爽やかなデザートを食べたいね」と鷲尾。

「かしこまりました。すぐにご用意いたします」るり子はにっこり微笑んだ。

「それから」鷲尾はトニー角田を見た。「この男のハートブレイクにふさわしいカクテルを頼めるだろうか？　あと、私にも」

きわめて紳士的な口調だった。

「喜んで」とるり子は答えた。

傷心のトニー角田は「やめろよ兄貴」と標準語で力なく独りごちた。取り繕う元気もなく、自然にこぼれたセリフのようだった。もしかしたら、彼は関西人ではないのかもしれない。

それから、一度外に出た。ちょうどそこへ、ミシェルたちが食事を運んできた。フランボワーズのソルベ、ライチのワイン煮、ミルクチョコレートムースのミントソース和え。この日のために、さまざまな料理を試させ、決定を下したのはるり子だった。

余興の後の食事は格別な夢を与える時間でなくてはならない。

アドリブから、決められたリズムへの回帰。

るり子は心のなかで唱える。

ここは〈ホテルモーリス〉。ラヴェルの音楽のように、心に寄り添うホテル。もちろん、長年恋い焦がれた女性に存在すら忘れ去られていた哀れな男の心にも、寄り添わねばならない。

るり子はいま、再び〈扇の間〉の扉を開いた。

14

戻って前夜、6:30PM

芹川鷹次は、間もなく自分のものになる〈女神〉の品質を確認できたことに満足していた。

あとは――翌日に〈ウサギファミリア〉と〈鳥獣会〉が殺し合えばそれでいい。

そのために、彼はあるトラップを仕掛けておいた。彼らに面識があることはわかっていた。だが、ギャングは些細なきっかけで敵対し合い、裏切りをジェンガのように積み重ねていく生き物だ。ほんの少しボタンをかけ違えさせればこと足りる。

彼は鷲尾に電話をかけてこう言っておいた。

――じつは、明日いらっしゃる〈ウサギファミリア〉のトニー角田さんは、その組織名にウサギとつけたくらいウサギ肉が好物なのです。

――ほお、そうなのか。

——もしも、ホテルのほうに何かそういった差し入れなどいただけたら、引き継ぎがよりスムーズになるかと思いまして……もちろん、そのお気持ちがおありでしたら、ウサギは私のほうで用意いたしますよ。

——なるほど。そういうことなら、明日の朝いちばんにうちの若いのに届けさせよう。取引は無駄がないほうがいい。

——そう言っていただけると助かります。

彼はウサギを巡って二組のギャングが殺し合う場面を想像してほくそ笑みながら、ホテルの車寄せコーナーに停まった黒いタクシーに乗り込んだ。

自宅の住所を告げる。ドアが閉まり車が走り出した。

暗い情念を点描するようなピアノ。ラヴェルの《夜のガスパール》だ。

「なかなかいい趣味の音楽じゃないか」

「ありがとうございます」と運転手は答えた。「こんなどん底の夜には良いかと思いまして」

「どん底？」

「ええ。逃げ場のない夜です」

「いやなことでもあったのかい？」

「いえ、私は何も。ただ、蟻地獄の罠にかかった蟻に思いを馳せただけです」

厄介なタクシーに乗ってしまった、と鷹次は思った。おしゃべりなタクシー運転手ほど面倒なものはない。そのおしゃべりが意味不明な場合はなおのことだ。

寝たふりでもしてしまおう。

そう思って窓に頭を預けて目を閉じた。

車は国道を走り出していた。荒れた波の音が、ラヴェルの激しい旋律と相俟って不穏な空気を作り出していた。運転手がぼそりとこう言った。

「お客様は、見たところ、恋をしていらっしゃいますね」

うるさい奴だ。客とプライベートな話をしたがるなんて、ろくな奴じゃない。

鷹次は答えなかった。

「お相手は、〈ホテルモーリス〉のオーナー、星野るり子。そんなところじゃないですか？」

その一言で、自動的に目が開いた。

「何だね、君は」

「タクシー運転手ですよ」

「……降りる。不愉快だ」

「降りられません。せめてワンメーターはお乗りいただかないと」

こんな場所でワンメーターで下ろされたのでは、タクシーも拾えない。

「ではこうしましょう。もう一度〈ホテルモーリス〉へ戻ります」

「何だって？」

「どのみち明日は宴会に参加されるわけですから、お泊まりになられたほうが得策ではございませんか？」

なぜそんなことを知っているんだ、この男は。

こいつ――何者だ？

車は急ブレーキをかけながら方向転換し、Uターンして走り始めた。

動悸がする。

鷹次は走行中にもかかわらず、これ以上このタクシーに乗っていることが耐えられなくなった。この不気味な運転手と同じ空間にいたくなかった。

だが、ドアは開かなかった。

「お客様。オートロックがかかっています。最近の車は私の手に負えないほど複雑なのですよ、まったく」

「停まれ」

「いたしかねます」

再び〈ホテルモーリス〉が見えてきた。

タクシーは正面に回り、そのまま地下駐車場へと降り始めた。

仄暗い地下駐車場。そこに先ほどロビーで三階の宴会場へと案内してくれたチーフ・コンシェルジュの日野という男が立っていた。彼は礼儀正しく一礼してタクシーを迎え入れた。

タクシーがやっと停車した。ドアが開くと、鷹次は逃げ出すようにして車から降り、日野に言った。

「ほかのタクシーはないのか？」

「あいにく、当ホテルはいまのところ他に待機中のタクシーはございません。よろしければ、こちらにお泊まりいただければと思うのですが、いかがでしょうか？」

「いや、それは困る。明日は朝から会議もあって……」

そう言いかけたとき、そろりと背後に近づく影に気づいた。

運転手が降りてやってきたのだ。

「手荒な真似はしませんよ。私にとってもあなたは大事な叔父様ですから」

一瞬だった。振り向こうとした瞬間に背後からねじ伏せられ、ロープが巻きつけられた。

「小さい頃、あなたの実兄、芹川鷹一は、私にいろいろな映画を見せ、世界中の有名ホテルを経験させました。そのせいでしょうか、私にとってリアルとは最高の精神が実現された空間を意味します。完全で最高な世界でなければ、リアルに感じられないのです。仮にそのような〈最高な世界〉がファンタジーだとか虚構だとか呼ばれるのだとしたら、虚構こそが私にとってのリアルだと申し上げてもいいでしょうね。人間から虚構を抜いてしまったら、その瞬間に世界の均衡は大きく崩れてしまうことでしょう」

今では鷹次は男の正体を理解していた。

男の姿は、回転扉越しに何度も見たことがあったからだ。

星野ボレロ。この男、死んだのではなかったのか。

そして——俺の甥だと？

鷹次はすべてのからくりを悟った。なぜ兄がこんなホテルに多額の投資をしていたのか。実子ならば、利潤に見合わない投資も当然だろう。

「ホテルは、ゲストの無意識までくみ取っておもてなしをしてこそ一流と言うことができるのです。回転扉の向こう側から何度かるり子を見ていたのを、私が見逃すとでも思いましたか？　あなたへの調査はあなたが私の存在を知るよりずっと以前から始まっていたのです。ですから、私の留守中に〈鳥獣会〉の宴会予約が入り、直後に御社から若い社員が支配人として派遣されてきたとるり子に聞いたとき、すぐにピンと来たのです。これは鷹次様が何か企んでらっしゃるようだ、と。

以前から御社が〈ウサギファミリア〉とねんごろな関係なのは存じておりました。

しかし、そろそろ〈ウサギファミリア〉が御社の情報を多く知り過ぎて厄介になってきてもいたのでしょう。そこで私は予測を立てたのです。あなたは〈ホテルモーリス〉を潰してるり子を手に入れるために、二つのギャングを手玉に取ろうとしているのではないか、とね」

「そ、そんな馬鹿げたことを考えているわけが……」

「いいえ。あなたならきっとそうお考えになる。そこで私は一週間前に帰国し、タクシー運転手のふりをしたりボーイのふりをしたりしてこの界隈でずっと〈鳥獣会〉やあなたの動向を探っていたのですよ。ああ、一日だけ日帰りでロシアに行っていましたがね」

すべては、この男の手中にあったのだ。

「ちょうどホテルで幽霊騒動があったので、私の存在はうまくカムフラージュされて気づかれずに助かりました。たった一週間とはいえ、誰にも気づかれずにパトロールをするのは大変なことでしたよ。何しろ、みんな私のことを死んでいると勘違いしているようでしたから」

「君は……死んだんじゃないのか？」

偵察を頼んだ秘書は言ったではないか。支配人は自殺した、と。あれは——嘘だったのか？

「いいえ、このとおりピンシャンしております。死んだのは私の留守中に支配人をしていた男です。どうも彼の自殺と、るり子が一人で経営を任されているという情報が混線してしまったみたいですね」

彼はそんなことを言いながらぐるぐるとロープを厳重に巻き付け、最後に鷹次の口に猿ぐつわをはめようとしながら尋ねた。

「一応念のためにお聞きします。何か言っておかれたいことは？」

「ゆ、許してくれ……すぐ宴会を取り消すから……」

最後まで言わせずにボレロは鷹次の口に猿ぐつわをはめた。

「最高のホテルは、何よりゲストの心に寄り添わなくてはなりません。もしもその心が、悪しきものであるならば、優雅な制裁を加える必要があるでしょう。そう、それこそがお客様のため、ひいては、この世界全体のためにもなる。私どもはそう考えております」

「んんんんん、あううううう、あうううううう」

必死で鷹次は抵抗を示した。だが、身体はきつく縛られ、動けば動くほど余計にロープが食い込んだ。

ボレロはその様子を楽しそうに眺めながら言った。

「今夜は厨房の少し寒くて狭い部屋にてお泊まりいただくことになります。大丈夫です。ロブスターでも翌日まで存命していたほどですから、ご宿泊いただくのには何ら問題ございません」

「あうあう……あう……」

どんな助けの言葉も、自動変換でaとuの音にしかならなかった。

「審判は公平に決めたいところです。その審判には当然〈鳥獣会〉と〈ウサギファミリア〉の皆様にもご参加いただきたいですね。当ホテルで宴を催す以上、この方々は私たちのお客様であり、ここで被害に遭われたからには、お客様のお気の済むようにしていただかなくてはなりません」

こいつは頭がおかしいのだ、と鷹次は思った。

鷹次が暴れると、日野がその頬に思い切り張り手をくらわした。

「ここは地下で、声がこもりますのでお静かに願います」

怖かった。鷹次は全身にみなぎる恐怖が、脂汗へと変わるのを感じた。

だが、次のボレロの言葉を聞いた瞬間、鷹次は頭の中が真っ白になった。

「ところで、少しスパンが長かったかもしれませんが、これにて〈ジョブ〉は終了です。ご苦労様でした。残念ながら、あなたは一企業の社長としては完全に失格です」

ジョブ？　何を言っているんだ、こいつは……。

鷹次はただぼんやりと目の前の男の顔を見続けた。

星野ボレロは、懐から一通の封筒を取り出した。

「ここにあるのは父からの遺書です。これによれば、父は会社を私に譲ると言っています。この遺書が法的効力のあることは、弁護士にすでに聞いていますが、私としてはなるべく社長なんて面倒くさいことはしたくなかったのでね、できればあなたに押し付けたかったんですよ。なので、遺書のないふりをして、ほんの一年ばかり社長業務という〈ジョブ〉をあなたに課すことにしたわけです」

遺書がなかったために、株主総会によって鷹次は次期社長に任命される結果となった。あの株主総会自体が、ボレロに仕組まれたものであったのか……。

「それからもう一つ。るり子という女性について申し上げましょう。彼女は私の妻ではありません」

鷹次はaとuさえも失って虚空を見つめた。

星野るり子が——妻ではない？

「私の考える理想のホテルにはオーナー夫人という存在が形式上必要だったのです。そこで、どうせなら男性から見て魅力的な人物にしようと考えました。美人の夫人をもつメリットは何かわかりますか？　よこしまなお客様と上質なお客様を見抜くことが容易になるのですよ。彼女にはその任を負ってもらいました。そして、狙い通りよこしまなお客様が網にかかったわけです」

たしかに鷹次は悪巧みをした。だが、もしもるり子を知らなかったら、こんな計画を思いついただろうか？　なんてことだ。ボレロの仕掛けた罠に引っかかったがために、よこしまな自分をフル稼働させてしまったのだ。

「まあ今後の人事は、准という有望な人材が育ってきているようですから、また考えるとして、まずあなたに明日の制裁を受けてもらわなくては」

ボレロは、鷹次に子守唄でも歌って聞かせるような調子で続けた。

「ご安心ください。お客様の命をお預かりしているのは、飽くまで私どもホテルでございます」

誰が安心できるか。鷹次の目は、涙で曇った。恐怖によって涙したのは、子供のとき以来だ。

「先ほどの《夜のガスパール》、あれはお客様の現在の心に寄り添った名曲だとは思いませんか？」

ボレロの声を聞きながら、鷹次はタクシーのなかで流れていた仄暗い闇の底を彷徨《さまよ》うような音楽を思い出した。そして、目を閉じながら認めた。

ああ、自分は蟻地獄に落ちたのだ、と。

# エピローグ

言うまでもなく、傷心のゲストは、トニー角田ばかりではなかった。鷲尾もまた、ボレロの登場によって敗北感を奥底に秘めているように見えた。きっと彼もるり子さんのことが好きだったのだろう。

しかし、料理とカクテルは、男たちの傷口を優しくコーティングしていった。宴が終わる頃には、今回の出来事をすべて不問に付す、というのが暗黙の取り決めとなっていた。〈鳥獣会〉は、改めて〈ホテルモーリス〉から手を引くことを誓い、トニー角田は、踊り子リーナと狸沢の交際を渋々ながら認めた。

「飛んでいけ、俺の蝶」とトニー角田はリーナの背中に言った。それはたぶん負け惜しみではなかっただろう。

我が叔父もまた、るり子さんへのせめてもの格好つけか、引きつった表情のまま今後も支援を惜しまないと言い残して去った。胸に〈蚤〉のタトゥーを抱えたまま。

それぞれの男たちが、それぞれの蝶にさよならを告げたのだ。

そして——星野ボレロは、宴が終わる頃、再び姿を消してしまったのだった。

旅先で〈鳥獣会〉の宴会のことをるり子さんに聞いて戻って来たが、またホテルめぐりの旅へ戻るつもりだということだった。

――そういや、最初にあんたをこのホテルに送り届けたのも、ボレロの旦那だったらしいぜ。

俺は、大ぶりのサングラスをかけたタクシー運転手のことを思い出した。あれが、ボレロだったとは。芹川コンサルティングが誰を派遣してくるのかを事前に知りたくて、駅から現れる人間を見張っていたようだ。ただし、あの大掃除の日だけは、トニー角田が長年執着している女の存在を嗅ぎつけて日帰りでロシアに飛んでいたらしいけれど。

日野は、〈俺もう無理だ、あと頼んだ〉というあのボレロの手紙に従い、律儀にもまたしばらくコンシェルジュを続ける気でいる。「バカンスはいつでも楽しめるからな」日野は金歯を覗かせて笑った。

〈鳥獣会〉メンバーのうちの半数以上はその晩の宿泊を希望しており、拳銃はすべてロッカーで預かることに同意した。

宴の終了間際、ボレロと俺は一度だけ言葉をかわした。一分にも満たない短い会話だった。

――俺とあなたは兄弟だったんですね？

――さあ、それは考え方によるよ。君を育てた女性と君は親子じゃないのか？

——それは……。

——彼女は芹川家の家政婦だった。俺の母の凜子が死んだとき、あの男は生まれたばかりの君を勢い任せで引き取ったもののどうすればいいか戸惑っていた。それを見かねて、彼女が育てると申し出てくれたらしい。

——なぜ……そんな面倒を？

——彼女は母と女子高時代からの同級生で、二人でラヴェルを聴き合う仲だった。そして、母にずっとひそかな憧れを抱いていたようだ。だから、その子どもをすすんで育てたがったのさ。

俺の母が生涯男と縁がなかった理由も、これですっきりした。なぜいつもラヴェルを聴いていたのかも、海辺で何を考えてしゃがみこんでいたのかも。彼女は、この世にはいない女のことを想ってうずくまっていたのだ。

一大イベントは、静かにその幕を閉じた。

しかし、一人だけまだ傷心を癒されずにいる男もいる。俺だ。

俺はその晩、支配人室でワインを開け、チーズとクラッカーをつまみに『グランド・ホテル』を観ていた。泥棒である男爵の死が、コンパスの軸のように物語をくるりと動かす。男の神々しさが、どことなくボレロに通じて見えていた。どちらも、ホテルを体現する存在だからだろう。

結局、ボレロの顔とるり子さんの顔が交互に浮かんで思考を乱し、まともに見られなかった。

叶わない欲求に蓋をするのは得意なはずだった。けれど、人間とは、何かを習得する代わりに何かをなくす生き物だ。どうやら俺は歳を重ねる過程で、欲求の蓋をどこかになくしてきてしまったらしかった。

〈扇の間〉で気絶する寸前、るり子さんの唇はわずかにこう動いた。

——准さんのことが……。

あの続きは、何だろう？　何でも都合よく捉えたがる夜の虫が、俺の心に忍び寄ってくる。

ノックの音がする。入ってきたのはチュッパチャプスをくわえた日野だった。微かな香りからチェリー味だとわかる。

「どうにか丸く収めたな。よくやったぜ、支配人。あんたはミッションを見事に果たしたんだ。それも、あんたにしかやれないやり方でな」

彼は向かいのソファに身体を横たえた。

「もう支配人って呼ばなくていいよ。俺はそろそろ本社に戻される男だから」

「おっと、それはないぜ。さっき一応まだ社長の座におさまってるあんたの叔父貴から許可をとっておいた。最低でもあと半年はあんたが支配人だ」

「……そいつは、なんと言ったらいいのか」

「さんきゅーべりーまっちと言えよ」

「…………」

「お前さん、ボレロの旦那を死んだ男だと思い込んでたんだろ？　まあ、俺も勘違いしてやってきたわけだけどな」

「そりゃ思うよ。前支配人が自殺って聞いてたし、そもそも俺に伝えた段階で叔父が勘違いしてたんだ」

「ここにもう一人、失恋に心を痛めてる男がいるわけか」

「ノーコメント」

「誤魔化す気力もなしか」

「何とでも。さすがに義姉に手は出せないよ」

「当たり前だ。義姉ならな」やけにおかしそうに日野は笑った。

そう、当たり前の話。きれい事を言えば、それでもホテル再建という同じ目標に向かう仲間であることは喜ぶべきかもしれない。

だが、人間はきれい事ばかりでできているわけでもない。もしも世界のホテルを回っている最中に、ボレロ兄に愛人でもできたら、チャンスが回ってくるのでは、というよこしまな発想は容易に心に侵入してくる。それに、そうでなくても俺はるり子さんのそばにいるのだ。彼女に好きになられたときは仕方ないではないか。

「おい支配人、あんた面白い思い込みをしてるぜ」

「何だ？」

「ふふ、まあそのうち教えてやらあ」

ふん、と鼻で笑いながら日野は包帯の巻かれた左手を撫でた。

「不気味な奴だな」

俺は、直感的にそれがるり子さんにまつわる何かなような気がした。

日野はチュッパチャプスをラムネ味用の水色の包みに入れてポケットにしまい、俺のワイングラスに手を伸ばしてひと思いにグラスを干した。

一秒後、彼は寝息を立て始めていた。

夜の十一時。そろそろ明日の朝に向けて眠る時刻だ。今夜の夜勤は——ああ、そうだ日野だ。やれやれ。

俺は重たい身体を起こし、フロントへ向かった。

この海辺のホテルでは、少々危険なゲストと、少々危険なおもてなしが織り成すラグジュアリーな日常が待っている。隠し味は小さじ一杯分の下心。ほかには何もない。

かつて、作曲家のモーリス・ラヴェルは、頭のなかにいる蝶を捕まえる術《すべ》をなくして苦しみながらこの世を去った。俺もまた、このホテルで網を振り回す方法がわからないまま生きていくのかもしれない。

だが、それでも蝶の軌跡を追うことはできる。蝶が消えてしまったかどうかは、その人の心ひとつなのだ。

あるいは、最高のおもてなしとは、一人一人の蝶を思い出させることなのかもしれない。

バタフライを見失うな、たとえ傷だらけになっても。

時計は十一時十分から、十一分へ。ここからが眠気との闘いだ。

るり子さんはもう眠りに就いただろうか？

そんなことをぼんやり考えていると――回転扉がゆっくり回って五月の夜の潮風を誘い込んだ。

やってきたのは、サングラスをかけた、いわくありげな風体の男だ。大きすぎるスーツケースは、怪しんでくれと言わんばかり。

「お帰りなさいませ、お客様」

俺はゲストに頭を下げる。

長い夜になりそうだった。長くて、危険な夜に。

しかし、波の音の隙間から不穏な旋律を聴き取ったとしても、結局のところ、やるべきことは一つだけ。

何なりと思いのままに。
傷心の支配人が、心ゆくまでお相手をしよう。

HOTEL MAURICE

特別付録

# ホテルモーリス
# 滞在備忘録

「お帰りなさいませ、お客様」

出迎えた青年の背後に見える柱時計の針は十一時十一分をさしていた。すっかりチェックインするのが遅くなってしまった。私はサングラスを外して名乗る。

「予約しておいたマーロウだ」

「お待ちしておりました。昔、お客様と同姓の私立探偵がいたのをご存知ですか？」

「もちろん。でも親戚じゃないよ」

支配人のバッジをつけた美しい顔立ちの青年は、緊張の面持ちで私の荷物に手をかけた。坊主頭にサングラス、花柄シャツという出で立ちの私を、危険な職業の人間と思っているのかも知れない。ここにはその手の物騒なゲストが多いらしいから。

「荷物は自分で持つ。武器は他人に預けたくない性分でね」

一瞬怪訝な顔になりつつも、すぐさま笑顔に戻ると、青年は「ではご案内します」と言ってエレベータへと案内した。

「大変なことがあったみたいだね」と私は話しかけた。

「ど、どうしてご存知なんですか？」

「さあ、なんでだろう」

今日、この若き支配人、芹川准は〈鳥獣会〉と〈ウサギファミリア〉の宴を終えてひと息ついたところだろう。この数日間は彼の人生最大にハードなものだったはず。私はそれを知っている。

五階のスタンダードルームに通される。准は去り際に言う。「お部屋でアルコールなどお召し上がりになりますか？　ご希望でしたら遠慮なく仰ってください」

私はビールを頼んだ。なぜか私はよく酒にこだわりがある人間だと勘違いされる。が、実際は単なるビール党だ。一日の終わりに冷えたジョッキでビールが飲めれば何の文句もない。寝る十分前まで仕事をしていたって生き返ることができるのだ。

「すぐにお持ちします」

准が部屋から去るのを見届けてから、私は鞄から〈武器〉を取り出す。私の武器――大量の文献を。読むのが遅いからどうせ今夜は一冊しか読めやしないのに、こうして文献に囲まれていると心が安らぐのは職業病か。しかし、一冊を手に読みだしたものの、落ち着かない。自宅の書斎に比べて空間が豪華すぎるせいか。たまには自宅以外で仕事をと思っていたが、いざここへ来てみるとせっかくだから非日常を満喫して帰ろうという気持ちが湧き起こってくる。これがラグジュアリーなホテルの魅力というものだろうか。

そこで私は荷解《にほど》きもそこそこにぶらりとフロアロビーを散策することにした。窓の外は見渡すかぎりのオーシャンビュー。月さえも飲み込んで黒々と輝いている海を眺めながら、さてこれからどう過ごすかと思案していると、背後から声をかけられた。

「小説家がこんなところで何をしているんだ？」

現れたのは黒いスーツに身を包んだ男だった。彼は若干二十四歳の若さで美学の教授になり、現在に至る。私は彼を探偵役に据えたシリーズものを執筆している。

「おう、君こそどうした」

「仕事さ。この近くで学会発表があった。一泊して翌朝はすぐにべつの県で講演会がある」

「大変だな。いつも四国でパソコンとにらめっこしている俺とは大違いだ」

「いいじゃないか。動かずしていろんな世界を旅できるんだから。このホテルを舞台にした話も書いていただろ？」

彼はベンチに腰を下ろした。

「まあね。君の活躍するシリーズみたいな長ったらしい薀蓄《うんちく》もないし、テンポも良い。小説を書くことを旅にたとえるなら、非常に楽しい旅だったよ」

「悪かったな、うんざりするような薀蓄で。しかし、このホテルが想像力を刺激する点は同意する。美的観点からも、このホテルはかなり評価できる。じつはここを舞台にした君の小説も単行本版を読ませてもらっている。軽快な物語の背後に何やら思想めいたものが蠢《うごめ》いている。それと、音楽が」

「文庫化に際して、そのあたりは単行本の時より前面に出してる。サウンドスピーカーの調整でベースラインを際立たせるみたいな微調整だけどね。おかげで単行本の時より〈ホテルモーリス〉という舞台装置が何を物語るのかがはっきりした」

「ほう。文庫版も読んでみなくては。ホテル映画へのオマージュが張り巡らされているのは気づいていたけどね。『フォー・ルームス』、『ベニスに死す』、それから……」

「オフの時くらい君の薀蓄はご遠慮願いたいね。そうだ、もうすぐ部屋にビールが届くんだが、一杯やらないか？」

どうせ仕事には集中できそうにない。この男のじれったい恋愛の進展具合でも肴《さかな》にして飲むのもいいだろう。ところが――。

「……悪いけど、まだ仕事がある。これで失礼するよ」

「何だ、つれないな。酒くらい付き合え」

だが結局、「申し訳ない」と頑《かたく》なに断られた。よほど忙しいと見える。しかし気になるのは〈悪いけど〉と切り出すまで一瞬間が空いたことだ。あの間は何だろう？

颯爽と立ち去った彼を、私はすぐさま足音を立てぬよう気をつけながら尾行した。どうも怪しい。本当に仕事で忙しいのだろうか？ どうやら階段を使って最上階へと向かうつもりらしい。最上階ともなると、ロイヤルスイートルームが用意されているはず。そんなところに奴が泊まるだろうか？ 少しばかり稼ぎが良いにしても、学会のための出張にそこまでハイクラスな部屋を望むタイプとも思えない。

そこで思い出した。最上階にバーがあることを。辿り着くと、すでに彼の姿はなかった。バーに入ったに違いない。仄暗い入口に〈ラ・ヴァルス〉と看板が見える。中に入ろうとすると、奥からスキンヘッドのコンシェルジュが現れた。日野という男だ。もともとは〈鳥獣会〉に所属した伝説の殺し屋。お目にかかるのは初めてだ。つい今しがたまで眠っていたような顔をしていたが、私が近づくとすぐ表情を整えた。

「本日はバー〈ラ・ヴァルス〉へようこそ。お客様、会員証はお持ちですか？」

しまった。私はこのホテルを舞台にした小説まで書いているのに、〈ラ・ヴァルス〉が会員制である事実を失念していた。本編に登場させなかったせいだ。

「いや、会員じゃないけど」

「それでは申し訳ございませんが、この先へはお入りいただけません」

「え！ それじゃあ、黒いスーツの奴が先に入ったかどうか教えてくれよ」

「いたしかねます。お客様がそうであるように、ここに滞在されるすべての方が大切なゲストです。個人情報を洩らすわけにはまいりません」

ガードの堅い男だ。私は一度諦めて来た道を戻るふりをして、また再び踵を返し日野の脇をさっと通り抜けてバーの中に入ろうと試みた。ところが、「痛い痛い痛い……」ねじ伏せられてしまった。力を強められたら、執筆に支障が出そうだ。

「手荒な真似は私共の好むところではございません。ここはホテルです。至福のときをお愉しみいただくためにも、ルールはお守りください」

「わ、わかったわかった……」

ようやく手を離してもらえた。クソッ。奴はバーの中にいるはずなのに。日野が微笑をたたえ、「お部屋にお戻りください。お見受けしたところ、お仕事もまだあるようですし」と訳知り顔で言う。内心を見透かされた気がして私は曖昧に頷き、渋々帰ることにした。

イブニングドレスを着た令嬢がこちらへやってくるのが目に入ったのはその時だ。その姿を私が見間違えるわけがない。彼女は私に気づかずにバーに入っていく。日野が言う。

「お待ちしておりました。お連れ様はすでに中にいらっしゃいます」

その気品ある凜《りん》とした背中を見ながら、やれやれ、とんだ現場に出くわしてしまったな、と思った。仕事だなんて大嘘をついて、デートじゃないか。あれは黒いスーツの美学教授の学部時代の同級生にして現在は〈付き人〉をしている女性。何だか自分の創作人物二名に寄ってたかって裏切られた気持ちになった。作者の私に内緒で二人でバーで飲むなんて。いやそれはいい。だが、彼女は私とすれ違っても気づきもしなかった。ひどい。ひどすぎる。

肩をがっくり落として部屋まで戻ってくると、ドアの前に准が立っていた。

「探しましたよ、モリ・アキ・マーロウ様。ビールをお持ちしました。黄金色の液体が、マーロウ様の傷心を癒してくれることでしょう」

何もかも承知しているように准は微笑んだ。作者が作中人物のすべてを把握しているなんて嘘だ。作者はひたすら作中人物に監視されている。深い溜息をつき、礼を言ってビールを受け取った。

部屋に戻ったら、この出来事を原稿にしたためよう。〈ホテルモーリス〉の推薦文だ。作中人物に傷つけられた作者を先回りして癒してくれるこのホテルのホスピタリティは本物。一人でも多くの人に、このホテルに泊まってもらいたいものだ。

本書は二〇一三年八月、『ホテル・モーリス』として講談社
より刊行されたものを改題し、加筆修正を加えたものです。

|著者| 森 晶麿 1979年静岡県生まれ。早稲田大学第一文学部卒業。日本大学大学院芸術学研究科博士前期課程修了。ライターとして漫画脚本などを手がけながら小説の執筆を続け、2011年『黒猫の遊歩あるいは美学講義』で第1回アガサ・クリスティー賞を受賞し、大ヒットする。著書に「黒猫シリーズ」の他、『COVERED M博士の島』『恋路ヶ島サービスエリアとその夜の獣たち』『ピロウボーイとうずくまる女のいる風景』『偽恋愛小説家』『かぜまち美術館の謎便り』『そして、何も残らない』『葬偽屋は弔わない 殺生歩武と5つのヴァニタス』『アドカレ!戸山大学広告代理店の挑戦』『怪物率』などがある。

ホテルモーリスの危険《きけん》なおもてなし

森《もり》 晶麿《あきまろ》



講談社文庫

定価はカバーに
表示してあります

2016年5月13日第1刷発行
2016年7月14日第3刷発行

発行者——鈴木 哲
発行所——株式会社 講談社
東京都文京区音羽2-12-21 〒112-8001
電話 出版 (03) 5395-3510
　　 販売 (03) 5395-5817
　　 業務 (03) 5395-3615

Printed in Japan

デザイン—菊地信義
本文データ制作—講談社デジタル製作
印刷———豊国印刷株式会社
製本———株式会社国宝社



ISBN978-4-06-293413-8

# 講談社文庫刊行の辞

二十一世紀の到来を目睫に望みながら、われわれはいま、人類史上かつて例を見ない巨大な転換期をむかえようとしている。

世界も、日本も、激動の予兆に対する期待とおののきを内に蔵して、未知の時代に歩み入ろうとしている。このときにあたり、創業の人野間清治の「ナショナル・エデュケイター」への志を現代に甦らせようと意図して、われわれはここに古今の文芸作品はいうまでもなく、ひろく人文・社会・自然の諸科学から東西の名著を網羅する、新しい綜合文庫の発刊を決意した。

激動の転換期はまた断絶の時代である。われわれは戦後二十五年間の出版文化のありかたへの深い反省をこめて、この断絶の時代にあえて人間的な持続を求めようとする。いたずらに浮薄な商業主義のあだ花を追い求めることなく、長期にわたって良書に生命をあたえようとつとめるところにしか、今後の出版文化の真の繁栄はあり得ないと信じるからである。

同時にわれわれはこの綜合文庫の刊行を通じて、人文・社会・自然の諸科学が、結局人間の学にほかならないことを立証しようと願っている。かつて知識とは、「汝自身を知る」ことにつきていた。現代社会の瑣末な情報の氾濫のなかから、力強い知識の源泉を掘り起し、技術文明のただなかに、生きた人間の姿を復活させること。それこそわれわれの切なる希求である。

われわれは権威に盲従せず、俗流に媚びることなく、渾然一体となって日本の「草の根」をかたちづくる若く新しい世代の人々に、心をこめてこの新しい綜合文庫をおくり届けたい。それは知識の泉であるとともに感受性のふるさとであり、もっとも有機的に組織され、社会に開かれた万人のための大学をめざしている。大方の支援と協力を衷心より切望してやまない。

一九七一年七月

野間省一

松本清張 古代の終焉 清張通史⑥
松本清張 新装版増上寺刃傷
松本清張 新装版 彩色江戸切絵図
松本清張 新装版 紅刷り江戸噂
松本清張 大奥婦女記 〈レジェンド歴史時代小説〉
松本清張他 日本史七つの謎
松谷みよ子 ちいさいモモちゃん
松谷みよ子 モモちゃんとアカネちゃん
松谷みよ子 アカネちゃんの涙の海
眉村 卓 ねらわれた学園
眉村 卓 なぞの転校生
丸谷才一 恋と女の日本文学
丸谷才一 闊歩する漱石
丸谷才一 輝く日の宮
丸谷才一 人間的なアルファベット
麻耶雄嵩 翼ある闇 〈メルカトル鮎最後の事件〉
麻耶雄嵩 夏と冬の奏鳴曲《ソナタ》
麻耶雄嵩 木製の王子
麻耶雄嵩 メルカトルかく語りき

麻耶雄嵩 神様ゲーム
松浪和夫 摘出
松浪和夫 非常線
松浪和夫 核の柩
松浪和夫 警官魂 〈激震篇〉〈反撃篇〉
松井今朝子 仲蔵狂乱
松井今朝子 奴《やっこ》の小万《こまん》と呼ばれた女
松井今朝子 似《に》せ者《もん》
松井今朝子 そろそろ旅に
松井今朝子 星と輝き花と咲き
町田 康 へらへらぼっちゃん
町田 康 つるつるの壺
町田 康 耳そぎ饅頭
町田 康 権現の踊り子
町田 康 浄土
町田 康 猫にかまけて
町田 康 猫のあしあと
町田 康 猫とあほんだら
町田 康 真実真正日記

町田 康 宿屋めぐり
町田 康 人間小唄
町田 康 スピンク日記
町田 康 スピンク合財帖
舞城王太郎 煙か土か食い物 〈Smoke, Soil or Sacrifices〉
舞城王太郎 世界は密室でできている。〈THE WORLD IS MADE OUT OF CLOSED ROOMS〉
舞城王太郎 熊の場所
舞城王太郎 九十九十九
舞城王太郎 山ん中の獅見《しみ》朋成雄《ともなるお》
舞城王太郎 好き好き大好き超愛してる。
舞城王太郎 NECK《ネック》
舞城王太郎 SPEEDBOY!
舞城王太郎 獣の樹
舞城王太郎 イキルキス
松尾由美 ピピネラ
松久 淳 田中 渉・絵 四月ばーか
松浦寿輝 花腐《くた》し
松浦寿輝 あやめ 鰈 ひかがみ
真山 仁 虚像の砦

講談社文庫　目録

宮脇俊三　徳川家康歴史紀行5000き
宮部みゆき　ステップファザー・ステップ
宮部みゆき　新装版 震える岩〈霊験お初捕物控〉
宮部みゆき　新装版 天狗風〈霊験お初捕物控〉
宮部みゆき　ICO《イコ》―霧の城―(上)(下)
宮部みゆき　ぼんくら(上)(下)
宮部みゆき　新装版 日暮らし(上)(下)
宮部みゆき　おまえさん(上)(下)
宮部みゆき　小暮写眞館(上)(下)
宮子あずさ　看護婦が見つめた人間が死ぬということ
宮子あずさ　看護婦が見つめた人間が病むということ
宮子あずさ　ナースコール
宮本昌孝　夕立太平記
宮本昌孝　影十手活殺帖
宮本昌孝　おねだり女房〈影十手活殺帖〉
宮本昌孝　家康、死す(上)(下)
皆川ゆか　機動戦士ガンダム外伝〈THE BLUE DESTINY〉
皆川ゆか　新機動戦記ガンダムW(ウイング)外伝 ～右手に鎌を左手に君を～
皆川ゆか　評伝シャア・アズナブル〈《赤い彗星》の軌跡〉

三好春樹　なぜ、男は老いに弱いのか？
見延典子　家を建てるなら
道又力　開封 高橋克彦
三津田信三　忌《い》館《かん》〈ホラー作家の棲む家〉
三津田信三　作者不詳〈ミステリ作家の読む本〉(上)(下)
三津田信三　蛇《じゃ》棺《かん》葬《そう》
三津田信三　百《ひゃく》蛇《じゃ》堂《どう》〈怪談作家の語る話〉
三津田信三　厭魅《まじもの》の如き憑くもの
三津田信三　凶鳥《まがとり》の如き忌むもの
三津田信三　首無《くびなし》の如き祟るもの
三津田信三　山魔《やまんま》の如き嗤《わら》うもの
三津田信三　水魑《みづち》の如き沈むもの
三津田信三　密室《ひめむろ》の如き籠《こも》るもの
三津田信三　生霊《いきだま》の如き重《だぶ》るもの
三津田信三　幽女《ゆうじょ》の如き怨むもの
三津田信三　スラッシャー 廃園の殺人
三津田信三　シェルター 終末の殺人
三津田信三　ついてくるもの
宮下英樹と「センゴク」取材班　センゴク合戦読本

宮下英樹と「センゴク」取材班　センゴク武将列伝
三輪太郎　あなたの正しさと、ぼくのセツナさ
三輪太郎　死という鏡〈この30年の日本文芸を読む〉
汀《みぎわ》こるもの　パラダイス・クローズド〈THANATOS〉
汀こるもの　まごころを、君に〈THANATOS〉
汀こるもの　フォークの先、希望の後〈THANATOS〉
宮田珠己　ふしぎ盆栽ホンノンボ
道尾秀介　カラスの親指〈by rule of CROW's thumb〉
道尾秀介　水の柩
深木《みき》章子《あきこ》　鬼畜の家
深木章子　衣更月《きさらぎ》家の一族
深木章子　螺《ら》旋《せん》の底
深志美由紀《みゆき》　美食の報酬
三木笙子　百年の記憶〈哀しみを刻む石〉
村上龍　海の向こうで戦争が始まる
村上龍　アメリカン★ドリーム
村上龍　ポップアートのある部屋
村上龍　走れ！タカハシ
村上龍　愛と幻想のファシズム(上)(下)

村上　龍　村上龍全エッセイ〈1976〜1981〉
村上　龍　村上龍全エッセイ〈1982〜1986〉
村上　龍　村上龍全エッセイ〈1987〜1991〉
村上　龍　超電導ナイトクラブ
村上　龍　イ　ビ　サ
村上　龍　長崎オランダ村
村上　龍　フィジーの小人
村上　龍　368Y Par4 第2打
村上　龍　音楽の海岸
村上　龍　村上龍料理小説集
村上　龍　村上龍映画小説集
村上　龍　ストレンジ・デイズ
村上　龍　共生虫
村上　龍　新装版 限りなく透明に近いブルー
村上　龍　新装版 コインロッカー・ベイビーズ
村上　龍　歌うクジラ (上)(下)
村上　龍／坂本龍一　EV.Café──超進化論
向田邦子　新装版 眠る盃
向田邦子　新装版 夜中の薔薇

村上春樹　風の歌を聴け
村上春樹　1973年のピンボール
村上春樹　羊をめぐる冒険 (上)(下)
村上春樹　カンガルー日和
村上春樹　回転木馬のデッド・ヒート
村上春樹　ノルウェイの森 (上)(下)
村上春樹　ダンス・ダンス・ダンス (上)(下)
村上春樹　遠い太鼓
村上春樹　国境の南、太陽の西
村上春樹　やがて哀しき外国語
村上春樹　アンダーグラウンド
村上春樹　スプートニクの恋人
村上春樹　アフターダーク
村上春樹／佐々木マキ絵　羊男のクリスマス
村上春樹／佐々木マキ絵　ふしぎな図書館
村上春樹／糸井重里　夢で会いましょう
村上春樹・文／安西水丸・絵　ふわふわ
U・K・ル＝グウィン／村上春樹訳　空飛び猫
U・K・ル＝グウィン／村上春樹訳　帰ってきた空飛び猫

U・K・ル＝グウィン／村上春樹訳　素晴らしいアレキサンダーと、空飛び猫たち
U・K・ル＝グウィン／村上春樹訳　空を駆けるジェーン
T・ファリッシュ著／B・ルート絵／村上春樹訳　ポテト・スープが大好きな猫
群ようこ　濃い人々〈いとしの作中人物たち〉
群ようこ　いいわけ劇場
群ようこ　浮世道場
群ようこ　馬琴の嫁
室井佑月　Piss《ピス》
室井佑月　子作り爆裂伝
室井佑月　ママの神様
室井佑月／丸山あかね　プチ美人の悲劇
村山由佳　すべての雲は銀の… (上)(下)
村山由佳　永遠。
村山由佳　天翔る
室井　滋　ふぐママ
室井　滋　心ひだひだ
室井　滋　うまうまノート
室井　滋　気になり飯《めし》〈うまうまノート②〉
村野　薫　死刑はこうして執行される

## 講談社文庫　目録

森村誠一　ガラスの密室
森村誠一　作家の条件〈文庫決定版〉
森村誠一　死者の配達人
森村誠一　名誉の条件
森村誠一　真説忠臣蔵
森村誠一　霧笛の余韻
森村誠一　悪道
森村誠一　悪道　西国謀反
森村誠一　悪道　御三家の刺客
森村誠一　ミッドウェイ
森村誠一　棟居刑事の復讐
森　瑤子　夜ごとの揺り籠、舟、あるいは戦場
守　誠　3分単〈1日3分・「簡単パズル」で覚える・英単語〉
森　詠　吉原首代　左助始末帳
毛利恒之　月光の夏
毛利恒之　地獄の虹
毛利恒之　虹の絆〈ハワイ日系人 母の記録〉
森まゆみ　抱きしめる、東京〈町とわたし〉
森田靖郎　東京チャイニーズ〈裏歌舞伎町の流氓たち〉

森田靖郎　TOKYO犯罪公司《コンス》
森　博嗣　すべてがFになる〈THE PERFECT INSIDER〉
森　博嗣　冷たい密室と博士たち〈DOCTORS IN ISOLATED ROOM〉
森　博嗣　笑わない数学者〈MATHEMATICAL GOODBYE〉
森　博嗣　詩的私的ジャック〈JACK THE POETICAL PRIVATE〉
森　博嗣　封印再度〈WHO INSIDE〉
森　博嗣　まどろみ消去〈MISSING UNDER THE MISTLETOE〉
森　博嗣　幻惑の死と使途〈ILLUSION ACTS LIKE MAGIC〉
森　博嗣　夏のレプリカ〈REPLACEABLE SUMMER〉
森　博嗣　今はもうない〈SWITCH BACK〉
森　博嗣　数奇にして模型〈NUMERICAL MODELS〉
森　博嗣　有限と微小のパン〈THE PERFECT OUTSIDER〉
森　博嗣　地球儀のスライス〈A SLICE OF TERRESTRIAL GLOBE〉
森　博嗣　黒猫の三角〈Delta in the Darkness〉
森　博嗣　人形式モナリザ〈Shape of Things Human〉
森　博嗣　月は幽咽のデバイス〈The Sound Walks When the Moon Talks〉
森　博嗣　夢・出逢い・魔性〈You May Die in My Show〉
森　博嗣　魔剣天翔〈Cockpit on knife Edge〉
森　博嗣　今夜はパラシュート博物館へ〈THE LAST DIVE TO PARACHUTE MUSEUM〉

森　博嗣　恋恋蓮歩の演習〈A Sea of Deceits〉
森　博嗣　六人の超音波科学者〈Six Supersonic Scientists〉
森　博嗣　捩れ屋敷の利鈍〈The Riddle in Torsional Nest〉
森　博嗣　朽ちる散る落ちる〈Rot off and Drop away〉
森　博嗣　赤緑黒白〈Red Green Black and White〉
森　博嗣　虚空の逆マトリクス〈INVERSE OF VOID MATRIX〉
森　博嗣　φ《ファイ》は壊れたね〈PATH CONNECTED φ BROKE〉
森　博嗣　θ《シータ》は遊んでくれたよ〈ANOTHER PLAYMATE θ〉
森　博嗣　τ《タウ》になるまで待って〈PLEASE STAY UNTIL τ〉
森　博嗣　ε《イプシロン》に誓って〈SWEARING ON SOLEMN ε〉
森　博嗣　λ《ラムダ》に歯がない〈λ HAS NO TEETH〉
森　博嗣　η《イータ》なのに夢のよう〈DREAMILY IN SPITE OF η〉
森　博嗣　目薬α《アルファ》で殺菌します〈DISINFECTANT α FOR THE EYES〉
森　博嗣　ジグβ《ベータ》は神ですか〈JIG β KNOWS HEAVEN〉
森　博嗣　イナイ×イナイ〈PEEKABOO〉
森　博嗣　キラレ×キラレ〈CUTTHROAT〉
森　博嗣　タカイ×タカイ〈CRUCIFIXION〉
森　博嗣　議論の余地しかない〈A Space under Discussion〉
森　博嗣　探偵伯爵と僕〈His name is Earl〉

2016年6月15日現在